# El pergamino oculto

## Donna Grant

Traducción de María Vall Personat

PANDORA

Libros publicados de Donna Grant

## HIGHLANDER
1. El Beso del Demonio
2. El pergamino oculto

Próximamente:
3. *Wiked Highlander*

Título original: *Forbidden Highlander*
Primera edición

© Donna Grant, 2010

Ilustración de portada: © Calderón Studio

Diseño de colección: Alonso Esteban y Dinamic Duo

Derechos exclusivos de la edición en español:
© 2011, La Factoría de Ideas. C/Pico Mulhacén, 24. Pol. Industrial «El Alquitón».
28500 Arganda del Rey. Madrid. Teléfono: 91 870 45 85

© Pandora Romántica es un sello de La Factoría de Ideas

informacion@lafactoriadeideas.es
www.lafactoriadeideas.es

ISBN:  978-84-9800-730-5     Depósito Legal:  B-30012-2011

Impreso por Blackprint CPI

Para Lisa Renee Jones:

Tus consejos, apoyo y amistad son inestimables. Soy afortunada de poder llamarte amiga y sé que mi mundo es un lugar mejor contigo en él.

Con cariño,

D. G.

## Agradecimientos

Esta saga no habría visto la luz de no ser por mucha gente.

Gracias a mi familia por su apoyo. A mi marido por ayudarme con sus grandes ideas para las escenas de las batallas y a mis hijos por estar tan orgullosos de mis libros. A mis padres por estar siempre ahí cuando los necesité.

A mi brillante editora, Monique Patterson. Gracias por todo el apoyo, por los ánimos y por tu maravilloso punto de vista y aporte editorial. ¡Eres genial! A la mejor asistente que pueda haber, Holly, eres maravillosa. Gracias al departamento artístico por poner el torque en el cuello del modelo. Gracias también a todos los de St. Martin's que han trabajado entre bambalinas para conseguir que este libro estuviera a la venta.

A mi extraordinaria agente, Irene Goodman, gracias por tanta pasión y fe en mí.

Al resto de grandes escritores de *Dangerous Authors,* gracias por darme todo vuestro apoyo. Me considero afortunada de formar parte de este grupo de autores tan maravilloso.

# 1

## Verano de 1603
## Castillo de Edimburgo

Fallon estaba de pie en el pasillo justo a la entrada del gran salón, con los puños cerrados a ambos lados de su cuerpo mientras luchaba por mantener su respiración tranquila. Los sonidos que venían del interior del salón eran ensordecedores. Solo llevaba en el castillo de Edimburgo unas pocas horas, pero la necesidad de salir corriendo de inmediato para refugiarse en su castillo en la costa oeste de Escocia lo consumía.

*Tranquilo, tranquilo.*

La imagen de sus hermanos le atravesó la mente y entonces recordó por qué había dejado el seguro refugio de su hogar por aquel nido de serpientes.

*Estoy aquí por Lucan y su mujer, Cara. Estoy aquí por Quinn. Estoy aquí por nuestro futuro.*

Fallon se humedeció los labios y se obligó a abrir las puertas y entrar en el gran salón. Tan pronto como cruzó el umbral, se dirigió hacia un rincón en la sombra para observar. Su mirada recorrió todo el salón, el techo con sus trabajadas vigas y los candelabros repartidos por toda la estancia, cuya luz se sumaba a la que arrojaba el sol que entraba por las ventanas de ambos lados.

El castillo de Edimburgo era enorme y su gran salón no era diferente. Al contrario que el salón de Fallon, el del castillo de Edimburgo desprendía una opulencia que solamente podía provenir del propio rey. Todo estaba resplandeciente.

A Fallon se le encogió el pecho al ver la gran cantidad de personas que había dentro. Estaba acostumbrado a tener su propio espacio e incluso, a veces, todo el castillo para él solo. No le gustaba la multitud ni lo cerca que se movía aquella gente a su alrededor, rozándose con él como si aquello fuera lo más natural.

Le sorprendió que no tuvieran ni idea de lo que era, de lo que había en su interior ni de lo que podía dejar libre en cualquier momento y hacerlos trizas. Para ellos, él era simplemente un hombre. Pero él sabía de la muerte y la destrucción de que era capaz el dios primitivo que llevaba en su interior.

El corazón le palpitaba con violencia en el pecho. Si no se concentraba, acabaría huyendo del salón y haciendo que su estancia en el castillo se prolongara más todavía. Con ese horrible pensamiento, se obligó a respirar profundamente y se apoyó sobre la pared de piedra mientras escrutaba la habitación con la mirada.

El castillo de Edimburgo era una fortaleza, una magnífica obra de arte. Sobre su rocosa ubicación, dominaba la ciudad. Mucho tiempo atrás, una tribu celta había construido una fortaleza en lo alto de la colina sabiendo la ventaja que suponía la ubicación sobre aquella roca. Los futuros reyes de Escocia también habían sabido apreciar esa ventaja.

—Parece que no os encontráis bien, señor.

Fallon se tensó y observó al escuálido y pálido hombre que había justo a su lado. Era alto, y tenía una cara larga, una nariz aguileña y unos labios tan finos que apenas se podía decir que existieran.

Cuando Fallon respondió, el hombre cambió de pierna el apoyo del peso de su cuerpo.

—Soy el barón Iver MacNeil.

—Barón —repitió Fallon con una pequeña inclinación de cabeza. No tenía tiempo para aquellos idiotas pomposos, especialmente para aquel insignificante ser que estaba a su lado.

Fallon dibujó una sonrisa en sus labios ante la idea de poder partir al barón por la mitad con su dedo meñique. No era de extrañar que Fallon no hubiera encontrado ningún fiero guerrero de las Highlands en el castillo; ellos preferían quedarse en sus tierras y gobernar su clan. Eran los hombres zafios y toscos los que estaban más interesados en satisfacer sus propias ambiciones, los que preferían estar tan cerca del rey como fuera posible.

Aquello molestó tanto a Fallon que sintió unas enormes ganas de acabar con todos. La rabia le nubló la vista. Notó un fortísimo picor en la piel, signo de que estaba a punto de perder el control y liberar a la bestia que contenía.

—¿Habéis venido a ver al rey? —preguntó Iver, desconocedor del torbellino que había provocado en el interior de Fallon.

Fallon tragó saliva y luchó por no poner los ojos en blanco. Solamente con el simple deseo de hacerlo, consiguió calmar su furia.

—Sí. Hay algo que necesito que atienda inmediatamente.

—Ya sabéis que el rey no está en el castillo —dijo Iver con una sonrisa—. Ya casi no visita Escocia.

Aquello no era lo que Fallon quería oír.

—¿No está aquí?

—En estos momentos no, pero he oído rumores de que está de camino.

Mierda.

—Gracias por la información.

Iver soltó una risita socarrona, lo suficientemente fuerte como para que llegara a los oídos de Fallon.

—Yo estoy muy cerca del rey. Si queréis, podría ayudaros. ¿Quién sois, amigo?

—Dudo que podáis ayudarme. Y me llamo Fallon MacLeod.

Justo como esperaba, Iver abrió los ojos sorprendido.

—¿MacLeod?

—Sí, habéis oído bien.

Iver se pasó la lengua por los labios nervioso.

—Las tierras de los MacLeod hace tiempo que desaparecieron. Se repartieron entre diversos clanes hace siglos.

Como si Fallon no lo supiera ya.

—Lo sé.

—¿Qué quiere vuestro jefe? ¿Acaso cree que el rey James puede devolverle las tierras?

Fallon volvió la cabeza para mirar directamente a los ojos a aquella comadreja. No confiaba en Iver y sabía que aquel insignificante hombrecillo, en realidad, no podría ayudarlo. Sin embargo, Fallon sentía un perverso placer al ver cómo se retorcía.

—Yo soy el jefe, y aunque nuestra familia haya perdido las tierras, el castillo sigue en pie. Y es mío.

—Ah, ya veo —observó Iver con una sonrisa nerviosa. Volvió a pasarse la lengua por los labios y miró a su alrededor—. Yo podría ayudaros con vuestra petición.

Fallon decidió morderse la lengua por si Iver pudiera servirle de ayuda. Cruzó los brazos sobre el pecho y pensó en sus hermanos, en su hogar, en la paz que quería más que nada en este mundo.

Había dejado a su hermano menor, Lucan, y a la nueva esposa de este, Cara, en el castillo de los MacLeod. Él estaba en Edimburgo para asegurarse de que ese castillo les fuera devuelto. El único de la familia que no estaba en el castillo era Quinn, el más joven de los tres.

Una oleada de dolor recorrió el cuerpo de Fallon al pensar en su hermano pequeño. Aunque solo hacía algo más de un mes desde que sus vidas cambiaron tan drásticamente, parecía que hubiera pasado toda una eternidad.

Fallon todavía se acordaba de cuando encontró el fragmento de pergamino metido entre unas piedras rotas de la pared de la almena. Supo sin leerlo quién lo había escrito. Deirdre.

Se le hacía un nudo en la garganta cada vez que pensaba en aquella depravada bruja. Deirdre formaba parte de los drough, una secta de los druidas que habían hecho un ritual de sangre y se habían entregado al mal y a la magia negra. Era la magia negra lo que había liberado al dios que Fallon y sus hermanos llevaban dentro, un dios que les otorgó la inmortalidad y los poderes para masacrar a los confiados mortales.

Al menos eso era lo que Deirdre, la drough más poderosa, pretendía en su lucha por la dominación. Los primeros en los que liberó al dios fueron Fallon y sus hermanos hacía ya trescientos años. Todavía recordaba el atroz dolor que sintió cuando su piel empezó a quemar y sus huesos se salieron de sus articulaciones como si el dios de su interior estuviera estirándolo.

Él era un guerrero, descendiente de los primeros guerreros que aceptaron a los dioses primitivos en su interior para expulsar a los romanos de Bretaña. Los druidas, en aquel tiempo seres con mucho poder, se habían dividido en dos grupos: los drough, que preferían la magia negra, y los mie, druidas que utilizaban su magia solo para el bien.

Fue la amenaza de Roma y su dominación lo que había conseguido unir de nuevo las dos sectas de druidas. Habían combinado su magia para crear un conjuro que convocaría a los dioses antiguos enterrados en los infiernos, olvidados durante siglos.

Su plan funcionó. Los guerreros elegidos por los dioses eran los mejores de las tribus y, con el poder que les confirieron los dioses, los hombres se convirtieron en guerreros. Una fuerza imparable que salvó Bretaña.

Durante un tiempo.

Cuando los romanos abandonaron las tierras británicas, los druidas fueron incapaces de sacar a los dioses de los hombres como habían esperado. El único recurso que les quedó a los druidas fue dormir a los dioses. De nuevo, drough y mie combinaron su magia.

Nadie, al menos ninguno de los druidas, sospechó que los dioses pasarían de padres a hijos como herencia de sangre a lo largo de las generaciones, poseyendo al más fuerte de cada linaje hasta que pudieran ser despertados de nuevo.

Los MacLeod habían sido una de esas familias.

Fallon había luchado contra lo que era. Fue Deirdre la que los había encontrado, Deirdre la que había destruido todo su clan, Deirdre la que había arruinado su vida.

Todavía no estaba seguro de cómo él, Lucan y Quinn habían podido escapar de Deirdre y de su montaña hacía tanto tiempo, pero una vez lo hubieron hecho, se habían mantenido escondidos. Durante más de trescientos años habían vivido como fantasmas en las ruinas de su castillo, escondiéndose del mundo, escondiéndose de ellos mismos, pero luchando contra Deirdre en su intento de conseguir la supremacía.

Entonces Cara apareció en sus vidas. Ninguno de ellos hubiera podido imaginarse lo que les sucedería a los hermanos MacLeod el día que Lucan entró en el castillo con el cuerpo inconsciente de Cara entre sus brazos.

Una pequeña sonrisa se dibujó en el rostro de Fallon al pensar en lo protector que era Lucan con su esposa. Lucan, que había sido su sostén y el de Quinn durante aquellos horribles años, se merecía el amor y la felicidad que había encontrado.

Habían descubierto demasiado tarde que Deirdre perseguía a Cara por su sangre de druida. Se había producido una gran batalla, pero ni una sola vez pensó ninguno de los hermanos en abandonar a Cara para salvarse. Y de todos modos, Lucan nunca lo habría permitido.

Aquella noche y aquella batalla cambiaron a Fallon casi tanto como cuando su dios fue liberado. Ya no era el hombre que siempre tenía una botella de vino en la mano para aplacar la voz del dios que había en su interior.

Él había intentado ignorar al dios, negar lo que era, así que cuando llegó el momento de salvar a Cara, no estuvo seguro de poder hacerlo. Sin embargo, el dios escuchó su llamada y lo convirtió en el guerrero, en el monstruo, al que había temido durante tanto tiempo.

Al hacerlo había sido capaz de ayudar a salvar a Cara. Los MacLeod habían conseguido frustrar las intenciones de Deirdre de nuevo. O al menos eso era lo que creían.

Hasta que Fallon encontró el fragmento de pergamino.

Había memorizado las palabras. Aquellas palabras lo perseguían en sus sueños y durante sus horas de vigilia, al igual que el rostro de Quinn.

Algo le dio un pinchazo en las palmas de las manos. Bajó la vista y se dio cuenta de que sus manos se habían convertido en garras y que se estaba clavando las uñas en su propia carne. Miró a Iver, pero aquel estúpido estaba demasiado ocupado observando los turgentes pechos de una sirvienta y hablando sin parar sobre su fortuna y su título como para darse cuenta. Fallon cogió aire profundamente para calmar su temperamento y no lo dejó salir hasta haber conseguido hacer desaparecer al dios.

Siempre pasaba lo mismo cuando pensaba en cómo Deirdre había capturado a Quinn. Ella lo tenía preso en su fortaleza, la montaña Cairn Toul, esperando a Fallon y a Lucan. Aquella bruja sabía que ellos no permitirían que mantuviera preso a su hermano. Ella quería que fueran a buscarlo.

Y así sería.

Fallon estaba ansioso por retorcerle aquel delgado cuello con sus propias manos. Apretaría fuerte hasta oír como cedían los huesos de su cuello, hasta que se le saltaran los ojos, hasta que la vida abandonara su cuerpo. Solo entonces estaría satisfecho. Viviría el resto de su vida en paz como el monstruo que era. Todo lo que necesitaba era saber que aquel mal que intentaba dominar el mundo había desaparecido.

—Parece como si quisierais arrancarle la cabeza a alguien —dijo Iver con una risita intranquila.

—Tranquilo, no sois vos. Todavía.

Iver suspiró y se acercó más a Fallon.

—Según lo que estéis dispuesto a darme a cambio, puedo conseguir que se os devuelva parte de vuestras tierras. Si, evidentemente, podéis probar que sois un MacLeod. Si queréis que os sea sincero, tenía entendido que no quedaba ninguno con vida.

—Supongo que habéis oído la leyenda sobre mi clan.

Aunque Fallon odiaba tener que hablar de ello, de lo que le había sucedido a su clan, el miedo y la curiosidad podían jugar a su favor en este caso.

Los malvados ojos negros de Iver se abrieron llenos de interés.

—Oh, sí, MacLeod, todo el mundo conoce la historia. ¿Es cierta? ¿Fue todo vuestro clan masacrado?

—Sí, todo hombre, mujer y niño fue asesinado.

Al ver el rostro de satisfacción de Iver, Fallon tuvo que contenerse para no partirle la boca.

—¿Qué sucedió? —preguntó Iver—. La leyenda dice que no sobrevivió nadie.

—Sobrevivieron tres. Tres hermanos para ser exactos. Fallon, Lucan y Quinn.

—Fallon —susurró Iver—, lleváis el nombre de vuestro antepasado.

Fallon no lo corrigió. Dejaría que aquella comadreja pensara que era un descendiente. De todos modos, Iver no iba a creer la verdad.

—Soy el legítimo jefe del clan MacLeod.

—Sí, lo sois. Y os merecéis vuestras tierras. —Iver se frotó las manos, la expectación hacía que le brillaran los ojos—. Le enviaré una misiva al rey de inmediato.

Pero Fallon no era estúpido.

—Gracias, pero prefiero ver al rey yo mismo. ¿Estáis seguro de haber oído que estaba de camino hacia Edimburgo?

—Sí —confirmó Iver—. Por eso ha venido tanta gente al castillo de Edimburgo. Hace años que el rey no viene a Escocia.

Fallon arqueó una ceja. Le gustaría decir muchas cosas al respecto, pero pensó que sería mejor no hablar mal de un rey cuando estaba a punto de pedirle a ese mismo rey que le fuera devuelto su castillo.

—Muchas gracias por la información —dijo Fallon, y se retiró antes de que Iver pudiera decir nada.

Mientras se dirigía hacia otra esquina y se posicionaba para ver si podía escuchar alguna cosa más sobre la llegada del rey, la multitud a su alrededor se disipó y pudo ver un destello de color. Volvió la cabeza y se descubrió mirando al otro lado del salón hacia un rostro de incomparable gracia y belleza. Un rostro que estaba seguro de no poder olvidar nunca, incluso aunque viviera toda la eternidad.

Era tan impresionante que se había apartado de la pared y se dirigía hacia ella sin darse cuenta de lo que estaba a punto de hacer. La necesidad de estar cerca, de poseer aquella belleza, se apoderó de él como lo hacía el dios con su ira.

Fallon mantuvo los pies bien clavados al suelo haciendo acopio de toda su voluntad, pero no podía apartar la mirada de aquel cautivador rostro ovalado. Ella se movía con elegancia y dignidad, una noble de nacimiento.

Alguien tropezó con ella por detrás, y de pronto pudo ver un sutil destello de alerta en su rostro, que solo un guerrero comprendería, que solo un guerrero podría notar.

Cada vez estaba más intrigado. Pese a que las mujeres de las Highlands eran famosas por su fuerza y su coraje, no eran guerreros.

Tan pronto como la dama se repuso del pequeño incidente, la perfección volvió a instalarse en ella.

Fallon dejó que su mirada recorriera aquella visión. Había pasado tanto tiempo desde que posara sus ojos en algo tan... impresionante. Sus labios eran carnosos; tenía una sonrisa fácil y contagiosa cuando hablaba con los que la rodeaban.

Tenía unas mejillas marcadas y una nariz pequeña que se elevaba casi imperceptiblemente en la punta.

Su oído extremadamente desarrollado captó una conversación que lo hizo detenerse.

—Es increíble, ¿verdad? —susurró un hombre—. Es lady Larena Monroe. No hay hombre en el castillo que no la quiera en su cama y que no matara por ella si ella se lo pidiera.

Fallon comprendió que debían de estar hablando de la mujer a la que no podía dejar de mirar. Quería oír más, pero también quería estar más cerca de ella.

Incapaz de contenerse, empezó a caminar entre la multitud por el perímetro del gran salón. Se situó más cerca de Larena Monroe, admirando la elegancia de su vestido color burdeos y el modo en que se adaptaba a las curvas de sus senos antes de ceñirse en su cintura. Tenía las manos juntas posadas en su regazo con los largos y delgados dedos entrelazados mientras escuchaba a una anciana con una nariz protuberante.

A través del espacio que había entre dos hombres, Fallon observó a lady Larena. Su piel era color crema y llevaba su reluciente cabello rubio artificiosamente recogido. Tenía unos ojos grandes y expresivos que capturaban la atención de cualquiera que los mirara y una boca que no podía evitarse desear besar.

Estaba fascinado e intrigado por aquella mujer.

La sangre de Fallon subió de temperatura, su corazón se aceleró y, que los dioses lo ayudaran, sus testículos se tensaron. El deseo se agitaba en su interior, pidiendo que probara aquella inmaculada piel que se le antojaba tan dulce.

Entonces Larena se giró y lo miró directamente con unos ojos de un azul tan oscuro y turbio que parecía que estaban viendo lo que él era en realidad. Fallon inspiró profundamente para tranquilizarse. Ella hizo un gesto de reconocimiento con la cabeza, su cabello dorado era un faro en aquel salón.

Tan pronto como apartó la mirada, él se perdió de nuevo en la multitud y se refugió en las sombras de una esquina. Reconoció el anhelo que brotó en su interior. Lo reconoció… y lo temió.

Él estaba allí para asegurarse de que su castillo siguiera siendo suyo, no para satisfacer sus deseos debajo de las faldas de una mujer. A pesar de lo hermosa que fuera esa mujer.

Los MacLeod habían perdido sus tierras después de la masacre y luego Quinn había desaparecido, pero Fallon estaba dispuesto a luchar contra todo lo que fuera necesario para asegurarse de que el castillo fuera suyo eternamente. Ni él ni sus hermanos volverían a esconderse ni a vivir como fantasmas. Era el momento de dar un paso adelante, y si los demás descubrían lo que eran e intentaban hacerles algún daño, se encontrarían con que se estaban jugando la vida.

Fallon se pasó una mano por la barbilla ante la repentina sed de vino, cualquier cosa que le ayudara a calmar el dolor del deseo en sus entrañas. Si James VI tuviera su residencia aquí en lugar de en Inglaterra, Fallon podría regresar pronto a su castillo. Pero la verdad era que el rey de Escocia prefería vivir en Inglaterra y gobernar ambos reinos desde allí.

El rumor de que James estaba de camino a Escocia era simplemente eso, un rumor, pero Fallon tenía que descubrir si era cierto o no.

No había tiempo para viajar hasta Londres y pedir audiencia, a pesar de su poder para viajar cientos de kilómetros en un abrir y cerrar de ojos. Fallon solo podía utilizar su poder para saltar a lugares en los que ya había estado. Como nunca había estado en Londres, corría el riesgo de acabar apareciendo en un campo y con la mitad de su cuerpo incrustado en una pared.

Fallon dedicaría el resto del día a recoger más información sobre si era cierto que el rey estaba camino de Edimburgo. Si era así, se quedaría. Si no, Fallon regresaría al castillo de los MacLeod y hablaría con Lucan sobre si tenían tiempo para que él viajara hasta Londres o no.

A pesar de la ausencia del rey, el castillo de Edimburgo estaba lleno de nobles y gente que buscaba intercambiar favores con señores poderosos. Puede que Iver tuviera razón y la gente estuviera acudiendo al castillo porque el rey estaba de camino.

Fallon recordaba claramente el día en que su padre, justo antes de la masacre, lo llevó a Edimburgo para presentarle ante el rey y la nobleza como futuro jefe del clan que sería.

Su padre le había dicho con frecuencia que era importante para él conocer a todo el mundo, en especial a aquellos que tenían alguna influencia, fuera del tipo que fuera, sobre el rey. Eso no quería decir que Fallon les diera su apoyo, pero un jefe tenía que conocer los entresijos de la nobleza y la realeza para mantener su clan a salvo.

Su padre tenía razón. Fue una pena no haber sabido nada de la bella y malvada drough que lo destruiría todo justo un año después.

Furioso consigo mismo, con su deseo y con aquel destino que tan vilmente se la había jugado, Fallon se dio la vuelta y salió del salón. No podía soportar el movimiento de la gente ni el olor a sudor que se respiraba en el aire. Echaba de menos las vistas desde las torres de su castillo: las olas rompiendo contra los acantilados mientras escuchaba a los pájaros gorjear y los veía dejarse llevar con las corrientes de aire.

Volvió a sus aposentos, un sudor frío le empapaba el rostro y se reclinó contra la puerta cerrada. Le temblaban las manos, pero en la soledad de su habitación no tenía que esconderlas.

Su mirada se posó en la botella de vino que siempre llevaba consigo para recordarle lo que había estado ignorando, lo que casi había perdido y la guerra que tenía ante sí.

Lucan había asumido todo el peso de la responsabilidad mientras Fallon se había perdido en el olvido que le proporcionaba el vino día tras día. Fue Lucan el que se había enfrentado a los ataques de ira de Quinn, fue Lucan el que había arreglado y acondicionado el castillo para hacerlo habitable. Como el hermano mayor que era, Fallon debería haber sido el que se encargara de todas aquellas cosas.

Fallon había abandonado a sus hermanos. Quinn, que había perdido a su mujer y a su hijo en la matanza de su clan, no había sido capaz de controlar su ira, lo que alimentaba al dios que llevaba dentro. Era extraño que alguna parte del guerrero que era no asomara en Quinn. No podía controlar su cólera y por lo tanto no podía controlar al dios que habitaba su interior.

En lugar de ayudar a sus hermanos, los había abandonado, concentrado en su propio dolor, en su propia rabia.

Fallon tropezó con la mesa y cogió la botella de vino con una mano aún temblorosa. Su padre estaría avergonzado de él. No había sido el líder que su padre le había dicho que era y para lo que había sido educado. Había sido un cobarde, temeroso de afrontar la verdad de su futuro y de aprender a controlar al dios como había hecho Lucan.

Pero ahora tenía la oportunidad de reparar su error.

Después de luchar contra su voluntad, Fallon dejó el vino sobre la mesa y se apartó. Su castillo estaba siendo reconstruido poco a poco. Puede que no volviera a brillar con la gloria de antaño, pero volvería a ser un hogar. Allí tenía un futuro que lo esperaba.

Ya no estaban solo los hermanos. Estaban Cara y los otros cuatro guerreros que habían aparecido para prestarles su apoyo cuando Deirdre los atacó. Y también estaba otra druida, Sonya, a la que los árboles le habían dicho que tenía que ayudar a Cara a descubrir sus poderes.

El castillo MacLeod estaría abierto a cualquier druida o guerrero que quisiera enfrentarse a Deirdre y al mal que ella representaba. Aunque fuera lo último que hiciera, Fallon estaba dispuesto a conseguirlo.

# 2

El corazón le dio un brinco en el pecho a Larena Monroe cuando oyó el nombre MacLeod susurrado en el gran salón. Tan pronto como se pronunció, el nombre corrió por todo el salón como la pólvora. Todos querían saber qué MacLeod estaba presente, especialmente ella.

—Disculpadme, lady Drummond —comenzó a decir mientras se volvía hacia la mujer que había detrás de ella—. Me ha parecido oír que decíais MacLeod. Seguro que ha sido un error.

El nombre MacLeod era sinónimo de muerte, de dolor y de sucesos inexplicables. Los mitos sobre los hermanos MacLeod no habían muerto en los trescientos años que habían pasado desde que el clan fuera destruido. Era una historia que se repetía una y otra vez, pero que no solía oírse en pleno día en el castillo de Edimburgo. Normalmente se reservaba para las noches de tormenta.

—Ah, querida Larena —dijo lady Drummond. Sus ojos de color avellana rodeados de arrugas tenían un punto de malicia—. Habéis oído bien. Hay un hombre en el castillo, un hombre que dice ser un MacLeod.

Larena cerró la mano en un puño apresando el tejido de su vestido mientras la agitación recorría su cuerpo. Llevaba tanto tiempo buscando a los MacLeod… ¿Acaso la fortuna le sonreía y le había puesto a uno a su alcance después de tantos años? Tenía que encontrarlo, tenía que hablar con él.

Sacudió la cabeza mentalmente. Seguro que había habido alguna confusión con el nombre. Los MacLeod eran perseguidos, no por otros hombres de las Highlands ni por la corona, sino por algo mucho, mucho peor. Eran perseguidos por la personificación del mal, Deirdre.

Larena dio un respingo al darse cuenta de que lady Drummond le seguía hablando.

—Lo siento. Tenía la cabeza en otra parte.

Lady Drummond se inclinó hacia ella, con la papada colgando.

—Os he preguntado si lo habéis visto, al MacLeod. Yo he podido verlo un momento, querida. —Se abanicó con la mano arrugada—. Si fuera más joven… Es endemoniadamente guapo.

—¿Lo es? —Larena deseaba haberlo visto.

Lady Drummond se rió y se acercó más a Larena.

—Lleva un torques como los celtas de la antigüedad. Un auténtico hombre de las Highlands —le susurró, su voz era aguda con un toque de asombro.

A Larena le dio un salto el corazón cuando se dio cuenta de que el hombre del que hablaba lady Drummond y el que había hecho que se le encendiera el cuerpo eran el mismo. Había visto al MacLeod. Había sido solo un instante, pero se había quedado prendada de los ojos verde oscuro más fascinantes y más atípicos que había visto nunca. Eran unos ojos turbulentos, como un mar en medio de una tempestad, y también intensos.

Había tenido que apartar la mirada para no volverse loca. Cuando había vuelto a mirar, él había desaparecido. En todos aquellos años, no había habido ningún hombre que ejerciera tal efecto sobre ella. Aquello la asustó a la vez que la cautivó.

Después de darle las gracias a lady Drummond, Larena se disculpó y recorrió el salón con la intención de encontrar a aquel curioso hombre de las Highlands con hermosos ojos y un torques de oro.

Llevaba una falda escocesa con un estampado que no había sabido reconocer, pero no la llevaba con la soltura del que ha nacido para ello. Y sin embargo era un hombre de las Highlands. Con una simple mirada a sus ojos, había visto el espíritu salvaje e indómito de aquellas tierras.

Al ver que no encontraba al hombre que decía ser el MacLeod, Larena se dirigió al jardín para respirar un poco de aire fresco. Había estado viviendo en el castillo demasiados meses en su intento por descubrir hasta dónde llegaba la magia de Deirdre.

Larena estaba arriesgando su vida permaneciendo en el castillo, pero lo que ella escondía merecía el riesgo.

No estaba en el castillo solo por Deirdre. Sabía lo suficiente de los tristemente célebres MacLeod para ser consciente de que tenía que descubrir todo lo que pudiera sobre ellos.

Echaba muchísimo de menos las montañas de las Highlands y sentir la nieve en su rostro, pero no podía marcharse. Todavía no. Todavía tenía que conseguir más información.

Larena pasó por delante de un rosal con brillantes rosas amarillas y se sentó en un banco de piedra que ofrecía algo de privacidad. La fragancia de las flores la envolvía, alejando de ella el hedor de los rancios alientos y de los sudorosos cuerpos de la corte.

Con las manos apoyadas en el banco a sus espaldas, Larena se inclinó hacia atrás y levantó el rostro hacia el cielo donde los rayos del sol se filtraban entre las pesadas nubes. No tardaría en empezar a llover y tendría que volver a entrar en el castillo.

Dejó su mente vagar hasta que se acordó de las noticias que le habían llegado hacía un par de semanas sobre los hermanos MacLeod. Ella confiaba en Camdyn MacKenna porque era un guerrero y no tenía ningún motivo para mentir.

Había muy poca gente en la que ella confiara. Había aprendido con su propio dolor que la confianza era algo que uno tenía que ganarse. Camdyn se la había ganado, o al menos en parte. Había cosas que nadie podía saber sobre ella. Las consecuencias serían demasiado peligrosas para involucrar a alguien.

De entre toda la gente que conocía solo había una persona en la que realmente confiaba, su primo Malcolm. Malcolm tampoco debería conocer sus secretos, pero había descubierto uno de ellos cuando solo era un niño de siete primaveras.

Sabía que tenía que intentar convencer a Malcolm para que volviera con el clan que la había desterrado. Cada vez que hablaba de ello, él respondía que a pesar de lo poderosa que era, ella necesitaba a alguien a su lado que la ayudara.

Y como era una mujer, aparentemente aquello era cierto.

El crujido de un zapato sobre la hierba hizo que Larena volviera a la realidad. Sonrió al ver los tranquilos ojos azules de Malcolm posarse sobre ella. Era alto y se movía con la elegancia del señor que era. Como primer hijo de los Monroe, había recibido la educación que correspondía a su estatus y llevaba sangre de noble.

Pero era su rostro lo que hacía suspirar a las mujeres. Sus rasgos estaban perfectamente proporcionados. Tenía la mandíbula cuadrada y una nariz larga y regia. Su boca era grande y sus labios carnosos. Era capaz de hacer que una monja colgara los hábitos por sus encantos.

—Estaba seguro de que te encontraría aquí. —Su voz era profunda, suave. Se sentó a su lado—. Supongo que habrás oído lo que se dice.

—¿Sobre el hombre que dice ser un MacLeod?

Él asintió y se pasó los dedos por entre los dorados rizos que le caían constantemente a los ojos.

—He intentado verlo, pero no he podido encontrarlo. Lo vi hablar con Iver MacNeil.

Malcolm soltó un gruñido y apretó los labios.

—¿Ese imbécil? Intento evitar a Iver a toda costa, pero por ti, querida, veré qué puedo averiguar.

Ella sonrió cuando le cogió la mano, la subió hasta sus labios y la besó. El cariño de sus ojos no era el de un amante, sino el de un hombre que era más que un hermano.

—Eres demasiado bueno conmigo.

—No, si lo fuera, ya haría tiempo que hubiéramos salido de este inmundo agujero. Sé que deseas marcharte.

Ella posó su otra mano sobre la que todavía mantenía Malcom prendida.

—Tengo una misión que cumplir, Malcolm. Y la llevaré a cabo.

—Si es uno de los MacLeod, ¿qué harás?

—Hablaré con él.

—¿Y si no te cree?

Ella apartó la mirada, odiando el miedo que se había posado sobre su estómago.

—Entonces se lo mostraré.

—Te estás arriesgando mucho, Larena. Esto podría ser una treta de Deirdre.

—Ella no sabe nada de mí. Hasta ahora he conseguido evitarla. Seguirá siendo así hasta que llegue el momento en que tenga que acabar con ella.

Malcolm bajó sus manos y las posó sobre el banco.

—Me gustaría estar contigo cuando hables con el MacLeod.

—No. Tengo que hacerlo sola. Hay ciertas cosas que se deben decir. Si él es un guerrero, no confiará en nadie para hablar con la libertad con la que necesito que hable.

Malcolm se inclinó hacia ella y la besó en la mejilla.

—Ve con cuidado.

—No te preocupes. Pronto me habré ido y tú serás libre para casarte con esa preciosa muchacha del pelo color caoba a la que he visto que sonríes.

Malcolm echó atrás la cabeza y se rió, sus ojos azules se arrugaron en las esquinas.

—Has estado tan ocupada en otras cosas que ni siquiera se me había ocurrido que te hubieras dado cuenta.

—Me he dado cuenta. Y también he visto cómo te mira cuando tú no la miras. Se ha fijado mucho en ti. —Larena escondió su sonrisa—. Quiero que te cases, pero que te cases con una mujer que te haga feliz. Al menos te mereces eso, Malcolm. Encuentra a una buena mujer que te dé muchos hijos.

Su sonrisa también se había esfumado. Se levantó con un suspiro y se puso delante de ella. Larena observó la falda escocesa de los Monroe con sus cuadros rojos y verdes. Siempre le había gustado aquel tartán, aunque habían pasado muchos, muchos años desde que se lo habían arrancado de su cuerpo.

—Haré lo que me dices —accedió Malcolm mientras se arrodillaba delante de ella. Le cogió las manos y se giró para mirarla—, pero solo si me haces una promesa tú a mí.

Larena tenía miedo de pensar qué tipo de promesa sería, pero hacía demasiado tiempo que eran amigos como para negársela.

—¿Qué quieres de mí?

—No te marches sin decirme adiós.

Ella parpadeó rápido para alejar las lágrimas que de pronto le habían inundado los ojos y le aferró el rostro con la mano.

—Te llevaría conmigo si pudiera. Eres el hombre más bueno que he conocido. Nunca podré agradecerte lo suficiente lo que has hecho por mí.

Él restó importancia a sus palabras haciendo un gesto con la mano y se puso en pie. Tenía los ojos tristes.

—Ya basta. Acabarás llorando y ya sabes lo mucho que odio las lágrimas.

—No estoy llorando.

Pero se dio cuenta de que los ojos le quemaban al pensar en dejar a Malcolm. Él era la única familia, el único amigo que tenía en el mundo. Quería salir de Edimburgo, alejarse de la multitud y volver a la tranquilidad de las Highlands, pero no deseaba estar sola. No de nuevo.

—Vamos —dijo Malcolm y le ofreció su brazo. Su sonrisa era un poco forzada, pero aun así, auténtica—. Demos un paseo por estos maravillosos jardines.

Larena cogió su brazo, agradecida por el cambio de conversación. No le gustaba pensar en lo que le deparaba el futuro. Había demasiada incertidumbre, demasiada muerte en el destino que tenía escrito. Y ella odiaba verlo preocupado, pues no había nada que él pudiera hacer.

—¿Te acuerdas cuando hablé con Camdyn hace unos días?

—Sí —dijo Malcolm asintiendo—. ¿Qué pasa?

—Él habló de los hermanos MacLeod, que habían sido encontrados. Después de tanto tiempo. Y ahora parece ser que uno está aquí. ¿Cuál de ellos crees que puede ser? ¿Fallon? ¿Lucan? ¿Quinn?

Malcolm sonrió.

—No me atrevería a decidirme por uno.

—Rezo por que lo que me dijo Camdyn fuera cierto. Los que somos como yo tenemos mucho que perder como para depositar toda nuestra confianza en alguien que no sea un auténtico MacLeod.

—Estoy de acuerdo. De todos modos, ¿no me dijiste que Camdyn te comentó que Deirdre había montado en cólera hace cosa de un mes?

—Sí. ¿Crees que tiene alguna relación con que el MacLeod esté aquí?

Malcolm se encogió de hombros y la apartó a un lado para dejar que pasara una pareja.

—Podría ser, Larena. Tú misma dijiste que Camdyn estaba sorprendido de que tantos guerreros estuvieran abandonando sus escondites. ¿Hacia dónde se dirigen?

—Camdyn no lo sabía. Los MacLeod son los guerreros más antiguos y serían nuestra mejor baza para vencer a Deirdre de una vez por todas. Escaparon de sus garras y han conseguido evitarla durante trescientos años. Nadie ha podido conseguir lo que han conseguido ellos.

—Me dijiste que Camdyn raramente sale de su escondite por nada. El hecho de que saliera y viniera a buscarte para decirte lo de los MacLeod es muy significativo.

Ella asintió con la cabeza recordando al guerrero. Camdyn MacKenna evitaba los lugares públicos tanto como odiaba a Deirdre.

—Cualquier cosa que lo llevara a salir de su escondite sería importante. Al parecer, las marcas que encontró eran lo suficientemente importantes como para que estuviera esperando en los alrededores del castillo hasta que me encontró.

—¿Qué decían esas marcas?

—Que un guerrero al que Camdyn llamó amigo había abandonado el bosque.

Larena, como todos los guerreros, podía leer el antiguo lenguaje celta que utilizaban los guerreros para comunicarse entre ellos mediante marcas en los árboles. Deseaba haber podido ver aquellas marcas por sí misma.

—¿Recuerdas el nombre de ese guerrero?

Frunció el ceño mientras se detenía para pensar un momento.

—¿Shaw? Sí, ese era el nombre. Galen Shaw. Ya había oído a Camdyn hablar de Galen antes. Es un guerrero muy respetado.

—Pero ¿adónde van? ¿Dijo Camdyn alguna cosa al respecto?

Ella sacudió la cabeza.

—No. Solo que se dirigían al norte. Estoy convencida de que hay otras marcas para ayudar a encontrar el camino, pero aquellas eran las únicas que había visto Camdyn.

—¿Se fue a buscar a Galen?

—Sí.

Malcolm la detuvo junto a un alto seto.

—¿Reconocerías esas marcas si las vieras?

—Ya ha pasado cierto tiempo desde que no leo ninguna, pero podría descifrarlas.

—Entonces deberíamos salir a buscarlas.

Ella sonrió ante su ímpetu. Siempre estaba ansioso por ayudar, por poner su vida en peligro si aquello aceleraba la destrucción de Deirdre. Pero Larena no iba a permitir que arriesgara así su existencia. Malcolm ya había desafiado los deseos de su padre no permaneciendo con su clan en el noreste de Escocia para estar con ella.

—No sabría dónde ir a buscar —dijo—. Camdyn no me dijo en qué bosque las vio, así que sería bastante complicado.

—Y de todos modos tú no me dejarías ir contigo.

—No, tú eres muy importante para la familia.

—Al infierno con la familia —dijo entre dientes, con la mandíbula tensa.

Larena le cogió suavemente el brazo.

—Primo…

—No —le advirtió—. No, Larena.

Pero ella tenía que recordárselo. Su primo estaba poniendo en peligro su futuro para reparar lo que su abuelo y su bisabuelo le habían hecho a ella. Tan pronto como supo que ella pretendía ir al castillo de Edimburgo, Malcolm había decidido ir con ella. Para protegerla, dijo. Ella sonreía cada vez que lo escuchaba decir aquello. Llegado el caso, sería la que tendría que protegerlo a él.

Larena miró al suelo.

—Por la razón que sea, yo soy lo que soy. Tu abuelo y tu bisabuelo tomaron la decisión de desterrarme del clan de los Monroe. No quiero que te pase lo mismo a ti. El clan ya se está distanciando de ti por la relación que mantienes conmigo.

—Mi padre no se atrevería a desterrarme y no me importa lo que haga el resto del clan. Respecto a mi abuelo y mi bisabuelo, simplemente se encuentran resentidos porque el dios te eligiera a ti y en lugar de a mi abuelo.

Ella se estremeció al recordar el día en que el dios la había elegido en lugar de a Naill. Todo lo que había conocido y amado hasta aquel momento cambió en un abrir y cerrar de ojos y nunca volvería a ser lo mismo.

—Puede. Por lo que yo sé, no existen las mujeres guerreras.

—Aparte de ti —susurró Malcolm.

Ella se humedeció los labios e intentó encontrar las palabras que le ayudaran a entenderlo.

—Eso me ha costado perder a mi familia y a mi clan, Malcolm. No sé cómo me tratarán los otros guerreros cuando descubran que yo soy una de ellos.

—No lo perdiste todo. Tenías a Robena.

Larena sonrió cuando Malcolm mencionó a la vieja druida que había liberado a su dios.

—Robena fue la única que no se sorprendió al descubrir que yo era la guerrera en lugar de tu abuelo. Ella me recogió cuando el clan me desterró y empezó mi formación de inmediato.

—Yo solía observaros cuando entrenabais.

—Lo recuerdo. —Larena sonrió al recordar los tiempos en que ella hacía como que no sabía que él la estaba mirando—. Tendrías solo seis o siete años la primera vez que te vi.

Malcolm se encogió de hombros.

—Me fascinaba ver cómo te transformabas. Te envidio por eso. Y por tu inmortalidad.

—No —lo alertó ella. Ella era ochenta años mayor que él, pero ante los ojos de los mortales, era Malcolm el que podía decirle qué hacer—. Puede parecer emocionante, pero toda mi vida está en el aire.

—Tus secretos están a salvo conmigo. Deberías saberlo.

Y lo sabía. Malcolm había sido su única conexión con su clan después de tener que huir y de que muriera Robena. Aunque había sido desterrada del clan de los Monroe, Larena siempre había vivido lo suficientemente cerca como para poder visitar a su padre de vez en cuando.

A lo largo de los años, Malcolm siempre había sido su amigo, le había informado de las novedades del clan y le había proporcionado todo lo que había necesitado. Había sido idea de él venir a Edimburgo y hacerse pasar por su hermano. Malcolm había sacrificado mucho para ayudarla y ella tenía miedo de no poder devolvérselo nunca.

—¿Sabe Camdyn lo que guardas? —preguntó Malcolm.

Larena sacudió la cabeza.

—No. Ya es suficiente con que sepa que soy una guerrera.

—Ve con cuidado, Larena. Puede que seas una guerrera, pero Deirdre acabará descubriéndote tarde o temprano.

—Lo sé. —Ella apartó la mirada mientras sentía que un gélido escalofrío le recorría la espalda.

Malcolm le cogió la mano para recuperar su atención.

—¿Qué harás cuándo ella venga a por ti? Por lo que sabes, no se detendrá ante nada por conseguir lo que tú proteges.

—Eso ya lo sé. Estaré preparada cuando llegue el momento.

—Ella domina la magia negra. No hay nada que pueda prepararte para eso.

Era cierto, pero no iba a permitir que él supiera lo mucho que temía el momento en que Deirdre la descubriera. Durante cien años había vivido la vida a su manera. En el momento en que Deirdre empezara a perseguirla, todo cambiaría. Y no para mejor.

Si Deirdre descubría lo que era, Larena tendría que estar siempre huyendo. No temía que la capturara, tenía miedo de lo que podría suceder cuando Deirdre descubriera que era la guardiana del Pergamino.

El Pergamino era una lista con todos los apellidos de cada hombre celta que había sido habitado por un dios para expulsar a los romanos. Era una lista que Deirdre quería a toda costa, pues le ayudaría a encontrar fácilmente a los hombres cuya línea de sangre albergaba un dios.

Larena nunca se perdonaría a sí misma si el Pergamino caía en manos de Deirdre. Esa era una de las razones por las que se guardaba el secreto para sí misma. Y si Malcolm lo sabía era porque él era de la familia y se lo había dicho su padre.

—Por eso es por lo que quieres hablar con el MacLeod, ¿verdad? —dejó caer Malcolm interrumpiendo sus pensamientos—. Crees que él y sus hermanos pueden protegerte.

—Si alguien puede ayudarme a mantenerme a salvo de Deirdre ese es el MacLeod y sus hermanos.

—¿Y si dice que no?

Ella suspiró profundamente sin ni siquiera querer pensar en esa posibilidad.

—Entonces me enfrentaré a Deirdre yo sola.

Los músculos de los brazos de Malcolm se tensaron mientras mantenía fuertemente cogida su mano. Luego se dio la vuelta y comenzó a caminar en dirección al castillo.

—Rezo por que no te equivoques con los MacLeod.

—Yo también —murmuró ella.

Su vida no significaba nada, pero el Pergamino que protegía era demasiado valioso para caer en manos malvadas.

# 3

Fallon observaba a Larena Monroe desde su ventana. Se había sorprendido de verla caminar por los jardines sola. Por un momento había apartado la sonrisa de su rostro y se había relajado. En ese instante había podido ver la desesperación y la ansiedad en la pequeña arruga que se formó en su lisa frente.

Pero justo en el momento en que el hombre se le acercó, ella volvió a sonreír rápidamente. Era una sonrisa relajada, no la sonrisa obligada que había visto en el gran salón. Fuera quien fuese aquel hombre, era evidente que ella se preocupaba por él. Y eso molestó a Fallon más de lo que estaba dispuesto a admitir.

Larena y aquel hombre habían estado sentados un largo rato y luego se habían levantado y habían comenzado un paseo por los jardines. Fallon sabía que no debía espiarla, pero no podía evitarlo. Todo lo que hacía Larena lo tenía fascinado, desde una simple inclinación de cabeza hasta cuando levantaba una mano, todos sus movimientos eran graciosos y elegantes. Los rizos dorados que le enmarcaban el rostro lo martirizaban y no podía alejar la mirada de su esbelto cuello.

En la soledad de sus aposentos, pudo observarla a su antojo y se dio cuenta de que le gustaba mucho lo que veía. Cuanto más miraba, más deseaba descubrir. No era extraño que todos los hombres del castillo la quisieran para sí. No era solo su belleza, era la fuerza y la resolución que había en su interior lo que hacía que los ojos de los hombres se giraran atraídos hacia ella como las polillas a la luz.

El modo en que aquel hombre la cogía, como si fuera suya, hizo que Fallon cerrara las manos en un puño. ¿Estaba viendo un encuentro clandestino? No le hubiera importado preguntarle a cualquiera si estaba casada. Por mucho que Fallon se repitiera a sí mismo que eso no importaba, la verdad es que sí que importaba. Porque él la quería para él solo.

—No puede ser —se dijo a sí mismo.

Sin embargo, por muy estúpido que fuera su deseo, él la quería junto a él.

Fallon se dio la vuelta y se dirigió hacia su cama. Se dejó caer sobre ella y respiró profundamente para luego girarse de espaldas. Su mirada se fijó en el dosel de terciopelo color burdeos que colgaba de la cama y que le recordaba a Larena Monroe y al vestido que llevaba.

Deseaba saber cómo iban las cosas en su castillo. ¿Habría enviado Deirdre más guerreros para atacar? ¿Iría la reconstrucción según lo planeado? ¿Habrían encontrado el camino al castillo más amigos de Galen? ¿Habrían encontrado Cara y Sonya el conjuro para dormir a los dioses?

Demasiadas preguntas y ninguna respuesta. Pero aquellas preguntas no eran lo que lo mantenía despierto por las noches. No, era su preocupación al pensar que Quinn estaba en las mazmorras de Deirdre. No tenía ni idea de lo que Deirdre le podría estar haciendo a su hermano menor y aquello lo aterrorizaba más que cualquier otra cosa en el mundo.

—Estoy de camino, Quinn. Aguanta, hermano. Aguanta —susurró en la quietud de su habitación.

Él quiso ir a rescatar a Quinn de inmediato, pero los otros, con la cabeza más fría, lo habían convencido de que no lo hiciera. Necesitaban poder ejercer alguna influencia sobre Deirdre de algún modo. Aparte de la mujer de Lucan, Cara, solo había una cosa que Deirdre quisiera más, el Pergamino.

Deirdre tenía sus propias estrategias para descubrir a los hombres que podían tener a los dioses en su interior, pero el Pergamino le daría todos los apellidos de inmediato. Eso la ayudaría a triplicar su ejército de guerreros en cuestión de semanas en lugar de tardar años. Y con esos guerreros, tendría el control sobre Escocia, y sobre el mundo, demasiado pronto.

Fallon quería descubrir todo lo que pudiera sobre el Pergamino, pero hasta el momento no había averiguado nada y aquello lo llevó a pensar que en realidad no existía. Con el tiempo, se habían ido añadiendo tantas cosas a las historias que había oído que puede que la leyenda del Pergamino también fuera una invención.

Se sentó en la cama al oír un suave golpe en la puerta. Fallon se levantó y dejó que sus garras se extendieran. No confiaba en nadie y no permitiría que Deirdre lo atrapara desprevenido.

—¿Quién es? —preguntó.

—Una sirvienta, señor, enviada por el barón MacNeil. Os trae un mensaje —dijo una voz femenina.

Fallon se dirigió a la puerta y la abrió para encontrarse con una joven muchacha de pelo color caoba en pie frente a él. Tenía en la mano una misiva. Le temblaban las manos y miraba al suelo.

Él escondió sus garras y alargó la mano para coger el pergamino.

—Gracias.

Ella se inclinó en una rápida reverencia y comenzó a darse la vuelta para marcharse…

—¡Espera! —dijo Fallon. Abrió el mensaje y lo leyó. Fallon tensó la mandíbula al ver que Iver le había enviado una misiva al rey pese a que le había pedido que no lo hiciera.

—¿Sí, señor? —La mirada de la muchacha apenas se elevó.

Fallon enrolló de nuevo el pergamino. Ya se encargaría de Iver más tarde. Se apoyó contra la puerta con el hombro e hizo que esta se abriera más todavía.

—Dime, ¿qué sabes de lady Larena Monroe?

La muchacha jugueteaba nerviosa con la tela de su vestido.

—Es muy hermosa y amable con todo el mundo.

Fallon sacó una moneda y se la enseñó.

—¿Es cierto que todos los hombres la desean?

—Sí, señor. Muchos van detrás de ella. Su hermano es muy protector.

*Mierda.* Le dio la moneda y sacó otra.

—Su hermano, ¿eh? ¿Quién es?

—Lord Malcolm Monroe. Es endemoniadamente guapo. Es igual de deseado que su hermana.

Fallon arrugó la frente mientras su mente empezaba a ir más deprisa.

—Vaya. ¿Quién tiene los favores de lady Larena ahora?

—¿Señor? —preguntó la muchacha, con el ceño fruncido.

Él le enseñó otra moneda.

—¿Quién comparte su cama?

Los ojos de la muchacha se abrieron por completo.

—No sabría decírselo, señor. Según los rumores, no he oído que ningún hombre la haya reclamado como suya.

—Interesante. —Fallon sacó unas cuantas monedas más y se las dio a la sirvienta—. Gracias por la información.

Cuando cerró la puerta, él se apoyó sobre ella. Había descubierto más de lo que esperaba. Puede que no hubiera ningún hombre que fanfarroneara de haber poseído a Larena, pero podía imaginarse que muchos habían compartido su cama. Al fin y al cabo ella era una mujer extremadamente hermosa, extremadamente atractiva.

Y se encontraban en el castillo del rey, donde los favores se intercambiaban por cualquier cosa. Lo único que tenía sentido es que Larena y su hermano hubieran ido al castillo para conseguir algo, igual que hacían todos. La razón por la que los hombres no hablaban sobre sus aventuras con Larena era un enigma. ¿Lo hacían por respeto? ¿O tenían miedo de su hermano?

Había pasado mucho tiempo desde que Fallon interactuó con la gente por última vez, pero le parecía muy extraño que ningún hombre hubiera dicho que había poseído a Larena.

Fallon echó a un lado el fragmento de pergamino y salió de sus aposentos. No conseguiría nada quedándose en su habitación y necesitaba que el castillo MacLeod le fuera devuelto.

Tres horas más tarde, Fallon no había conseguido encontrar a nadie que lo ayudara a saber si realmente el rey estaba de camino a Escocia. Cada cual tenía una opinión diferente.

Había pensado que llegaría a Edimburgo y podría ver al rey. Nunca se le hubiera pasado por la cabeza pensar que prefiriera gobernar desde Inglaterra. Evidentemente, todavía estaba sorprendido por que el rey gobernara ambos países.

¡Cómo habían cambiado las cosas en Escocia! Y no para mejor.

Aquel era otro ejemplo de por qué él y sus hermanos no deberían haber estado escondidos en el castillo durante trescientos años. Había demasiadas cosas en las que tendrían que ponerse al día.

El estómago le rugió de hambre, pero la sola idea de sentarse a la mesa con toda aquella gente hizo que empezara a brotar de su cuerpo un sudor frío. Su paso se ralentizó al llegar a las puertas que llevaban al salón.

Ya había averiguado todo lo que podía averiguar en Edimburgo. Era la idea de volver ante Lucan con las manos vacías lo que hizo que Fallon se detuviera. Sus hermanos contaban con él. Le había prometido a Lucan que conseguiría que les devolvieran el castillo. ¿Cómo podía volver a defraudarlo de aquel modo?

—Mierda —murmuró.

Fallon se pasó una mano por el rostro y suspiró. Buscaría a Thomas MacDonald durante la cena. El nombre MacDonald había sido pronunciado con bastante frecuencia referido a alguien que conocía los planes del rey. Quizá Fallon pudiera descubrir de una vez por todas lo que planeaba el rey. La idea de tener que estar una hora más en el castillo lo ponía enfermo, pero lo haría por sus hermanos.

Deseó que fuera Lucan el que estuviera allí en su lugar. Lucan sabía cómo embelesar a la gente para que hiciera lo que él quería. Pero Lucan ya había hecho demasiado durante los últimos trescientos años mientras Fallon había pasado los días ebrio. Era lo mínimo que podía hacer por sus hermanos y lo haría. Fuera como fuese.

Un suave aroma a lirios impregnó el aire y detuvo sus pensamientos. Fallon se dio la vuelta y descubrió que no era otra sino Larena Monroe la que estaba a su lado. Por un momento pareció insegura. Luego sonrió y él se dio cuenta de que las manos, que tenía cogidas delante de ella, le temblaban ligeramente. ¿Estaba nerviosa? ¿La mujer que todos deseaban?

*Fascinante.*

Se había cambiado el vestido color burdeos por uno de un azul profundo que iba a juego con sus ojos. Y él no podía dejar de mirarla.

También llevaba el pelo diferente, más sencillo, con más rizos sueltos que le enmarcaban el rostro. Uno le caía por la mejilla hasta casi tocarle la boca. Él quería alargar la mano y cogerlo para ver si era tan suave como parecía.

—Puede que esto os parezca extremadamente descortés —dijo—, pero me preguntaba si podríais decirme si sois el MacLeod del que todo el mundo habla.

Su voz era dulce como la miel y llena de texturas como el vino. Sus profundos ojos azules buscaban los suyos, como si deseara más respuestas de las que aquella única pregunta podía ofrecerle. Él podría fácilmente sumergirse en sus ojos almendrados y perderse en su perfume.

Su cuerpo reaccionó con alarmante velocidad ante su imagen. El calor y la sangre se concentraron en su entrepierna, su virilidad se endureció y el deseo que había apartado de su mente anteriormente, retornó con fuerza.

—Sí —respondió Fallon al cabo de un momento, cuando estuvo seguro de que le saldría la voz—. Soy Fallon MacLeod.

Ella expiró con los ojos casi completamente cerrados.

—Fallon, un nombre poco habitual.

—Supongo.

—Yo soy…

—Lady Larena Monroe —terminó él la frase en su lugar. Tenía que luchar por apartar la mirada de sus labios, unos labios que anhelaba besar y saborear—. Parece que vuestro nombre es tan famoso como el mío, aunque por razones bien distintas, mi señora.

Arrugó la frente un instante.

—Estamos en el castillo del rey, mi señor. Los rumores abundan. No deberíais creer nada de lo que oyen vuestros oídos.

Sus palabras eran ciertas. Sin embargo, había demasiados rumores sobre lo muy deseada que era. ¿Podría ser cierto que ninguno de ellos la hubiera hecho suya?

—Me preguntaba si podría robaros un momento de vuestro tiempo —aventuró.

Fallon estaba intrigado. Demasiado intrigado. ¿Qué podía querer ella de él? No era ningún dandi de palacio y, por muy atraído que se sintiera hacia ella, no tenía tiempo para aventuras, por muy cortas que fueran. Tenía que centrarse en su misión.

—Lo siento, mi señora, pero no tengo tiempo.

Su sonrisa se apagó.

—Puedo aseguraros, mi señor, que es importante.

Fallon frunció el ceño.

—Entonces decídmelo ahora.

Ella miró a su alrededor y vio a la gente en el pasillo. Entonces dio un paso hacia él.

—Lo que tengo que decir no es para que lo oigan oídos ajenos. Preferiría tener un momento a solas. Por favor.

Fallon estuvo tentado a aceptar su oferta solo por ver qué tenía que decirle.

—Lo siento, mi señora, pero debo rehusar. Mis asuntos requieren mi máxima atención y deseo volver lo antes posible a mi hogar.

Él se dio la vuelta y entró en el gran salón antes de que ella pudiera decir nada. Había sido la decisión adecuada alejarse de ella, aunque el perfume a lirios lo siguió, recordándole a la maravillosa mujer que lo había querido a su lado, aunque solo fuera para hablar.

Sin embargo, no era hablar lo que quería hacer Fallon. Se sentó en la esquina del primer banco que vio y cerró la mano en un puño debajo de la mesa. Había sido más que descortés con Larena, pero no confiaba en sí mismo si se quedaban a solas.

Con solo una mirada él estaba dispuesto a arrodillarse ante ella y rogarle que le dejara tocarla y besarla. El deseo lo consumía y le hacía difícil respirar o pensar en cualquier otra cosa que no fuera ella. Larena Monroe.

Fallon tenía que centrarse en la razón por la que había viajado hasta Edimburgo pese a la presión que sentía en sus testículos y el palpitar de su corazón cuando se le acercaba aquella mujer. Ya habría tiempo en el futuro para satisfacer su lujuria.

*Pero no con una mujer tan hermosa.*

Era cierto. Fallon inspiró aire profundamente y se giró hacia el hombre sentado a su lado.

—¿Podríais indicarme con el dedo quién es Thomas MacDonald?

Larena miraba fijamente las puertas cerradas, el corazón le palpitaba en los oídos. No podía creer que Fallon se hubiera negado. Aunque no creía que su rostro fuera más hermoso que el de otras, había aprendido, poco después de llegar a Edimburgo, que una simple sonrisa podía hacer que los hombres hicieran lo que ella quisiera.

Sin embargo, Fallon MacLeod le estaba demostrando que era diferente. Y eso le gustaba. Él se mantenía alerta. Podía ser porque era un guerrero, o su nombre podía tratarse de una simple coincidencia y la leyenda sobre su clan hacía que fuera un hombre cauto.

Ella comprendía perfectamente la necesidad de ser cauta, pero apostaría el Pergamino a que Fallon era un guerrero. Tan pronto como Malcolm hubiera hablado con Iver MacNeil sabrían qué buscaba Fallon en Edimburgo. No había mucho que la gente pudiera ofrecer en el castillo de Edimburgo, y ella se aseguraría de ser la que le diera lo que andaba buscando.

Entonces la escucharía.

Levantó la barbilla y entró en el gran salón.

Fallon inclinó la cabeza ante el hombre que había delante de él. Tras descubrir que se esperaba la llegada de Thomas MacDonald a Edimburgo aquella noche, se había unido a la cena escuchando a medias las conversaciones. Lo único que consiguió fue echar todavía más de menos a sus hermanos y su castillo.

Hablaría con MacDonald lo antes posible y abandonaría Edimburgo. Utilizaría su poder para llegar lo antes posible a su castillo. Solo estando allí conseguiría calmar el ardor de su sangre, aunque no por mucho tiempo. Con Quinn cautivo en manos de Deirdre, Fallon volvería a sentir el mismo cosquilleo.

Fallon cogió su vaso, deseando que lo que había en su interior fuera vino en lugar de agua. Justo en el momento en que acercó el vaso a sus labios, sus ojos se encontraron con unos ojos de un azul profundo. Por un instante, se quedó atrapado en la mirada de Larena. Finalmente, apartó sus ojos de los de ella.

Ella se sentó a su derecha en la mesa y estaba rodeada de hombres, todos pendientes de cada palabra que decía. Pero sus ojos estaban clavados en él.

A Fallon le resultó perversamente divertido ver las miradas que los otros le lanzaban.

Pese al deseo de abandonar el salón, no podía dejar de mirarla. Cada vez que ella probaba un pedazo de comida o bebía de su vaso, sus ojos no podían evitar fijarse en su boca, una boca que quería saborear desesperadamente.

Fallon maldijo y se puso en pie. Tenía que salir de allí o se arriesgaba a abalanzarse sobre Larena y besarla delante de todo el mundo. Puede que hubiera estado alejado de la gente durante trescientos años, pero hasta él sabía que aquello no se vería con buenos ojos.

Acababa de empezar a caminar hacia la puerta cuando vio que ella salía delante de él. Demasiado intrigado como para poder controlar su deseo, Fallon la siguió. Al atravesar las puertas del gran salón la vio alejarse por el pasillo. Sola.

Incapaz de evitarlo, la siguió. Andaba con pasos largos y seguros mientras recorría el castillo. Fallon la siguió en las sombras, sin querer que lo descubriera. Quería conocer más cosas sobre ella. Intentó convencerse a sí mismo de que era para averiguar por qué quería ella hablar con él, pero Fallon sabía que aquello no era cierto.

Simplemente quería saber más.

Así que se escondió en las sombras y escuchó que un hombre le bloqueaba el paso a Larena. El hombre no llevaba falda escocesa, sino unas horribles y extravagantes medias de terciopelo con unos pantalones bombachos hasta la rodilla. En conjunto, estaba ridículo.

El hombre le dirigía una sonrisa lujuriosa a Larena, sus intenciones eran claras. Larena esquivó sus manos y arqueó una ceja cuando intentó besarla.

—No podría deciros cuántas veces he visto a los hombres intentar algo con ella.

Fallon se dio la vuelta y se encontró al hombre que había estado en el jardín con Larena. Se maldijo a sí mismo por haber estado tan concentrado en la mujer que no había oído que se aproximaba alguien.

El hombre le ofreció una amable sonrisa.

—Soy Malcolm Monroe.

—El hermano de la dama. ¿No deberíais ayudarla?

Malcolm cruzó los brazos sobre su pecho.

—Ella puede arreglárselas sola y si no fuera así, ya me encargaría yo de que el caballero nunca pudiera tener hijos.

Fallon observó al alto y rubio hombre de las Highlands. Había algo muy agradable en él. Puede que fuera por sus ojos azules que parecían honrados y sinceros, muy parecido a como había sido Quinn cuando era un muchacho. El tiempo y Deirdre se habían encargado de cambiarlo.

—Hay muchas cosas que no sabéis, Fallon MacLeod.

Fallon arqueó una ceja mirando a Malcolm.

—¿Me conocéis?

—Ya sabéis cómo es el castillo de Edimburgo. Todo el mundo os conoce.

—¿También sabéis por qué estoy aquí?

Malcolm se encogió de hombros con indiferencia.

—Los rumores se esparcen como la pólvora.

—¿Y qué es lo que yo no sé? —preguntó Fallon. Se giró para mirar a Malcolm frente a frente. Su primer instinto acerca de aquel hombre era que le gustaba, pero las apariencias podían ser engañosas.

El hermano de Larena era unos pocos centímetros más bajo que Fallon, pero sus anchos hombros y su corpulento pecho le decían que no era un dandi, sino un hombre de las Highlands acostumbrado al trabajo duro.

La sonrisa se desdibujó del rostro de Malcolm.

—Larena no es la mujer que la gente piensa que es. En el castillo todos murmuran. Los hombres están hambrientos de cosas que no pueden tener. Las mujeres, rencorosas, comienzan rumores que no son ciertos.

—Lo que decís es verdad.

—Necesita hablar con vos. Ella no anda por ahí buscando a los hombres, MacLeod, son ellos los que acuden a ella. Si ella os dice que tiene algo que hablar con vos, yo en vuestro lugar escucharía lo que os tenga de decir.

—¿Sabéis lo que quiere hablar conmigo?

Malcolm volvió a encogerse de hombros.

—No soy yo el que lo tiene que decir. Todo lo que os pido es que no la juzguéis. Todos tenemos que guardar las apariencias.

Hizo una reverencia y empezó a marcharse cuando de pronto dijo:

—He oído que Iver ha enviado una misiva al rey. Si habéis puesto vuestras esperanzas en que Iver os ayude, habéis elegido al noble menos adecuado. El rey James suele ignorar lo que le dice Iver, al igual que la mayoría de nosotros. Sin embargo, sé de alguien a quien el rey escucharía.

Fallon se quedó un momento sin palabras.

—Le dije a Iver que no enviara ninguna misiva, pero aparentemente esa comadreja tiene problemas de oído. Decidme, ¿por qué iba a escucharos el rey?

—Una buena pregunta —dijo Malcolm con una sonrisa—. Mi familia, los Monroe, tiene buen prestigio ante el rey. He viajado un par de veces a Londres para visitarlo. Me escuchará.

A Fallon seguía sin gustarle la idea de tener que depender de nadie, pero no quería volver a fallar a sus hermanos. Él era el encargado de devolverles el castillo. Podía o bien aceptar la ayuda de Malcolm o viajar él mismo a Londres y esperar mucho más para poder liberar a Quinn.

En realidad no había mucho donde elegir. Aun así, era complicado para Fallon.

—¿Y qué queréis a cambio?

—Os diría que hago esto porque quiero, pero no me creeríais. Así que os pido que escuchéis a Larena. Eso es todo lo que tenéis que hacer. Solo escucharla.

Fallon observó cómo se marchaba. La gente no era amable sin ningún motivo en el castillo del rey. Todos estaban allí por algún interés. Te hacían un favor si podían conseguir otro a cambio. ¿Por qué era tan importante escuchar a Larena?

Cuando se dio la vuelta, Larena también se había ido. Fallon se pasó la mano por el rostro. Estaba muy cansado y sediento de vino. Levantó una mano hasta la altura de su rostro y maldijo al ver que estaba temblando.

Dio media vuelta y se dirigió con paso ligero a sus aposentos. Estaba inquieto, nervioso. Quería sentarse en lo alto de su castillo y liberar al dios que llevaba dentro. Quería mirar al mar y ver las olas en las oscuras aguas. Quería la comodidad de su hogar. Quería a sus hermanos.

Fallon cerró con cuidado la puerta de su habitación tras de sí. No había ninguna vela encendida. Él lo prefería así. Le recordaba a lo que había dejado atrás en la costa.

Cerró la puerta con el cerrojo y se quedó de hielo al darse cuenta de que había alguien en la habitación con él. Alargó el brazo y su mano se cerró sobre una delgada muñeca.

Fallon sacó de un tirón al intruso de las sombras para ponerlo bajo la luz de la luna que entraba por su ventana. Dejó que una de sus garras se extendiera y la dejó a un lado mientras sujetaba la muñeca con la otra y la empujaba contra la puerta. Abrió los ojos sorprendido al descubrir que era Larena Monroe a la que tenía atrapada.

El perfume a lirios lo inundó. Se dio cuenta demasiado tarde de que la tenía contra la puerta, con su cuerpo contra el suyo. Su mirada se perdió en sus senos, que se elevaban y descendían rápidamente al ritmo de sus latidos, que podía ver en su cuello.

Su cólera se desvaneció y dejó paso a algo más primario, más urgente. La sangre le corría por las venas mientras el deseo se apoderaba de él. Podía sentir cada milímetro de su suave cuerpo y, que Dios lo ayudara, quería más. Luchó por mantener el control, luchó por soltarla y apartarse de ella.

De pronto oyó algo a través de la puerta. Un sonido distante y fugaz, pero con su sentido del oído tan desarrollado había podido captarlo. Apoyó el rostro contra la puerta y se dio cuenta de que tenía la cabeza junto a la de Larena.

Se olvidó del sonido que había oído al sentir su suave mejilla rozar la suya. Giró la cabeza y aspiró profundamente el aroma de su pelo. Un mechón de seda le rozó el rostro y antes de poder darse cuenta de lo que estaba haciendo, se inclinó y le lamió el cuello. Sus labios se deslizaron por la línea de su mandíbula y pudo oír el aire zumbar al pasar por entre los labios de Larena.

Sus testículos se tensaron y la sangre se concentró en su miembro. Tenía que apartarse de ella, tenía que olvidarse de saborear sus labios y catar aquella piel tan suave. Tenía que olvidar lo que sentía al notar sus curvas contra su cuerpo y lo perfectamente que se acoplaban a él. Tenía que olvidar el sabor de ella en su lengua y el aroma que había impregnado su nariz.

Pero Fallon cometió un terrible error, la miró a los ojos.

# 4

## Montaña Cairn Toul
## Al norte de las Highlands

Quinn tiró de las cadenas que colgaban de sus muñecas y sus tobillos en la oscuridad de su prisión. ¿Cuánto tiempo llevaba en la montaña? ¿Un día? ¿Un mes? ¿Un año?

Cada momento que pasaba cautivo en manos de Deirdre podía sentir cómo sucumbía al control del dios de su interior. Su dios, Apodatoo, el dios de la venganza, quería todo el poder.

Unas pocas semanas antes de que Deirdre capturara a Quinn, él había estado tentado a ceder a la voluntad del dios. Se había podido resistir. Pero entonces tenía a sus hermanos para ayudarlo, aunque no supieran qué estaba pasando por su cabeza.

Sus hermanos.

¡Cómo los echaba de menos! Echaba de menos la sincera sonrisa de Lucan, que conseguía relajarlo; y la mirada intensa de Fallon, que le infundía fuerza.

Lucan y Fallon siempre habían estado allí cuando los había necesitado, incluso cuando no los quería allí. Ahora, Quinn estaría dispuesto a cortarse un brazo solo por estar de nuevo con ellos. Por sentarse en las ruinas de su castillo y compartir con ellos la comida.

Quinn había querido salir huyendo de allí. Esa era la razón por la que lo habían capturado, pero echando la vista atrás se dio cuenta de que no había estado huyendo de sus hermanos, había estado huyendo de él mismo.

Qué idiota había sido. Qué idiota que era. Apodatoo se había hecho más fuerte cada vez que había sido incapaz de controlar su ira. No pasaría mucho tiempo hasta que el dios lo tuviera bajo su control. Y entonces sería cuando empezaría el auténtico infierno. Pues una vez bajo el control del dios, Deirdre lo dominaría.

Quinn no tenía ninguna duda de que sus hermanos acudirían a rescatarlo, pero rezaba para que eso sucediera antes de que Apodatoo y Deirdre tomaran el control. Si él caía, sabía en lo más profundo de su corazón que sus hermanos acabarían siguiéndolo. Y no podía permitir que eso sucediera.

Lucan acababa de encontrar a Cara, y aunque ella era mortal, compartían un amor con el que Quinn solo podía soñar. Y luego estaba Fallon. Había dejado de beber y había liberado al dios para salvar a la recién llegada.

El único que no había cambiado era él. Tampoco es que él se mereciera una segunda oportunidad. No había estado allí para salvar ni a su hijo ni a su esposa, y había abandonado a sus hermanos demasiadas veces.

*¡Entonces lucha contra tu dios!*

Era mucho más fácil decirlo que hacerlo. Sin embargo Quinn sabía que toda su vida dependía de ello.

Las cadenas que lo sujetaban habían sido reforzadas con magia, lo que evitaba que pudiera liberarse como pasó la primera vez que Deirdre lo encadenó. Como no podía liberarse, lo único que podía hacer era luchar contra su dios.

Quinn respiró profundamente y luchó por controlar la ira que crecía en su interior. Con cada latido de su corazón se concentró para aplacar al dios. Después de unos momentos de agonía, sintió como el dios se retiraba. Por el momento.

Parpadeó en la oscuridad. Deirdre ni siquiera había dejado una vela, pero no importaba, él podía ver bastante bien en la oscuridad y no necesitaba ninguna. No necesitaba luz para saber que su piel ya no era negra y que sus garras y sus colmillos habían desaparecido y que sus ojos volvían a su estado habitual.

Esta vez había ganado contra Apodatoo, pero cada vez sería más difícil. Y en su forma humana era completamente vulnerable a los ataques que sabía que eran inminentes.


Larena contuvo la respiración esperando a que Fallon se inclinara sobre ella y posara sus labios sobre los suyos. Su cuerpo se estremeció ante la expectativa mientras se sumergía en sus profundos ojos verdes. Vio soledad, pero también deseo en su interior.

Y para su sorpresa, sintió su propio deseo creciendo en su interior. Quería desesperadamente que Fallon la besara, quería conocer el sabor de sus besos.

Su sangre había subido de temperatura y el corazón se le había acelerado con el contacto del cuerpo de Fallon contra el suyo.

Se olvidó de esconderse de Deirdre, se olvidó del Pergamino que guardaba en secreto. Todo lo que importaba era el hombre que la tenía atrapada entre su cuerpo, duro como una roca, y la puerta.

Justo en el momento en que creyó que iba a besarla, la apartó de él y abrió la puerta como un rayo.

Larena parpadeó ante el espacio vacío que acababa de ocupar Fallon. No podía creer que se hubiera marchado. Estaba segura de haber sentido la pasión mutua que había entre ambos.

Luego unos gritos llegaron a sus oídos. Corrió hacia la puerta y se asomó. Algo había causado el pánico en todo el castillo.

Se recogió las faldas con la mano y corrió hacia los alaridos. A mitad de camino hacia el gran salón lo oyó, el inconfundible aullido de los wyrran.

—No —susurró, y corrió más deprisa.

¿Por qué había un wyrran en el castillo? ¿La había descubierto Deirdre? ¿O estaba allí por Fallon? Nada de aquello importaba en aquel momento. Lo único que importaba era matar a aquella horrenda criatura.

Cuando llegó al pasillo que llevaba al gran salón tuvo que avanzar a empujones entre la multitud que salía huyendo del salón. Vio que alguien gritaba su nombre y se giró para ver a Malcolm. Sus ojos azules, llenos de preocupación, le dijeron sin palabras que sus peores pesadillas se habían hecho realidad. Deirdre la había encontrado.

Haciendo uso de la fuerza que normalmente escondía, Larena se abrió paso entre el gentío que le bloqueaba el camino hacia el gran salón, que se había quedado vacío. Se detuvo con un patinazo y descubrió que Fallon ya estaba allí enfrentándose al wyrran de piel amarillenta que estaba colgado de la pared cerca del techo.

Ella observó cómo se extendían las garras de Fallon de color negro obsidiana, que brillaban bajo la luz de los candelabros. Esperó para ver cómo cambiaba por completo. Quería saber el aspecto que tenía en su forma de guerrero, quería ver todo su cuerpo tan oscuro como sus garras.

De pronto el wyrran levantó la mirada hacia ella y soltó otro alarido ensordecedor. Saltó hacia ella, pero justo en el momento en que Larena iba a liberar a su diosa, Fallon agarró a la criatura de una pierna.

—¡Sal de aquí! —gritó.

Ella asintió rápidamente y salió del salón. Pero Fallon estaba equivocado si pensaba que se retiraría sin luchar.

---

Fallon no podía creer que hubiera un wyrran en el castillo el rey. Pero todavía le preocupaba más el hecho de que Larena lo hubiera seguido. La mayoría de las mujeres hubieran salido huyendo al oír los gritos. Pero ella no.

No estaba muy seguro de si le gustaba su valentía o si quería reprenderla por haber puesto su vida en peligro.

Decidió que ambas.

Primero, sin embargo, tenía que acabar con el wyrran, y no podía permitirse el lujo de convertirse en un guerrero. Los habitantes del castillo ya habían visto demasiado con la aparición del wyrran. No habría manera de explicar lo de su piel negra, sus garras y sus colmillos.

Los wyrran eran muy pequeños, pero las largas garras que salían de sus manos y de sus pies podían partir a una persona en dos. Odiaba tener que mirarlos, con esa piel tan fina y amarillenta. Tenían una cara horrorosa y una boca llena de afilados dientes que sus labios apenas podían ocultar. Y aquellos grandes y redondos ojos amarillos le provocaban escalofríos.

—¿Habéis venido a por mí? —le preguntó a la criatura.

El wyrran abrió la boca y lanzó un largo chillido.

A Fallon le dolían los oídos por aquel sonido ensordecedor.

—Os odio con todo mi corazón, criaturas abominables —murmuró—. Venid y luchad conmigo.

El wyrran saltó de la pared al suelo. Esos pequeños bichos podían trepar por cualquier cosa y en cualquier dirección. Por primera vez desde que había liberado a su dios para salvar a Cara, Fallon deseaba transformarse. Quería soltar su daga y usar sus garras para partir a la criatura por la mitad.

Los labios del wyrran se estiraron en lo que pretendía ser una sonrisa, como si supiera lo que estaba pensando Fallon.

—¿Es que ahora podéis leer las mentes? —le preguntó Fallon mientras saltaba hacia él. Su daga aterrizó en el brazo de la criatura. El guerrero clavó con fuerza la hoja, abriendo un corte en su finísima piel.

Las garras del wyrran atacaron al pecho de Fallon mientras luchaba por liberarse. Fallon hizo caso omiso del dolor e intentó seguir luchando, pero la pequeñez de la criatura jugaba en su contra y era difícil de seguir. De algún modo pudo liberarse de Fallon y de la daga y trepar por la pared.

Dio otro chillido antes de saltar fuera del gran salón y salir por la puerta que Larena había dejado abierta. Lo único que pasó por la cabeza de Fallon fue Larena. Estaría indefensa contra el wyrran.

Fallon salió corriendo del salón al pasillo vacío. Cuando estuvo seguro de que ni el wyrran ni Larena estaban allí, siguió corriendo por el castillo. La poca gente que vio se escondió rápidamente en sus aposentos y cerró las puertas de un golpe. Pero no pudo encontrar a la horrenda criatura.

Maldiciendo, Fallon se dio media vuelta y volvió al gran salón. Los wyrran eran rápidos, pero no podían ganar a un guerrero.

## 5

Larena sabía que el wyrran saldría del salón, así que se sentó y esperó. Deseaba poder ver a Fallon luchar contra aquella horrenda criatura, pero no podía arriesgarse. El wyrran tenía que morir.

¿Contra cuántas de esas malévolas criaturas había luchado y a cuántas había matado a lo largo de todas aquellas décadas? Demasiadas. ¿Y qué es lo que estaba haciendo esa criatura ahora en el castillo de Edimburgo?

Aquello la tenía confusa. Solo podía imaginarse que estuviera allí por Fallon, pero si no consideraba la posibilidad de que el wyrran estuviera allí por ella, entonces sería una estúpida.

Al oír los alaridos de rabia de aquel horrible ser, pensó que Fallon estaba haciendo un buen trabajo con aquella bestia. Larena sonrió. ¿Se habría convertido Fallon en un guerrero? No oía ningún gruñido, pero deseaba enormemente verlo convertido.

Había demasiada gente en el castillo para que Fallon se arriesgara a hacerlo y no pasaría mucho tiempo antes de que alguien reuniera el coraje suficiente como para ir a ver qué pasaba en el salón.

Sus elucubraciones llegaron a su fin cuando el wyrran apareció de un salto desde el gran salón en el pasillo antes de saltar por la ventana tras ella. Había sido una buena idea haber tirado el vestido por la ventana y haberse transformado porque justo un instante después Fallon salió del salón y miró directamente hacia ella. Pero no podía verla. Nadie podía.

Esperó hasta que él se hubo marchado para seguir al wyrran saltando por la ventana y bajando por la rocosa pared del castillo. El wyrran corría rápido, pero no tan rápido como si hubiera sabido que lo perseguían.

Deirdre había hecho a aquellas criaturas veloces, pero no lo suficiente como para ganar a un guerrero.

Larena saltó delante de la criatura y se hizo visible cuando alcanzaron el suelo. El wyrran abrió aquella boca llena de dientes y siseó. Larena simplemente sonrió y se preparó para la matanza.

El wyrran levantó las manos y le mostró sus largas y afiladas garras. No estaba impresionada. Larena flexionó las piernas y esperó el ataque de la criatura. Habitualmente no le gustaba utilizar el poder que había en su interior, pero ahora estaba disfrutando. Su diosa nunca le había fallado.

Ya habían pasado unos cuantos meses desde que Larena liberara a su diosa por última vez. La diosa sonrió en su interior, tan ansiosa de batalla como Larena.

El wyrran se balanceaba adelante y atrás sobre sus pies como si intentara decidir cuándo atacar. De pronto, saltó sobre ella y utilizó sus letales garras para atacar sus brazos.

Larena soltó un aullido de dolor y clavó sus garras en el pecho de la criatura. Los ojos del bicho se le salieron de las órbitas cuando cerró los dedos sobre su corazón.

—Tú no perteneces a este lugar —le dijo justo antes de arrancarle el corazón.

Larena lanzó a un lado el pequeño órgano mientras el wyrran caía muerto al suelo, con los ojos sin vida observando las estrellas. Por mucho que deseara dejar allí a la criatura, no podía arriesgarse a que nadie se acercara y la viera.

Cogió al wyrran por uno de los tobillos y lo arrastró hasta el bosque, donde lo escondió. Larena volvería después para prenderle fuego junto con su corazón. Estaba cubierta de sangre y temblaba bajo el fresco aire de la noche, sola.

Estaba tan cansada de estar sola… Malcolm era un maravilloso confidente y un verdadero amigo, pero no podía entender por completo lo que era tener a una diosa en su interior. Malcolm no podría entender el poder salvaje que la invadía cuando la diosa era liberada. Y Larena temía que si llegaba a descubrir el poder que atesoraba, nunca volviera a acercarse a ella.

Ya había perdido a su familia y a su clan cuando la diosa la eligió a ella en lugar de a un hombre. No podría soportar perder a Malcolm también.

Sin embargo, sabía que se acercaba el momento en que ella tendría que alejarse de él para siempre. Él nunca afrontaría su propio futuro mientras ella estuviera a su lado. Malcolm se sentía responsable por lo que su familia, que también era la de ella, le había hecho y estaba decidido a restaurar el mal cometido.

Ella respiró profundamente y se dirigió al castillo. Como era habitual, cuando llegara a sus aposentos, Malcolm la estaría esperando con agua para lavarse y un vestido. Él nunca hacía preguntas, ni siquiera cuando veía sus heridas.

Aunque él sabía que ella era inmortal, en realidad lo impresionaba ver cómo su cuerpo se curaba delante de él y darse cuenta de que no podría morir a no ser que alguien le cortara la cabeza.

El corazón se le encogía de dolor al pensar en tener que despedirse de Malcolm. Él era una de las pocas personas en quien confiaba. Él había estado allí cuando todos los demás la habían abandonado. Pero Larena sabía que si Fallon era realmente el MacLeod que había estado buscando, tendría que aprender a confiar en él, porque los MacLeod eran los únicos que la podían mantener a salvo de Deirdre.

Larena suspiró y se apartó el mechón de pelo que le había caído sobre el rostro al atacar al wyrran. Tendría que decirle a Fallon que ella era una guerrera, pero lo único que ni él ni los demás podrían saber jamás era que ella guardaba el Pergamino.

Había hecho un juramento cuando la diosa fue liberada. Aquel juramento lo había sido todo para ella, especialmente cuando había visto el orgullo en los ojos de su padre. Ella tenía mucho miedo de lo que el futuro le pudiera deparar, pero su padre había creído que ella era la persona más adecuada para guardar el Pergamino. Rezaba por que él tuviera razón.

Si por algún motivo, Fallon MacLeod había decidido ayudarla, iba a tener que dejar a Malcolm atrás. Incluso aunque Larena estuviera arriesgándose mucho. Él sabía demasiado. Si alguna vez Deirdre llegaba a descubrir lo mucho que sabía Malcolm sobre los guerreros, iría tras él con toda su furia.

Larena sabía que había sido una egoísta al compartir su carga con Malcolm, pero necesitaba tener un amigo. Él nunca le había fallado. Sin embargo, eso cambiaría si Deirdre llegaba a capturarlo en algún momento. Malcolm intentaría no decir nada, pero al final acabaría confesándoselo todo a Deirdre.

Y en cuanto eso sucediera, no habría lugar en el mundo donde Larena pudiera esconderse de Deirdre.

¡Qué complicado había hecho todo Larena a su alrededor! Debería haber sido más fuerte, no debería haberle contado a Malcolm más de lo que ya sabía o podía haber adivinado, y lo más importante, nunca debería haberlo involucrado en sus planes para encontrar a los MacLeod.

Se tocó el punto del cuello que Fallon le había lamido. Se estremeció al pensar en cómo se había sentido al notar su suave y húmeda lengua tocarle el cuello. Larena cerró los ojos mientras recordaba cada milímetro de su cuerpo contra ella, cómo su cálida respiración le había acariciado la mejilla y cómo su largo y oscuro pelo le había rozado el rostro.

Se le endurecieron los pezones y le enviaban espirales de deseo que hacían que se estremeciera entre las piernas al recordar el fuerte cuerpo de Fallon apretado contra el suyo, aplastándole los senos. Ya no le importaba el aire frío de la noche, pues su cuerpo había subido de temperatura y se estremecía con un deseo que no podía ignorar.

Larena abrió los ojos y respiró profundamente. Necesitaba recuperar el control de sí misma. Fallon no podía saber cómo la desestabilizaba su proximidad. Aquello le otorgaría una ventaja que no se podía permitir darle.

Después de haber visto sus garras aquella noche, ella supo que se trataba del MacLeod de la leyenda. Había llegado el momento de hablar con él. Si Fallon no podía ayudarla, entonces tendría que esconderse. Estuviera el wyrran allí por ella o por Fallon, lo cierto es que había ido al castillo.

Y aquello no era buena señal.

Larena se hizo invisible antes de emprender el camino de vuelta a sus aposentos en el castillo. Tal y como esperaba, Malcolm estaba allí esperándola. Ella cogió una manta de la cama para cubrirse antes de volver a hacerse visible.

Malcolm soltó un suspiro de alivio al verla.

—Estaba preocupado.

Ella se obligó a sonreír para que él no pudiera descubrir la agitación en su interior.

—Puedo cuidar de mí misma.

—Ningún wyrran había venido antes al castillo, Larena.

Ella se acercó a la bañera, sin preocuparle que el agua no estuviera caliente. Esperó hasta que Malcolm se girara de espaldas a ella antes de meterse dentro.

—No sé por qué estaba aquí esa maldita criatura. ¿Era por mí o era por Fallon?

—Podía haber sido por ambos.

El estómago se le revolvió al oír sus palabras.

—Lo sé. Tengo que hablar con Fallon esta noche. No puedo esperar más. Tengo que saber si puede ayudarme o no.

Malcolm suspiró, pero se mantuvo de espaldas a ella mientras ponía una silla cerca del hogar y se sentaba.

—Vi a Fallon buscando al wyrran por el castillo. Es prudente, Larena, lo que puede ser una ventaja si decide ayudarte a esconderte.

—Él lleva escondiéndose trescientos años, claro que es prudente. Pero tengo curiosidad por saber por qué está aquí. ¿Has averiguado alguna cosa?

—Sí. Quiere que su castillo vuelva a manos de los MacLeod. Ha venido a pedir audiencia con el rey.

Ella asintió mientras seguía lavándose la sangre del cuerpo.

—El wyrran está muerto, así que no tenemos que preocuparnos de él por el momento. Tendré que volver al bosque a prenderle fuego. Se sorprendió al verme, así que creo que estaba aquí por Fallon, lo que no entiendo es por qué apareció en medio del gran salón.

—Yo me ocuparé del wyrran. ¿Dónde está?

—No deberías arriesgarte.

Malcolm murmuró algo para sí mismo.

—Larena, aunque seas una guerrera, un hombre puede tratar con cosas en este castillo que una mujer no puede. Y ahora dime dónde está esa maldita bestia.

A veces odiaba ser una mujer.

—Está en el bosque, cerca de un roble con doble tronco. Lo he escondido bien.

—Me ocuparé de ello esta noche. Supongo que no tuviste tiempo de hablar con Fallon antes de que apareciera el wyrran, ¿verdad?

—No. —Recordó la cálida respiración de Fallon que le había producido un cosquilleo en la piel, el tacto de su lengua al tocar su cuello y el olor a naranjo al sentir su musculoso cuerpo contra el suyo—. Nos interrumpieron.

Malcolm se giró de lado para que ella pudiera ver su perfil.

—Vas a ir ahora a hablar con él.

No era una pregunta.

—Sí. No puedo esperar más.

Malcolm se puso en pie y se dirigió a la puerta.

—Estaré en mi habitación una vez haya acabado con el wyrran por si necesitas alguna cosa.

—Gracias mi queridísimo amigo.

Él se detuvo con la mano en el cerrojo.

—Dame las gracias cuando el MacLeod te haya llevado a su castillo.

Larena esperó hasta que la puerta se hubo cerrado detrás de Malcolm antes de soltar un largo suspiro. Volvió a coger el jabón y se enjabonó el cuerpo por segunda vez. No podía soportar la sangre de wyrran sobre su cuerpo.

---

Fallon saltó sobre su cama. Había esperado volver a sus aposentos y volver a encontrar a Larena esperándolo. Para su decepción, no había encontrado a nadie.

No le gustaba aquel sentimiento de frustración o el nerviosismo que había sentido cuando la había visto en el gran salón. Habría estado bien encontrar al wyrran para poder descargar parte de la rabia que tenía acumulada sobre la criatura en lugar de regresar a su habitación y a sus recuerdos de Larena entre sus brazos.

Todavía podía sentirla. El pequeño roce de su cara contra la suya la había empujado hacia su cuerpo. Él la había apretado contra él, había sentido su flexible cuerpo y sus femeninas curvas. Quería sumergir el rostro en su pelo e inhalar aquel aroma que solo le pertenecía a ella.

Y, que dios lo ayudara, quería lamer cada centímetro de su cuerpo.

Fallon se levantó, se quitó las botas, la falda y la camisa. No es que no le gustase llevar la falda escocesa, es solo que era muy diferente de lo que había llevado en los últimos trescientos años. Pero podría acostumbrarse a llevarla. Especialmente le gustaba llevar los colores de los MacLeod para que todo el mundo pudiera verlos.

Con un suspiro se metió entre las sábanas. El sueño no vendría, no sabiendo que había un wyrran en los alrededores y que tenía que encontrar a Thomas MacDonald por la mañana antes de marcharse al castillo MacLeod. Cerró los ojos, pero solo podía pensar en Larena. Todavía podía saborearla en su lengua con el pequeño contacto que había tenido sobre su cuello. Era el sabor más dulce que nunca podía haber imaginado.

¡Cómo deseaba probar más de ella! Una lástima que nunca más fuera a tener la oportunidad.


Larena entró por la ventana de Fallon. Fue con cuidado de no hacer ningún ruido que lo despertara. Una vez estuvo dentro, se dirigió a la esquina cerca del hogar y cogió la túnica que había dejado sobre el arcón.

Era una de las cosas que odiaba de usar su poder de invisibilidad, ella podía hacerse invisible, pero la ropa que llevaba puesta no. Lo único que podía llevar y que tampoco podía verse era el anillo de su dedo anular porque era mágico. Nunca se quitaba aquel anillo. Por ninguna razón.

La diosa desapareció mientras ella pasaba los brazos por las mangas de la túnica. Había dejado allí la túnica cuando Fallon la había encontrado en sus aposentos. En aquel momento no había contado con encontrarse con él. No, su plan era simplemente el que estaba llevando a cabo ahora. Solo había un modo de hablar con un hombre como Fallon y ese era llamar su atención.

Llegar desnuda a su habitación llamaría su atención, pero no estaba preparada para mostrárselo todo, al menos por ahora. Utilizaría su cuerpo si tenía que hacerlo. No le gustaba la idea, pero había demasiado en juego. Primero intentaría hablar con él.

Ante su desesperación, su cuerpo aumentó de temperatura solo de pensar que era posible que tuviera que besar a Fallon.

Se acercó a la cama bajo los rayos de la luna que entraban por las ventanas. La habitación no era tan grande como la suya, pero seguía siendo bonita. Los ropajes de terciopelo color burdeos de la cama eran lo mejor que el dinero podía pagar. Las velas estaban aromatizadas y había mucha madera apilada cerca del hogar para poder hacer fuego.

Larena pasó un dedo sobre una botella de vino sin abrir. Estaba en medio de una pequeña mesa, casi como si fuera un regalo. Solo que ella tenía la sensación de que Fallon la había puesto allí él mismo, con lo que no era un regalo, sino, ¿más bien un castigo?

Recordó el momento de la cena. Él no había probado ni el vino ni la aguamiel. Solo había bebido agua. Extraño para un hombre como él.

Giró la cabeza hacia la cama. Había estado evitando mirarlo, pero ya no podía más. Sus pies empezaron a moverse y la llevaron hasta la cama. Él dormía con el rostro hacia las ventanas y la luz de la luna iluminaba sus dibujados rasgos y su reposada fuerza.

Era increíble. Tenía un rostro angular con unos hoyuelos bajo las mejillas que le daban una apariencia más fuerte y amenazadora. Tenía la barbilla cuadrada y la línea de la mandíbula marcada. Como un auténtico hombre de las Highlands.

La nariz era larga, recta y fina. Cuando detuvo la mirada sobre sus labios se estremeció al recordar cómo habían rozado su mejilla.

Sus ojos, aunque ahora estuvieran cerrados, eran del verde más hermoso que ella jamás hubiera visto. Unas cejas marrones los enmarcaban. Tenía una pequeña cicatriz junto al ojo izquierdo que debió de hacerse antes de que su dios fuera liberado.

Quería rozar aquella cicatriz y preguntarle cómo se la había hecho y cómo había conseguido no perder el ojo ni la visión.

La palidez de las sábanas contrastaba con su piel bronceada por el sol. Bajo la luz de la luna, su pelo parecía casi negro, aunque ella sabía que era marrón oscuro con reflejos dorados, como si hubiera pasado mucho tiempo al aire libre.

Bajó la mirada hasta su pecho desnudo, que se elevaba y bajaba rítmicamente. El abdomen estaba ondulado por los marcados músculos. Igual que los brazos y los hombros, e incluso sus manos que descansaban a ambos lados de su cuerpo.

Larena se acercó un poco más para observar atentamente el grueso torques de oro que llevaba al cuello. Dos cabezas de jabalí con las bocas abiertas y los dientes a la vista la observaban.

Ella se puso tensa, incapaz de creer que hubiera encontrado a uno de los MacLeod. Llevaba tanto tiempo manteniendo las distancias con todo el mundo que la necesidad de saberlo todo de Fallon MacLeod la asustaba. Los errores de su pasado no dejarían que olvidara que aun así tenía que mantenerse alerta con Fallon.

Pasó sus dedos entre uno de los rizos de su oscuro pelo que le llegaba hasta más abajo del hombro y le resultó agradable al tacto. Quería acariciarle el pelo una y otra vez. Quería cogerlo entre sus brazos y mecerlo en su regazo hasta que se quedara dormido con el suave contacto de las yemas de sus dedos sobre su cabello.

Larena apartó la mano temerosa de tocar más de lo que debía si no paraba en ese momento. Nunca antes había sentido algo así por un hombre y, para ser sincera, aquello la asustaba.

Volvió de nuevo la mirada hacia sus labios. ¡Qué boca más hermosa! Amplia, con unos labios firmes, ni demasiado delgados ni demasiado carnosos. Labios hechos para reír y para besar.

Ella se estremeció al pensar en el contacto de sus bocas. Alzó la mano para acariciarle la mejilla que había rozado su rostro con la barba. Incluso en la semioscuridad podía ver los gruesos pelos que crecían en su mandíbula. Le daban un aspecto malvado y peligroso. El aspecto de lo prohibido.

Fallon se removió en sueños, con la boca entreabierta. Parecía tan diferente mientras dormía. Las preocupaciones que marcaban sus ojos y su boca se habían esfumado. La arruga en la frente había desaparecido. Ahora parecía más joven, incluso travieso.

Larena sonrió intentando imaginarse al muchacho que debió haber sido. Se imaginó las preocupaciones que le habría causado a su madre. Como el mayor, tenía que ser fuerte por sus hermanos. La clase de jefe que un clan como el de los MacLeod había necesitado. Era una tragedia que Deirdre hubiera acabado con todos.

Al pensar en Deirdre, Larena se acordó de por qué estaba en la habitación de Fallon. Se apartó y se puso de pie junto a la ventana. Tenía que olvidarse de la tentación que suponía el cuerpo de Fallon.

*¿Por qué? ¿Por qué no utilizarlo? Has sentido su atracción por ti.*

Era cierto, sabía que él se sentía atraído por ella. Pero ¿podía permitirse volver a intimar con un hombre? ¿Se atrevería después de lo que había sucedido la última vez?

*Fallon es un guerrero. Él no quiere utilizarte.*

Larena consideró aquella idea. ¿Qué mal podría haber en abandonarse al deseo que sentía por Fallon? No perdería el control. Y solo por una vez sabría lo que se sentía en los brazos de un hombre como Fallon MacLeod.

# 6

Fallon no estaba seguro de qué lo había despertado. Estaba profundamente dormido, sumergido en un sueño de los tiempos de antes de la masacre de su clan. Le había llevado flores a su madre, como disculpa por haber vuelto a robar pan de la cocina.

Su madre siempre había dicho que sabía cómo conseguir la disculpa de una mujer. Él se había reído, agradecido de que ella no pudiera estar mucho tiempo enfadada con él.

Justo en el momento en que el sueño había tomado la siniestra dirección hacia la muerte de su clan, podía jurar que había sentido un perfume a lirios.

*Larena.*

De golpe el sueño cambió. Tenía a Larena entre sus brazos contra la puerta. Lo miraba con unos preciosos ojos azul turbio con grandes párpados y unos labios hambrientos de sus besos. Le cubrió la boca para volver a besarla, un gemido escapó de él cuando ella acopló sus caderas contra su virilidad.

Por todos los dioses, la deseaba con tal desesperación que rozaba la locura. Haría cualquier cosa, diría lo que hiciera falta con tal de poder reclamarla como suya.

Entonces, con una sonrisa, ella se había apartado de sus brazos y le había hecho un gesto con el dedo para que lo siguiera. Su perfume, ese maravilloso perfume a lirios, se fue tras ella.

Fallon se despertó con un anhelo que hacía que le doliera el pecho. Siguió con los ojos cerrados intentando regresar al sueño para seguir a Larena. Puede que no pudiera tenerla en la vida real, pero la tendría en sus sueños. En sus sueños podría tener cualquier cosa.

Un sonido como un suave suspiro llegó a sus oídos. Fallon entreabrió un ojo y se encontró con una mujer de pie junto a la ventana. La luz de la ventana la iluminaba y hacía que sus dorados rizos brillaran en el camino que recorrían bajando por su espalda.

Larena.

No podía moverse, no podía respirar. No estaba seguro de si era real o si era un sueño, pero no le importaba. Ella estaba en su habitación.

Él la observaba, fascinado, mientras ella se pasaba los dedos por entre los cabellos húmedos. Los impresionantes mechones rubios le caían en suaves ondas sobre sus hombros y sus pechos. Ella se cogió un mechón de pelo y empezó a trenzárselo distraídamente.

Fue entonces cuando Fallon se dio cuenta de que ella estaba sumida en sus pensamientos, con la mirada perdida en el horizonte. Dejó que sus ojos recorrieran su cuerpo, sorprendido al verla vestida solo con una fina túnica rosa. Él podía ver cada curva, cada punto donde su cuerpo se ensanchaba a través de aquella tela casi transparente.

Ya tenía una erección causada por su sueño, pero ahora estaba duro como una piedra.

De pronto las manos de Larena se detuvieron y su mirada se volvió hacia él. Se le secó la boca. Estaba aliviado de no haberse apartado las sábanas de encima como solía hacer.

No podía ser que ella estuviera en sus aposentos. No podía perder el tiempo con una mujer, con ninguna mujer, pero especialmente no con una que se había apoderado de sus sueños. Tenía una misión que llevar a cabo y la llevaría a cabo costara lo que costase.

—¿Qué estáis haciendo aquí? —le preguntó al darse cuenta de que ella no hablaría.

Ella se humedeció los labios con la lengua haciendo que Fallon fijara sus ojos en su gruesa boca.

—Os había dicho que necesitaba hablar con vos.

—Es cierto. Esta ya es la segunda vez que entráis en mis aposentos. Lo que tenéis que decir debe de ser realmente importante.

—Lo es.

Había un suave temblor en su voz. ¿Tenía miedo de él? De algún modo aquello no le hizo la gracia que le hubiera hecho en cualquier otro momento. Ella le había mostrado una gran fuerza en el poco tiempo que había estado observándola. No podía imaginarse que nadie pudiera darle miedo.

Se sentó y dejó caer las piernas por un lado de la cama, con cuidado de mantener las sábanas sobre su palpitante virilidad.

—Adelante, mi señora. Decid eso que es tan importante como para que hayáis irrumpido en mi habitación en plena noche.

Ella abrió la boca, luego la cerró y volvió a mirar por la ventana.

—En mi mente era mucho más fácil.

Antes de darse cuenta de lo que estaba haciendo, él se levantó de la cama y se dirigió hacia ella, sin preocuparle el hecho de estar desnudo. Era una estupidez, pero, no importaba lo mucho que lo intentara, no podía evitar querer acercarse a ella. Ella se giró para mirarlo de frente, con aquellos grandes ojos muy abiertos y expectantes. Pero ¿esperando qué?

—No deberíais estar aquí —dijo. Le estaba costando un gran esfuerzo mantener el control para no empujarla hacia él y cubrirle la boca en un beso con tal furia que los arrebatara a los dos.

Ella tragó saliva y dejó ambas manos sueltas a los costados.

—Tenía que venir.

—Marchaos.

—No puedo.

La cogió por la parte superior de los brazos y le dio una pequeña sacudida.

—Marchaos —le dijo entre dientes. Tocarla había sido un error, pero tenía que hacerle comprender que no podía controlar el hambre que lo corroía.

—No puedo —repitió ella.

Él inhaló el perfume de los lirios y estuvo a punto de soltar un gemido. Su virilidad erguida entre ambos, palpitante de dolor por sentir su húmedo calor.

—Larena, tenéis que marcharos. Ahora.

Ella lo miró a los ojos y levantó el rostro hacia él.

—No.

Entonces supo que estaba perdido. No podía hacer que se marchara y lo que era aún peor, estaba condenadamente contento de que no lo hiciera.

—Entonces nos condenáis a los dos.

Larena sabía que iba a besarla. Lo había visto en sus ojos en el momento que se levantó de la cama. Esperaba un beso brusco, nacido de la rabia y la lujuria. Pero nunca se hubiera imaginado el suave tacto de sus labios y el deseo que la poseyó cuando su lengua se introdujo en su boca.

Estaba desbordada por su sabor y, oh Dios, qué bien sabía. Sus manos soltaron sus brazos y subieron hasta el cuello donde acarició cada esquina de su rostro. Él le inclinó la cabeza hacia un lado y la besó con más fuerza.

Larena no pudo detener el gemido de placer que se le escapó del alma. El beso era embriagador, y le producía una calma interior comparable a la que producía el vino dulce. Aquello provocó que deseara más. Mucho más.

El beso duró una eternidad mientras el calor aumentaba en su cuerpo y su corazón palpitaba en su pecho. Fallon movió un brazo hacia la parte baja de su espalda y la apretó contra él, su masculinidad presionada contra su estómago le hacía difícil poder mantenerse en pie. Ella le rodeó el cuello con los brazos, encantada al sentir los músculos de su espalda moviéndose bajo sus manos.

Su fuerza la fascinó, su ternura la sorprendió. Se había sentido atraída por Fallon desde el primer momento en que lo había visto, pero ahora, con cada caricia y cada beso, estaba cayendo cada vez más profundamente en el hechizo de la pasión que él despertaba en ella.

En su cabeza empezaron a sonar campanas de alarma, pero su cuerpo hacía tiempo que no respondía a su cabeza. No había ninguna posibilidad de que ella pudiera apartarse de él ahora. Era más fuerte de lo que lo había sido la primera vez y se aseguraría de que nadie volviera a aprovecharse de ella. Incluso si aquel hombre podía crear aquel hechizo de pasión como lo hacía Fallon.

—Dios mío, Larena —murmuró él entre besos.

Ella no podía estar más de acuerdo, pero aquel no era el momento de hablar. Era momento de tocarse y de sentir y de amar.

Las manos de Fallon estaban por todas partes, acariciando cada parte de su cuerpo y aun así aquello no le bastaba. Ella se estremeció cuando sus manos le abrieron la túnica y pasaron por encima de sus pechos hasta su cintura. Su boca volvió a abalanzarse sobre la suya, sus lenguas se enredaron en una frenética e innegable lujuria. Ella perdió toda noción del tiempo y del espacio. Todo lo que importaba era Fallon y lo que estaba haciendo con su cuerpo.

Ella jadeaba ante el contacto de su piel. Se acababa de dar cuenta de que le había quitado la túnica. Larena se estremeció ante el calor de sus cuerpos. ¡Estaba tan duro, tan excitado! Sus pezones se pusieron erectos al contacto de su pecho contra sus senos.

El calor la inundó y se concentró entre sus piernas, produciéndole una punzante palpitación. Quería tocar a Fallon como él la estaba tocando a ella, pero cada vez que lo intentaba, él la detenía.

—Ahora no —dijo Fallon antes de volver a besarla.

Larena desistió. Por el momento. Estaba decidida a poseer a Fallon aquella noche y entonces ya tendría la ocasión de tocar su cuerpo. Por ahora, le bastaba con que él la deseara.

Se le escapó una carcajada cuando él la lanzó contra la cama y se puso rápidamente sobre ella. Ella miró sus apasionados ojos verdes. Vio deseo y a la vez preocupación en aquellos dos pozos profundos.

—Debería haber sabido que no podría ignorar el hambre que despiertas en mí —dijo.

Larena se levantó y le acarició la cara.

—Haces que se me corte la respiración —le confesó. Sabía bien que no debía decirle a un hombre tales cosas, pero se le había escapado de los labios antes de darse cuenta. Sabía que era cierto y eso la aterrorizaba, pero había algo en Fallon que tiraba de su corazón.

Él se inclinó y empezó a besarle el cuello y todo el pecho y luego entre el valle que dibujaban sus senos. Su cuerpo, grande y musculoso, se acomodó entre sus muslos y su erección palpitaba contra su anhelante sexo.

Ella se estremeció con la necesidad de tenerlo en su interior. Habían pasado décadas desde la última vez que había estado con un hombre. Aquella otra vez había sido un error, un error que había pagado muy caro. Desde entonces se había cuidado mucho de que no le volviera a suceder lo mismo. Pero de algún modo, eso era imposible con Fallon.

Una de sus grandes manos encallecidas le cubrió un seno mientras pasaba el pulgar por encima del pezón. Ella gimió y arqueó la espalda, deseosa de más, de mucho más. El placer que aquella simple acción le había provocado era indescriptible.

Sus senos se hincharon y sus pezones se endurecieron con el placer que la inundaba. Mientras jugueteaba con un pezón entre sus dedos, cubría el otro con su boca y lo chupaba.

Larena soltó un gemido y sumergió sus manos entre sus cabellos. El deseo y la pasión formaban remolinos en su interior, haciendo que se olvidara de respirar mientras pensaba en el hombre que tenía entre sus brazos.

La pasión se desbordó en su interior produciéndole punzadas de placer y haciendo que se estremeciera. La boca y la lengua de Fallon estaban haciendo que se volviera loca mientras alternaba entre chupar y sorber un pezón y sus dedos pellizcaban y acariciaban el otro.

La tortura era exquisita, el placer interminable. Larena gimió cuando él se metió un pezón en la boca y sorbió con fuerza. La fuerza de sus labios le produjo una oleada de deseo. Estaba a punto de llegar al clímax solo con lo que estaba haciendo con sus pechos. Parecía imposible, pero cuanto más la tocaba Fallon, más le ofrecía su cuerpo.

Empujó sus caderas contra él, buscando un poco de alivio al enloquecedor deseo que se arremolinaba en su interior. Él se hizo a un lado y deslizó la mano desde sus pechos, por su cuerpo, hasta los rizos que escondían su sexo.

Larena gimió cuando sus dedos le separaron los labios. Él hábilmente pasó sus diestros dedos por aquellos sensibles pliegues. El tacto de sus dedos hacía que se incrementara su conciencia sobre él y las punzadas en su interior. Entonces, por fin, introdujo un dedo en su interior y ahondó en su intimidad.

Sus dedos se cerraron agarrando fuertemente las sábanas mientras gemía y pedía más. Debería estar avergonzada de sí misma, pero con Fallon tocando todo su cuerpo, nada importaba.

Sus hábiles dedos se movían hacia dentro y hacia fuera al ritmo de su cuerpo, llevándola cada vez más cerca del orgasmo. Cuando posó los dedos sobre su clítoris, ella gritó su nombre, con todo su cuerpo estremeciéndose de placer.

Luego volvió a introducir los dedos en su interior, esta vez dos. Los movía lentamente y luego poco a poco cada vez más deprisa hasta que ella se estremeció ante la necesidad de liberar su orgasmo.

—Que los dioses me acompañen —dijo Fallon con un gemido—. Ha pasado tanto tiempo, Larena. No puedo esperar.

Ella no quería esperar. Ni un momento más.

—Pues no esperes más.

Él se puso sobre ella y guió su virilidad hacia sus resbaladizos pliegues. Ella soltó un grito cuando la punta de su miembro rozó su parte más sensible enviándole olas de placer por todo el cuerpo.

Y luego con un firme movimiento de caderas se introdujo en su interior.

Larena arqueó la espalda al sentir cómo la satisfacía, cómo la saciaba. Ella levantó las piernas y las entrelazó alrededor de su cintura y él empujó más adentro, hasta introducir toda su envergadura.

Por un momento ambos se quedaron quietos, sus fuertes respiraciones inundaban la habitación. Fallon bajó los ojos para mirarla y en el rostro se le dibujó una sonrisa.

—Echaba de menos todo esto —dijo.

Larena levantó las caderas y sonrió de oreja a oreja cuando Fallon suspiró profundamente.

—No pares, por favor. No pares ahora.

—Nunca —prometió él.

Salió de su interior solo para volver a arremeter con más fuerza. Larena gimió y se entregó a las deliciosas sensaciones que le recorrían el cuerpo. Le rodeó la cintura con las piernas de nuevo y entrelazó los tobillos. Él susurró su nombre y sus caderas empezaron a moverse a mayor velocidad.

Larena no podía creer lo que sentía teniendo a Fallon en su interior. Era hermoso y le gustaba tanto que hubiera deseado que aquel momento no terminara nunca. El clímax llegó rápidamente y la cegó con toda su intensidad mientras la consumía. Larena sucumbió a la necesidad de su cuerpo, la necesidad que se había estado negando durante tanto tiempo. Mientras se recuperaba del momento de éxtasis, abrió los ojos y se encontró a Fallon mirándola.

—Dios mío —susurró él.

Con su cuerpo todavía convulsionándose de tan poderoso orgasmo, levantó las caderas para encontrarse con las suyas. Fallon levantó la cabeza mientras volvía a arremeter en su interior, con su cuerpo tenso y sacudiéndose. Larena lo apretó contra sí mientras él llegaba al orgasmo. Cuando el último de sus temblores lo abandonó, se dejó caer sobre ella.

Larena lo rodeó con sus brazos, abrazándolo con fuerza, acariciándolo. Todavía podía sentirlo en lo más profundo de su interior. Deseaba que pudieran quedarse tal y como estaban por toda la eternidad, pero aquello era un sueño.

Después él salió de ella y se puso de lado. Larena se resistía a perder el contacto, así que se giró para mirarlo. Sus miradas se encontraron. Él levantó la mano y le acarició la mejilla con los nudillos.

—¿Por qué? —preguntó él.

¿Cómo podría explicárselo?

—Dijiste que sentías el deseo en mí. Supe desde el primer momento en que te vi que eras especial.

—¿Especial? —Él frunció el ceño—. No.

—Sí —dijo ella, y le pasó la mano por la frente para alejar aquel gesto—. Sé que no debería haber venido a tu habitación, pero lo que tengo que decirte tiene que hacerse en privado.

Él le cogió una mano entre las suyas.

—Dime.

Ahora que ya tenía su atención, estaba aterrorizada. ¿Cómo reaccionaría? ¿La aceptaría? ¿La creería? ¿La despreciaría?

Ella no creía que pudiera soportar su desdén.

—Larena —le urgió amablemente—. Dime.

Ella se giró para tumbarse de espaldas y se quedó observando el dosel color burdeos de la cama, que colgaba sobre ella.

—Es difícil saber por dónde empezar.

—No me voy a ninguna parte, ¿por qué no empiezas por el principio?

El principio. Hacía tanto tiempo de aquello y había tantas cosas que quería olvidar… Pero Fallon tenía razón. Tenía que empezar a contárselo por donde todo comenzó.

—Mi clan, los Monroe, no son un gran clan, pero son poderosos. Podemos remontarnos a los tiempos de los celtas y ya incluso entonces nuestro clan era fuerte. Hemos perdurado en el tiempo.

Larena no podía soportar la ansiedad que se apoderó de su cuerpo y se puso en pie para acercarse a la ventana. Aquella era la parte más complicada y necesitaba crear espacio entre los dos para dejarlo salir todo.

—Sé lo que eres, Fallon. Sé lo que hay en tu interior. Mi familia ha ido pasando de generación en generación historias sobre los antiguos celtas y los romanos. Historias que cuentan por qué los romanos abandonaron nuestras costas.

Ella se detuvo y esperó a ver si Fallon decía alguna cosa. Solo el silencio llegó hasta ella. Se giró a mirar por la ventana cómo los árboles se mecían con el viento.

—A esas historias se añadieron algunas de nuevas. Historias sobre los MacLeod y una malvada druida llamada Deirdre.

Ella oyó un crujido en la cama y supo que él se había puesto en pie.

—El jefe, mi tío, sabía que nuestro tiempo estaba llegando a su fin. Pronto Deirdre encontraría el modo de llegar hasta nuestro clan y capturar al hombre más fuerte para convertirlo en un guerrero.

—La sangre de los dioses —murmuró Fallon detrás de ella.

—Pero nosotros contábamos con una ventaja. —Larena se obligó a mirarlo—. Teníamos a una druida en nuestro clan. Ella y su familia habían estado cuidando de nosotros, manteniendo vivas todas aquellas historias. Ella conocía el conjuro para liberar al dios.

Fallon frunció el ceño y entrecerró los ojos.

—La familia se reunió en el gran salón. Mi tío y su hijo, Naill, el cual pensaban todos que se convertiría en el futuro guerrero, estaban en pie en el centro del salón. La druida Robena comenzó a pronunciar el conjuro. Solo que no fue a Naill a quién eligió el dios.

—¿A quién? —preguntó Fallon.

Ella intentó tragarse el pánico.

—Yo estaba junto a mi padre cuando empezó el dolor. Intenté silenciar mis gritos, pero pronto ese dolor fue demasiado grande para poder esconderlo. Caí de rodillas, la piel me ardía, los huesos se me estaban haciendo pedazos. Debí de desmayarme, porque cuando volví a recuperar la consciencia, Robena estaba en pie junto a mí con una gran sonrisa iluminando su arrugado rostro.

»Mi padre me ayudó a levantarme mientras Robena anunciaba que el dios ya había elegido. Me había elegido a mí y no a Naill. Mi tío y mi primo estaban tan furiosos conmigo que me desterraron del clan. Con solo tiempo para poder abrazar a mi padre, Robena y yo nos escondimos en el bosque.

Fallon la miraba conmocionado.

—¿El dios te eligió a ti?

—En realidad es una diosa.

Había esperado muchas cosas, pero no aquella palpable desconfianza. Él no la creería hasta que se lo mostrara.

—Mi diosa es Lelomai, diosa de la defensa.

Abrió los brazos y dejó que su diosa la transformara. Primero las garras, largas y afiladas, luego los colmillos y luego todo su cuerpo. Ella estaba en pie ante Fallon, esperando, rogando, que él fuera la salvación que ella buscaba.

## 7

Fallon solo podía observar atemorizado a Larena. Nunca en su vida había visto algo tan hermoso. Ya era una mujer increíblemente bella, pero cuando se transformó era… impresionante.

Se puso en pie y se dirigió hacia ella. Brillaba con todos los colores del arco iris aunque con un tono más apagado. Le tocó un rizo, sorprendido al ver el tornasolado color que también tenían sus cabellos. De todos los guerreros a los que él había visto, ninguno tenía un cabello que cambiara de color.

Su mirada se perdió en aquella escultural figura resplandeciente. Él le cogió una mano entre las suyas y observó sus largas garras del mismo color que su piel. Eran más pequeñas que las suyas, pero igual de mortíferas. Una mirada a sus labios entreabiertos le mostró los colmillos.

Definitivamente ella era una guerrera. Una guerrera mujer. ¿Quién se hubiera imaginado que existieran?

—Eres hermosa —susurró.

Su preocupada mirada se encontró con la de él mientras apartaba la mano de entre las suyas.

—Soy la única guerrera que yo sepa que existe, Fallon. Deirdre no sabe nada de mí. Todavía. Pero solo es cuestión de tiempo.

Entonces él comprendió por qué había estado buscándolo.

—Quieres mi protección.

—Sí.

¿Cómo podría volverle la espalda? Él estaba allí por sus hermanos, pero encontrar a Larena también podría ayudarlos en su causa de luchar contra Deirdre. Otro guerrero solo mejoraría su situación frente a ella.

—La tienes. ¿Cuánto tiempo hace que eres una guerrera?

—Un centenar de años.

Había estado sola demasiado tiempo. Él sintió pena por ella.

—¿Y por qué viniste al castillo del rey?

—Malcolm aceptó ayudarme a descubrir cualquier cosa que tuviera que ver con Deirdre.

—¿Dónde has estado antes de llegar aquí?

Ella se encogió de hombros y le dio la espalda.

—Aunque fui desterrada de mi clan, siempre me mantuve cerca de ellos por mi padre. En el bosque Robena me ayudó a entrenarme en las cosas que necesitaría saber para convertirme en una auténtica guerrera.

—¿Y por qué viniste a Edimburgo?

La mirada de ella se encontró con la suya y pudo ver desafío y determinación en lo más profundo.

—Es mi deber mantenerme alejada de las garras de Deirdre. En el bosque no estaba descubriendo nada ni de Deirdre ni de los otros guerreros.

—Puede, pero allí estabas escondida.

—No exactamente. Llevo luchando contra los wyrran desde que se liberó a mi diosa. Como la mayoría de los guerreros son seres solitarios y viven escondidos, me imaginé que sería una buena oportunidad saber hasta dónde había llegado el poder de Deirdre en el castillo del rey.

—¿Crees que Deirdre tiene control sobre el rey?

—No —dijo negando con la cabeza—. Por lo menos todavía no. Pero fue estando aquí cuando descubrí que los MacLeod habían sido encontrados.

—Y por lo que me buscabas —terminó él.

—Puede que haya estado sola, pero sé defenderme a mí misma.

Él echó un vistazo a sus garras y sonrió.

—No tengo ninguna duda de ello.

—Que sea una mujer no significa que no pueda cuidar de mí misma. Ya he matado a un hombre. Le di mi cuerpo porque era ingenua y creía que él se preocupaba por mí. Me traicionó y mató a mi padre.

—Dios santo —murmuró Fallon incapaz de creer que nadie pudiera hacer algo así.

—Estaba muy furiosa. Una vez la ira se apoderó de mí, dejé de ser yo misma. Lo siguiente que recuerdo es que estaba mirando a su cuerpo sin vida.

Fallon asintió con la cabeza.

—Te traicionaron, Larena, y lo hizo alguien en quien tú habías confiado. Tu diosa se defendió y en el proceso mató a aquel hombre. No permitas que el asesinato de tu padre y aquella traición te sigan persiguiendo.

Ella le respondió con una tímida sonrisa. Cuanto más sabía de Larena, más impresionado estaba por su valentía y su coraje.

—¿Qué otros poderes tienes?

Justo delante de sus ojos, ella desapareció. Fallon se giró a un lado y a otro buscándola.

—¿Larena? ¿Dónde te has metido?

—Estoy aquí justo en el mismo sitio —respondió.

Él oyó su voz, pero no podía verla. El poder que tenía era enorme y podría ser de gran ayuda en la inminente batalla.

—Impresionante.

Ella se materializó frente a él y su diosa desapareció dejando delante de él a la belleza con la que acababa de acostarse.

—Como ya te he dicho, puedo protegerme y puedo ayudaros.

—Te llevaría al castillo de todos modos, Larena. Eres una guerrera, Deirdre no se detendrá ante nada para que estés bajo su poder.

—He ido con cuidado, pero temo que no tarde en encontrarme.

—Nos aseguraremos de que eso no suceda.

Vio el alivio que se dibujaba en sus ojos y la cogió entre sus brazos. Por primera vez en mucho tiempo se sentía necesitado, como si él pudiera cambiar las cosas. No cometería los mismos errores que había cometido con sus hermanos. Protegería a Larena, con su vida si fuera necesario. Puede que hubiera decepcionado a sus hermanos durante todos estos siglos, pero no le fallaría a Larena.

—Gracias —dijo ella, con la voz temblorosa.

—Ya no volverás a estar sola, Larena. Me tienes a mí. Una vez lleguemos al castillo, conocerás a mis hermanos y a otros guerreros y druidas que hay allí. Estarás protegida.

Ella asintió.

—Pensaba que me rechazarías.

—¿Que te rechazaría? —La apartó de sus brazos y le levantó la cara para que lo mirara, la urgencia por besarla había aparecido de nuevo—. Tú no tenías elección ante la diosa. La diosa te eligió. Arrastras los mismos sufrimientos que todos nosotros, sin importar si eres un hombre o una mujer.

Había algo en sus ojos. Tenía más cosas que contarle, un secreto que no estaba segura de poder confiarle todavía. Él lo entendía. Si él fuera ella, tampoco se fiaría, pero conseguiría ganarse su confianza. Aquello no cambiaría todo el mal que les había hecho a sus hermanos, pero ayudaría. Se convertiría en el hombre que su padre había querido que fuera.

—¿Lo sabe Malcolm? —preguntó.

—Sí. Lo sabe todo. Intenté que no lo supiera y ahora temo que Deirdre descubra que me ha estado ayudando.

Fallon maldijo para sus adentros.

—Malcolm se ha puesto a sí mismo en una situación muy peligrosa. Deirdre irá tras él si descubre algo.

—Lo sé —dijo Larena—. Yo ya he utilizado ese argumento antes, pero Malcolm me dijo que quería reparar lo que nuestra familia me había hecho. Él será el próximo jefe y no quiero que le suceda nada. Ni siquiera debería estar aquí conmigo.

—Entonces debe volver de inmediato con tu clan.

Ella asintió.

—Estoy de acuerdo. Una vez le haya asegurado que me protegerás, lo enviaré a casa.

Fallon tenía un sentimiento de intranquilidad. ¿Cómo había conseguido Larena mantenerse oculta de Deirdre durante todo este tiempo?

—¿El wyrran?

—Lo maté —admitió—. Esperé hasta que salió del gran salón.

—¿Te vio alguien matarlo?

—No. Luego escondí el cuerpo en el bosque. Malcolm está allí ahora quemándolo.

Se pasó una mano por el rostro.

—¿Y regresaste al castillo igual que te marchaste?

—Sí, sin que me vieran.

Era un gran castillo, lleno de gente entrometida. ¿Tendrían tanta suerte de que Larena hubiera pasado desapercibida?

—Me pregunto si el wyrran estaba aquí por mí o por ti.

—Creo que por ti —respondió ella—. Al fin y al cabo, Deirdre no sabe nada de mí. Llevo por aquí algo más de un año, Fallon, y nunca había aparecido ningún wyrran en el castillo. No hasta que tú viniste.

—Bien. Creo que deberíamos marcharnos mañana por la mañana, lo más temprano posible.

—Perfecto —dijo, y se dirigió a la cama. Se metió en ella, despreocupada por su desnudez y el efecto que eso ejercía sobre él—. Se lo diré a Malcolm tan pronto como lo vea.

Fallon sintió cómo volvía a despertar su virilidad. No se sorprendió al ver que la deseaba de nuevo. Estar con Larena había sido… fascinante. Puede que hubiera pasado trescientos años sin haber estado con una mujer, pero sabía que ninguna había llegado hasta él del modo en que ella lo había hecho.

Ella sonrió y bajó la mirada.

—Llevo tanto tiempo buscando a los MacLeod que ahora me parece extraño haberte encontrado.

Él se acercó, se quedó en pie frente a ella y le cogió el rostro con las manos. Se sumergió en la profundidad de sus turbulentos ojos azules. Solo podía imaginarse lo que podía haber sido verse desterrado por su propio clan. Aquello le trajo a la memoria todas las veces que le había fallado a su familia.

—Te doy mi palabra, Larena. Nunca te abandonaré.

Incapaz de contenerse, se inclinó y posó sus labios sobre los suyos. Ella lo rodeó con sus brazos y lo besó con más pasión. La llama del deseo volvió a encenderse. Fallon no podía evitar sentir cómo la pasión le recorría las venas ni podía evitar que se le cortara la respiración.

Cuidadosamente empujó a Larena sobre la cama y cubrió su cuerpo con el suyo. Sus suaves curvas, tan femeninas y seductoras, daban vueltas en su cabeza. Se sorprendió al pensar en todo el tiempo que había pasado sin sentir el contacto de una mujer. Había echado mucho de menos el tacto de una mano femenina, las suaves miradas y las dulces caricias.

El simple hecho de saber que ella era una guerrera, que ella sabía lo que él era y lo que había en su interior, liberó algo primitivo en él. Quería reclamar a Larena como suya. El solo pensamiento de otro hombre, otro guerrero, tocándola lo volvía loco.

Fallon pasó la mano por su costado hasta llegar a su cintura y por encima de sus caderas a los rizos que albergaba entre sus piernas. Ya estaba sedienta de él. Quería sumergirse en su interior y penetrar una y otra vez su cuerpo.

Él gimió al ver lo húmeda que estaba.

—Ya estás lista para acogerme.

Ella asintió, con los ojos llenos de deseo.

—No sé lo que haces con mi cuerpo, Fallon, pero no pares de hacerlo. Por favor, no pares.

No lo haría. Ni ahora ni nunca. ¿Por qué era incapaz de controlar su cuerpo cuando estaba junto a ella? Era ver a Larena, oler su esencia y sentir la imperiosa necesidad de poseerla.

Fallon le levantó una pierna y la penetró. Ella gritó de placer, clavándole las uñas en la espalda. Su pasión solo consiguió encender más la de Fallon. Salió de ella hasta que solo la punta de su miembro estaba dentro y luego volvió a penetrarla profundamente hasta tocar su útero.

Ella gritó su nombre, moviendo su cuerpo al compás del suyo. Él sintió como se aproximaba su clímax, pero no quería llegar sin ella. Fallon metió la mano entre ambos y encontró su clítoris. Acarició la pequeña protuberancia en círculos hasta que se hinchó y Larena se estremeció de puro placer.

Le encantaba la manera en que ella respondía a su tacto. Hubo un tiempo en que creía que había olvidado cómo dar placer a una mujer, pero de pronto al tocar el delicioso cuerpo de Larena todo había vuelto a su cabeza.

—¡Fallon! —gritó, levantando sus caderas para encontrarse con las suyas.

Él sabía que estaba a punto de llegar al orgasmo. Acercó la boca a uno de sus pezones y sorbió con fuerza. Su cuerpo se arqueó bajo el suyo mientras llegaba el orgasmo.

Fallon levantó la cabeza y observó su rostro de completo abandono al placer. Era hermoso. Se olvidó de todo cuando sintió cómo su sexo se contraía alrededor de su miembro. No podría retrasar más su orgasmo. Arremetió de nuevo con sus caderas una, dos veces y entonces llegó el clímax. Cerró los ojos y su cuerpo tembló mientras su semilla se esparcía en su interior.

El sudor cubría sus cuerpos y le temblaban los brazos por mantenerse sobre ellos. Abrió los ojos y la vio mirándolo.

—¿Qué es lo que has hecho conmigo, Fallon MacLeod? —susurró.

Él no tenía la más remota idea, pero quería seguir haciéndolo.

## 8

Con el cuerpo saciado, Larena empezó a quedarse dormida. Él cubrió ambos cuerpos con las sábanas para no coger frío y le besó la frente.

Fallon murmuró algo, pero ella no pudo descifrarlo. Quería preguntarle qué había dicho, pero el hábil modo en que sus dedos le acariciaban el brazo y la espalda la llevó a recordar el placer que justo acababan de experimentar. Ella quería pasar meses, años con él.

—Eres un buen hombre, Fallon MacLeod. —Ella giró la cabeza para mirarlo. No conocía a ningún otro guerrero que estuviera dispuesto a luchar contra Deirdre con tanta convicción.

Él frunció el ceño y puso una mirada distante, como si sus palabras le hubieran traído a la mente recuerdos largamente enterrados.

—No, Larena, no lo soy. Todavía no. Mis hermanos son buenos hombres y yo intento serlo.

—Háblame de tus hermanos. Antes de que vuestro dios fuera liberado. ¿Cómo era vuestra vida?

Una débil sonrisa tocó sus labios.

—Llevábamos una buena vida. El matrimonio de nuestros padres había sido concertado, pero ellos se habían enamorado. Aquel amor era evidente en todo lo que hacían. Mi padre era un hombre severo, pero también inteligente y bien amado por todo su clan a la vez que respetado por los otros clanes. Mi madre era la que tenía el toque de ternura. Su voz podía calmar a cualquiera y nos miraba de un modo que podía conseguir que nosotros le dijéramos todo lo que quería saber.

Larena se rió. No le costó ningún trabajo imaginar a su familia y cómo podía haber sido su vida.

—Tus padres parecían encantadores.

—Eran los mejores. Yo era consciente de cómo eran los padres de algunos de mis amigos, sabía que mis padres eran especiales.

—Mis padres no se querían, no de ese modo. Pero aun así, se preocupaban el uno por el otro.

—Tú fuiste más afortunada que muchos otros.

—Sí.

—¿Tuviste hermanos?

Ella suspiró.

—Era yo sola. Siempre quise tener una hermana.

—Yo no podría imaginarme la vida sin mis hermanos. Lo hacíamos todo juntos. Pocas veces andaba cada uno por su lado. Recuerdo cuando se casó Quinn. Era muy extraño pensar que ya no andaría por ahí correteando con Lucan y conmigo.

—¿Cómo son tus hermanos?

—Fuertes. Inteligentes. Astutos. Honorables. Son los mejores hombres que conozco. Lucan siempre era el que nos unía a Quinn y a mí. Lucan heredó esa habilidad para tranquilizar a los demás de mi madre y la utilizaba con juicio. Mientras que yo tenía la costumbre de pensarme demasiado las cosas, Quinn era impulsivo y siempre se lanzaba a hacer las cosas sin pensar en las consecuencias. Pero, siempre que Quinn se metió en algún lío, fue lo bastante inteligente como para saber salir de él.

—Creo que me gustarán tus hermanos —le dijo con una sonrisa. Cerró los ojos lentamente mientras los perezosos dedos de Fallon recorrían de nuevo su espalda.

—Estoy convencido. Y tú les gustarás a ellos también.

—Y después de que Deirdre liberara al dios con su magia, ¿qué sucedió?

Él soltó un largo y profundo suspiro.

—Fue el infierno. Mientras vivimos en las montañas comimos lo que pudimos encontrar. Nos estábamos convirtiendo en animales salvajes y aunque sabía que tenía que transformarme en el líder que mi padre me había educado para ser, no podía acostumbrarme al dios que llevaba dentro.

—No seas tan duro contigo mismo, Fallon. Para poder ayudar a tus hermanos, tenías que ayudarte primero a ti mismo.

Fallon gruñó. Bien que se había ayudado a sí mismo. Había intentado bloquear los recuerdos de todos aquellos años que vinieron después de lo de Deirdre, pero le gustaba hablar con Larena. Y por alguna razón, quería que ella supiera quién era, que lo conociera de verdad en lugar de dejarla solo ver al hombre que ella pensaba que era.

Porque tienes miedo de fallarle como les fallaste a Lucan y a Quinn.

Aquella era la única verdad, por muy doloroso que resultara admitirlo.

—No estoy muy seguro de dónde encontró Lucan el vino —dijo Fallon lentamente—. Había salido a buscar comida, y cuando regresó a nuestra cueva llevaba una jarra de vino. Empecé a beber. No me costó mucho darme cuenta de que cuanto más bebía menos oía y sentía al dios.

—Así que seguiste bebiendo —dijo ella con voz sincera.

Él se detuvo. ¿Debería decírselo? Se dio cuenta de que ella tendría una opinión muy diferente de él en cuanto lo supiera. También podía acabar con todo lo que se estaba formando entre ellos, pero puede que fuera lo mejor. Destruir toda esperanza ahora, antes de perderla a ella después. Además, ella lo descubriría en cuanto llegara al castillo. Era mejor que supiera el tipo de hombre que era ahora.

Era mejor para ambos.

—Sí —respondió—, seguí bebiendo. Cuando Lucan no me traía vino, salía yo mismo a buscarlo.

—¡Oh, Fallon! —murmuró.

Él le cogió el brazo, aterrado de que fuera a apartarse de él y no podría terminar de contarle la historia si tenía que mirarla a los ojos.

—En lugar de convertirme en el líder que se suponía que tenía que ser, dejé que Lucan cargara con toda la responsabilidad. Sabía que me necesitaba para ayudarle a controlar a Quinn, pero yo me sumergí en la bebida de todos modos.

»Cada mañana me levantaba y veía los evidentes rastros de la ira de Quinn en las paredes de la cueva donde había clavado sus garras. La pérdida de su mujer y su hijo lo trastornaron. En todo este tiempo no ha sido capaz de recuperarse. Yo debería haber estado allí a su lado. Al lado de mis dos hermanos.

—¿Qué hubieras hecho? —preguntó Larena—. La gente tiene modos muy diferentes de afrontar el dolor.

—Les di la espalda a mis dos hermanos. Lucan me suplicó que dejara de beber. Trataba de esconder el vino, pero con aquello solo conseguía que los dos nos enzarzáramos en terribles peleas. Le doy gracias a Dios de que no pudiéramos matarnos, pero temo que hubiéramos acabado haciéndolo. Solo por conseguir mi vino.

Los dedos de Larena temblaron sobre su pecho y él pudo sentir el peso de sus párpados mientras lo observaba. Su impresión de que era un buen hombre había sido destruida y, aunque él odiaba la idea, era para bien de los dos. Él no había sido el hombre que debería haber sido, y no quería fallarle a ella como les había fallado a sus hermanos.

—No sé en qué momento se dio cuenta Lucan de que no podría detenerme. Solo sé que siempre se aseguró de que yo tuviera vino. Cuando nos pidió que volviéramos al castillo, yo quería negarme. Estar cerca del lugar que en aquel entonces solo albergaba muerte y destrucción no era el modo en el que quería pasar mis días. Pero después de todo lo que Lucan había hecho por mí, no pude decirle que no. Aunque quisiera estar en cualquier otra parte antes que entre aquellas paredes de piedra.

—Él pensó que sería para el bien de todos.

Fallon se encogió de hombros.

—Supongo. De algún modo sí que le hizo bien a Quinn y aquello hizo que Lucan se reafirmara en su idea. Él nos ayudó a Quinn y a mí lo mejor que supo, y no hay nada que pueda hacer en esta vida para agradecérselo a Lucan. Durante casi trescientos años yo ahogué a mi dios en el vino. Durante trescientos años, dejé solos a mis hermanos. Cuando un wyrran se acercaba al castillo, luchaba contra él, pero solo con mi espada.

—¿Nunca dejabas libre a tu dios?

—No, nunca me atreví. Ni siquiera cuando Lucan trajo a Cara al castillo y los guerreros de Deirdre nos atacaron por primera vez. Como yo no me convertí, un guerrero casi consigue marcharse con Cara. Nunca olvidaré la expresión de terror en los ojos de Lucan cuando vio a aquel guerrero con Cara.

—¿Qué sucedió?

—Los tres habíamos sido siempre buenos luchadores. Nadie podía vencernos y cuando nos enfrentábamos unos contra otros, siempre acabábamos en empate. Éramos buenos luchando solos, pero imparables si luchábamos los tres juntos. Supongo que por eso, Apodatoo, el dios de la venganza, eligió instalarse en los tres.

Ella asintió con la cabeza, un mechón de pelo le rozó la nariz.

—Era justo lo que me preguntaba.

—Teníamos al guerrero acorralado y atacamos. Lucan se llevó a Cara, y Quinn y yo matamos al guerrero. Pero sabíamos que Deirdre atacaría de nuevo. Quería ayudar a mis hermanos, pero aquello significaría dejar libre al dios.

—No podías hacerlo, ¿verdad?

La vergüenza le cubrió el rostro.

—Había pasado demasiado tiempo ignorando lo que había dentro de mí, incluso los poderes que este hecho llevaba consigo. Tenía miedo de perjudicar a Lucan más que ayudarlo. Sabía que podía ejercer mucha presión luchando con mis espadas y eso es lo que tenía pensado hacer.

Volvió a recordar la batalla y cómo Cara había luchado ferozmente contra el wyrran. Lucan se había mantenido siempre cerca de ella, pero sucedió lo impensable. Un guerrero la capturó y salió huyendo antes de que Lucan pudiera salir a seguirlo.

—Había demasiados wyrran. Nunca había visto tantos. Matabas a uno y aparecían cinco en su lugar. Invadieron el castillo junto con cuatro guerreros. Lo que no sabía Deirdre es que de nuestro lado teníamos a cuatro guerreros más.

Larena sonrió para sí.

—Jugabais con ventaja numérica.

—O eso es lo que creíamos. Pero de algún modo un guerrero logró capturar a Cara. Yo fui el único que lo vio y sabía que tenía que ser capaz de ayudarla. Si Quinn casi se había vuelto loco con la pérdida de su mujer y su hijo, yo sabía que Lucan nunca se recuperaría. Cara es su vida entera. Así que perseguí al guerrero y a Cara, tratando de mantenerlos dentro del castillo hasta que Lucan fuera capaz de encontrarnos.

»La mayor parte del castillo sigue en ruinas y el guerrero subió a una torre que daba justo al mar. Obligó a Cara a que se cogiera a su espalda y empezó a bajar por la torre hacia el mar. Un movimiento en falso y Cara iría directa a una muerte irremediable.

Larena se reclinó sobre el codo y miró a Fallon.

—¡Por todos los dioses! Deirdre debía de querer capturar a Cara desesperadamente.

—Sí. La madre de Cara era una drough y Cara lleva consigo la sangre de su madre.

—Ah, el Beso del Demonio. Robena me habló de ello.

—Exactamente. Esa sangre, junto con la de Cara, le daría todavía más poder a Deirdre. No podíamos permitirlo.

Larena asintió con la cabeza y se mordió el labio.

—¿Cómo conseguiste detener al guerrero?

—Unas semanas antes, había empezado a dejar de beber y bebía mucho menos de lo habitual. En el momento en que se produjo la batalla ya solo bebía vino en ocasiones muy contadas. Estaba lo suficientemente lúcido como para darme cuenta de que Lucan estaba a punto de perder a Cara aquella misma noche. Cara y Lucan comparten un amor como el de mis padres, y después de todo lo que le había hecho pasar a Lucan, no podía permitir que perdiera la única cosa por la cual había luchado en su vida. Así que liberé a mi dios.

—¿Salvaste a Cara?

Fallon asintió con la cabeza y apartó la mirada.

—Pude retrasar la huida del guerrero y eso les dio tiempo a Lucan, a Quinn y a los otros a alcanzarnos. Al final, conseguimos liberar a Cara.

Unos suaves dedos le acariciaron la mejilla, las uñas le rascaban la barba de tres días.

—No les fallaste ni a tus hermanos ni a Cara, Fallon.

—Después de aquella noche, nunca más volví a probar el vino.

—¿Es por eso por lo que hay una botella en tu habitación?

—Sí, para recordarme lo que estuve a punto de perder. Si Cara hubiera muerto, hubiera perdido a Lucan. Quinn ya casi estaba más allá que aquí, pero sin Lucan ya no hubiera habido nada que lograra mantenernos unidos.

Sus manos no dejaron de acariciarlo en ningún momento. Él cerró la mano en un puño para hacer que dejara de temblar. Hablar de los tormentos que lo habían perseguido durante tanto tiempo le hacía bien, pero estaba avergonzado de ver el hombre en el que se había convertido.

Ella le pasó el dedo por una ceja y luego por la curva de sus labios.

—¿Y ahora? ¿Cómo están tus hermanos?

—La mañana después de la batalla encontré un fragmento de pergamino metido entre dos piedras de las murallas de nuestro castillo. Había salido a buscar a Quinn, pero en cuanto vi aquel trozo de pergamino lo supe.

—Deirdre.

Él asintió.

—Había capturado a Quinn. Ella nos quiere a los tres y sabía que todo lo que tenía que hacer era coger a uno de nosotros y los otros dos iríamos hasta ella para buscarlo.

Larena cogió aire y se sentó sobre sus piernas.

—¿Pudisteis liberar a Quinn?

—Todavía no.

—¿Entonces qué es lo que haces aquí intentando recuperar tu castillo?

Fallon por fin se atrevió a mirarla.

—Es mi contribución mientras los otros intentan averiguar todo lo que sea posible sobre el Pergamino.

—¿El Pergamino?

A él no le pasó desapercibido el modo en que su voz se había hecho más aguda y su cuerpo se había tensado. Ella sabía algo, pero ¿qué sabía exactamente?

—¿Sabes algo de él?

—¿Es la lista con los nombres de cada familia que lleva en su sangre a un guerrero?

—Sí.

—He oído hablar de ello. —Pero ella apartó la mirada mientras lo decía.

Estaba mintiendo. Fallon no podía echarle la culpa por hacerlo. Ella no lo sabía. Para poder liberar a Quinn todo dependía del Pergamino.

—¿Para qué queréis el Pergamino? —preguntó Larena.

—Para liberar a Quinn de la montaña de Deirdre. Eso si es que realmente existe. Por lo que sé, es posible que sea simplemente una leyenda.

Los profundos ojos azules de Larena se cruzaron con los suyos y pudo ver la ira ardiendo en su interior.

—¿Quieres darle a Deirdre los nombres de los otros guerreros para poder salvar a tu hermano?

Fallon no le explicó el resto del plan. No había ninguna necesidad, y menos habiendo visto el odio con el que ella había reaccionado. O bien no lo entendería o bien no lo creería.

—¿Es que tú no harías lo mismo por Malcolm o por tu padre?

La tensión se liberó en su interior.

—Haría todo lo que estuviese en mis manos por liberarlos de ese monstruoso demonio.

—¿Entonces entiendes por qué es tan importante?

—Lo entiendo —susurró—. Pero es posible que Deirdre os tenga preparada una trampa a ti y a Lucan.

Fallon empujó su espalda contra su pecho y le recorrió los largos y dorados rizos con los dedos.

—Puede que sí y puede que no. No tengo ninguna intención de volver a convertirme en su prisionero. Pero el simple hecho de saber que mi hermano menor lleva en aquella montaña ya más de un mes hace que se me revuelva el estómago.

—Puedo imaginármelo.

Fallon no dijo nada más. Probablemente ya se había dicho demasiado. Por lo menos Larena seguía entre sus brazos y no se había alejado de él ni tampoco lo miraba con compasión. No había habido ninguna acusación. Solo comprensión en aquellos preciosos ojos.

La esperanza brotó en su pecho por primera vez en trescientos años.

## 9

Larena nunca había compartido tantas cosas con nadie antes. El hecho de que Fallon se mostrara tan abierto con ella hizo que confiara más en él. Pero todavía había muchas cosas que quería saber.

—Las historias sobre lo que Deirdre hizo con tu clan se cuentan por todas las Highlands.

—Lo sé —respondió él con una voz neutra.

—¿Quieres contarme lo que sucedió aquel día?

Este se detuvo un momento, como si estuviera sopesando sus palabras.

—A veces todavía puedo sentir el olor a sangre y muerte de aquel día. Todos los recuerdos felices que tenía de mi clan, de mi familia y de mi hogar desaparecieron en un abrir y cerrar de ojos. Estaba destinado a ser el próximo jefe, pero no pude hacer nada para ayudar a mi gente.

—No hubieras podido hacer nada contra Deirdre.

—Lo sé —admitió—. Pero por aquel entonces no tenía ni idea de que había sido una druida la que me había hecho aquello a mí, la que les había hecho aquello a mis hermanos. Nuestras vidas se acabaron en aquel justo instante. Y entonces ella nos llevó al mismísimo infierno.

Larena le acarició el pecho, con la esperanza de poder aliviar parte del dolor que lo consumía.

—Sé el dolor que se siente cuando se libera por primera vez al dios y, aunque no pensaba que iba a ser yo, sabía lo que estaba sucediendo. Pero vosotros no sabíais nada, ¿verdad?

—No. Deirdre nos encadenó en cuanto nos metió en la montaña. Lucan se resistía de tal modo a las cadenas que le hicieron cortes en las muñecas. Había mucha sangre y nada de lo que le dijera podía calmarlo. Y luego estaba Quinn. No podía dejar de maldecirla. No sé siquiera si sabía lo que decía, el dolor de haber perdido a su esposa y a su hijo casi acaba con él. Todo aquello parecía una pesadilla. Yo era el mayor, tenía que mostrarles a mis hermanos que podía mantener la calma ante una situación como aquella.

Ella se tragó el nudo que se le había formado en la garganta.

—Fallon…

—Pero en el momento en que ella empezó a decir el conjuro, todas mis buenas intenciones se derrumbaron. Estaba poseído por el dolor, cegado por la rabia por lo que estaba sucediendo. Sabía que algo había cambiado y que no iba a ser para mejor. Quería matarla, vengarme por lo que le había hecho a mi gente. Luché contra mis cadenas sabiendo que al igual que Lucan no llegaría a ninguna parte, y entonces se rompieron. Mis hermanos hicieron lo mismo. Por mucho que quisiera matar a Deirdre y tuviera la oportunidad de hacerlo, sabía que teníamos que salir de allí. Ella se quedó sorprendida al descubrir que habíamos podido huir. Yo saqué a mis hermanos de la montaña y corrimos, corrimos, corrimos sin descanso.

—No puedo creer que pudierais escapar.

—La cogimos por sorpresa. Ella no se esperaba que fuéramos a huir. Matamos a los wyrran que salieron a perseguirnos. Nos escondimos en las montañas durante años, cambiando constantemente de lugar. Finalmente, regresamos al castillo.

Él se detuvo y ella sintió su dolor como si fuera propio. Le acarició el pecho con la mano deseando poder cicatrizarle las heridas que llevaba en su interior.

—Nuestras tierras habían desaparecido, nuestro castillo estaba en ruinas, pero nos quedamos. Nos escondíamos en la oscuridad manteniéndonos alejados de todos y de todo.

Durante un buen rato, ambos permanecieron sentados en silencio. Larena no sabía qué decir en respuesta a lo que Fallon le acababa de confesar. Su historia era parecida a la que había oído cuando era una niña, pero nunca había sabido qué había pasado con él estando en manos de Deirdre.

Y de algún modo, oírlo de su propia boca lo hacía incluso peor. Cómo alguien tan malvado y vil como Deirdre había alcanzado tanto poder era algo inexplicable.

—Vas a enfrentarte a ella, ¿verdad?

—Sí —respondió él, y le pasó los dedos por el pelo—. Nuestro castillo dará cobijo a cualquiera que busque esconderse de ella o luchar contra ella.

—Quiero luchar contigo.

Él sonrió contra su frente.

—Me alegro.

—Pronto amanecerá. Hemos estado hablando toda la noche.

Fallon soltó una carcajada.

—No creo que nunca antes haya pasado tanto tiempo hablando con una mujer. Y pensar que en lugar de eso podría haber estado haciéndote el amor...

Larena se puso a horcajadas sobre su pecho y miró directamente a aquellos preciosos ojos verdes.

—Bueno... a mí me ha gustado nuestra charla.

—Eso parece, aunque básicamente he hablado yo solo.

»Ya te he dicho todo lo que hay que saber sobre mi vida.

La cogió por las caderas y posó su cuerpo sobre su erección.

—Todavía hay tiempo para otra ronda.

No había nada en este mundo que ella deseara más, pero también deseaba abandonar Edimburgo lo antes posible. Desde que había visto a aquel wyrran se sentía inquieta.

—¿Tenemos tiempo? —preguntó ella.

Fallon miró hacia la ventana.

—Mierda. ¿Cuándo puedes estar lista?

—Dame al menos hasta la madrugada.

—¿Por qué no le envías una nota a Malcolm?

Ella movió la nariz.

—Después de todo lo que ha hecho por mí, no sería justo. Me daré prisa en prepararlo todo y si para entonces no ha venido a mi habitación iré a buscarlo.

—Bien. Nos encontraremos en los jardines. Hay un banco rodeado de rosales amarillos.

—Lo conozco —respondió ella y reticente se apartó de él y salió de la cama. Se quedó en pie frente a él y se inclinó para darle un beso—. Nos vemos pronto.

Él se sentó mientras ella se dirigía hacia la ventana.

—No tardes —le rogó justo en el momento en que se hacía invisible.

—No lo haré —le prometió.


Larena no podía dejar de sonreír. Desde que había regresado de la habitación de Fallon, había estado flotando en las nubes. Fallon no solo le había devuelto el deseo, sino que iba a llevarla a su castillo. E iba a protegerla.

Sabía que debería ser más prudente. Al fin y al cabo, la primera vez que se había entregado a un hombre había acabado con el asesinato de su padre.

Pero Fallon es diferente.

¿Lo era? Ella le estaba confiando ciegamente su vida, estaba confiando en un hombre al que apenas conocía. Y luego estaba su gran secreto, el

Pergamino. Fallon quería el Pergamino para entregárselo a Deirdre. Eso era algo que ella no podía permitir.

Pero se había sumergido en los ojos de Fallon. Su instinto le decía que Fallon no había mentido cuando había dicho que la protegería, pero Larena sabía que también debería protegerse a sí misma. Ya estaba pensando en entregarse de nuevo a sus brazos. No podía surgir nada bueno de su inextinguible deseo por Fallon.

Había pasado tanto tiempo sola, escondiéndose y huyendo… Sería hermoso tener un lugar donde saber que estaba a salvo, donde todo el mundo supiera su secreto sin importarle a nadie. Echaría muchísimo de menos a Malcolm, pero sabía que ese día tenía que llegar tarde o temprano. Malcolm se merecía una vida y ella se aseguraría de que la tuviera.

Salió de la bañera y se secó. Estaba entumecida por haber estado haciendo el amor con Fallon, pero era un dolor delicioso, un dolor que quería experimentar una y otra vez.

Sin embargo, ya había aprendido la lección. No confiaba en nadie aparte de Malcolm y los otros guerreros. El hombre que por primera vez tomó su cuerpo la cortejó con bonitas palabras y promesas. Se había dado cuenta demasiado tarde de las intenciones que realmente tenía y había sido incapaz de salvar a su padre con sus poderes.

Incluso ahora, tantas décadas después, aún podía recordar cuando encontró a su amante sobre el cuerpo de su padre, con la daga todavía clavada en su pecho. Una ira incontrolable la consumió, y cuando volvió en sí, su amante estaba muerto. Ella lo había matado.

Era la primera vez que quitaba una vida humana, y pese a que él había asesinado a su padre, todavía sentía sobre sus espaldas el peso de haber quitado esa vida.

Fue una amarga lección, pero una lección que la había ayudado a mantenerse con vida durante todos aquellos largos y solitarios años.

Larena se puso un vestido color crema. Odiaba aquel cuello con bordados decorativos igual que odiaba los aros que llevaba bajo el vestido. Era ridículo para una mujer llevar aquellos vestidos. No podía moverse con libertad ni entrar en batalla si un wyrran venía hacia ella, y costaba mucho tiempo quitárselo.

Se ajustó los lazos de las mangas y echó de menos los sencillos vestidos que había llevado mientras había vivido con su clan. Ella prefería la vida en las Highlands; con los hombres con sus faldas escocesas y los bufones peripuestos en lazos y encajes deambulando por el castillo con sus apretadas medias y sus pantalones bombachos.

Mientras su doncella la peinaba y le recogía el pelo, llamaron a la puerta. Su corazón se aceleró al pensar que pudiera ser Fallon, pero se dio cuenta al instante de que Fallon no se atrevería a ir a verla.

—Adelante —respondió.

Sonrió al ver a Malcolm por el espejo de su tocador.

—¿Alguna novedad?

—Estaba a punto de preguntarte justo lo mismo —respondió él mientras se reclinaba contra la puerta—. ¿Ya estás lista?

—Eso es todo —le dijo Larena a la doncella para que se marchara.

Una vez estuvieron solos, Malcolm se acercó a la silla. Se sentó y cruzó los brazos sobre su regazo.

—Dime que tienes buenas noticias.

—Las mejores. —No podía apartar la sonrisa de su rostro—. Fallon ha aceptado llevarme al castillo. Quiere que partamos de inmediato.

Malcolm sonrió de oreja a oreja.

—Me alegro de oírlo. Creo que cuanto antes os alejéis de aquí mejor.

Él no estaba todavía preparado para decir adiós ni tampoco lo estaba ella, para ser sinceros. Pero Malcolm había sacrificado demasiado.

—Debes prometerme que te olvidarás de mí y que seguirás con tu vida.

Él soltó una carcajada.

—Nunca. Me has proporcionado aventuras que nunca más volveré a vivir.

—Encuentra a una mujer y hazle muchos hijos. Tienes un clan que dirigir, Malcolm, y no tengo ninguna duda de que serás el mejor de los jefes de los Monroe.

Él se rascó la barbilla con el ceño fruncido.

—¿Estás segura sobre el MacLeod?

—Sabes de mis problemas con confiar en la gente mejor que nadie. Fallon me ha dado su palabra de que me protegerá. Y yo le creo.

—Eso es todo lo que necesito saber.

Ella se levantó y le ofreció su mano.

—Gracias. Por todo.

—Te voy a echar de menos.

Ella se inclinó y le dio un beso en la mejilla.

—Sí, yo también.

# 10

A Quinn le dolía todo el cuerpo. Lo tenía lleno de cortes, magulladuras y golpes, pero a pesar de eso no había sucumbido a su dios como Deirdre deseaba. Sonrió y de inmediato su gesto se torció de dolor cuando el labio que tenía partido volvió a abrirse y empezó a sangrar de nuevo.

Deirdre había bajado hasta su celda. Se había quedado en pie en la entrada y había observado cómo sus guerreros lo golpeaban. Después de un tiempo, les había ordenado que se detuvieran y le había dicho a Quinn que cediera, que se convirtiera dejando libre a su dios.

Él la había mirado a través del ojo que no tenía cerrado por la hinchazón y se había reído de ella. Los golpes volvieron a empezar y esta vez los guerreros utilizaron sus garras. Repitieron el ciclo varias veces hasta que Deirdre abandonó la prisión.

Él supo el momento en que se había marchado porque los guerreros empezaron a golpearlo de tal manera que parecía que iban a matarlo. Y casi lo hicieron. Acabaría curándose, pero llevaría su tiempo.

Le dolían los hombros de estar colgado de las cadenas, pero era mejor eso que andar arrastrándose por el suelo con las ratas. Dios, cómo odiaba las ratas. Siempre estaban allí, con aquellos chillidos que inundaban las mazmorras. Quinn las había notado corretear por encima de sus pies demasiadas veces.

No podía abrir los ojos de lo hinchados que los tenía a causa de los golpes y no podía ver nada, pero pudo oír cómo se acercaba a él una rata. Sabía por el sonido de sus pequeñas patas sobre las rocas que estaba casi encima de él.

*Detente.*

La rata se detuvo, pero luego siguió adelante.

*¡Detente! ¡Maldita sea, detente!*

Y para su sorpresa, la rata se detuvo.

Quinn sintió algo en su mente. No estaba seguro de lo que era, pero haría lo que fuese necesario para mantener las ratas alejadas de él.

*No te acerques a mí. Mantén a las otras también alejadas.*

El corazón se le cerró en un puño cuando la rata dio media vuelta y se alejó. Quinn no estaba seguro de lo que había sucedido y estaba demasiado cansado como para pensar en ello. Le dolía la cabeza como si alguien hubiera estado intentando aplastarle el cráneo. Lo único que quería hacer era dormir y soñar con su hogar y con sus hermanos.

Quería decirles a sus hermanos que había conseguido apartar de sí la ira que lo había carcomido durante trescientos años. Aquella rabia había hecho que el dios lo dominara y cuando descubrió que aquello era lo que quería Deirdre, había luchado contra su dios con todas sus fuerzas. Estaba dispuesto a morir antes que liberar al dios.


Fallon andaba arriba y abajo en su habitación mientras observaba cómo rompía el alba en el horizonte. Tenía la mente ocupada con pensamientos sobre Larena. No habría querido que se apartara de su lado, pero si iban a dejar el castillo, tenía que dejar sus cosas en orden.

Todavía no podía creer que ella fuese una guerrera. Nunca en la vida se hubiera imaginado que hubiera guerreros mujer. Pero no entendía por qué estaba tan sorprendido. Era bien sabido que algunos de los guerreros celtas más feroces habían sido mujeres.

Un escalofrío le recorrió el cuerpo cuando pensó en lo que pasaría si Deirdre descubría a Larena. Fallon había experimentado en sus propias carnes la ira de Deirdre y no quería que Larena estuviera cerca de aquella malvada bruja.

La necesidad de volver al castillo MacLeod era enorme. Si hubiera dependido de él, ya estarían allí, pero Larena había insistido en hablar antes con Malcolm. Él lo comprendía, Malcolm había hecho mucho por ella, pero Fallon no podía evitar pensar que cuanto más tiempo permanecieran en el castillo del rey, más se ponía en peligro Larena.

Tenían que encontrarse en los jardines en menos de una hora. Larena no tenía la más remota idea de que estarían en el castillo de los MacLeod en un abrir y cerrar de ojos. No veía el momento de regresar a casa, aunque desgraciadamente no llevara noticias sobre el Pergamino que podría ayudar a liberar a Quinn de las manos de Deirdre.

Fallon suspiró profundamente. No había podido hablar con el rey. Sin embargo le preguntaría a Larena si sabía algo del Pergamino. Tenía que haber alguien, guerrero o druida que supiera si aquel escrito era real o no.

Fallon se dio cuenta de que estaba mirando detenidamente un rosal de rosas rojas. A su madre le encantaban las rosas. Un año su padre le había llevado un rosal de un viaje que realizó a Glasgow. Fallon sonrió al recordar el cuidado con el que su madre había plantado aquel rosal y lo había cuidado día a día. Fallon no creía que pudiera sobrevivir en aquel suelo rocoso, pero con el cuidado que ella le dio, la planta creció y floreció con unas rosas de un blanco virginal.

Debería haber cuidado de las rosas, pero al igual que todo, las había dejado marchitarse y morir.

Llamaron a la puerta y Fallon salió de golpe de sus pensamientos. Abrió y se encontró con Malcolm. Fallon miró al joven noble con nuevos ojos. Malcolm había arriesgado su propia vida por ayudar a Larena.

—Te debo todo mi agradecimiento —dijo Malcolm. Se apartó un mechón de pelo rubio que le caía continuamente sobre los ojos.

Esta asintió con la cabeza e hizo un gesto para que entrara en el cuarto.

—Me ha contado todo lo que has hecho por ella. No sé si eres consciente del peligro al que te has expuesto.

Malcolm se encogió de hombros.

—Mi familia se equivocó con ella. Solo estoy intentando resarcirla.

—¿Ya está lista?

—Vengo a decirte que ya está en los jardines. Está deseosa de abandonar Edimburgo.

—Gracias a Dios —dijo Fallon.

Malcolm rompió a reír. Luego su sonrisa se apagó y se acercó a Fallon bajando la voz.

—Larena ha estado sola durante la mayor parte de su vida. Está acostumbrada a cuidar de sí misma y le cuesta mucho confiar en la gente. Dale tiempo.

—No la obligaré a nada —le prometió Fallon—. Simplemente la llevo a un lugar donde estará a salvo de Deirdre. Mi castillo está siendo reconstruido en estos momentos. Hay cuatro guerreros más en el castillo, y dos druidas.

—¿Dos? —repitió Malcolm con los ojos abiertos de sorpresa—. ¿Cómo habéis encontrado a dos druidas?

—Una de ellas es la esposa de mi hermano. La segunda nos encontró a nosotros.

—¿Os encontró? ¿Cómo?

—Se lo dijeron los árboles —dijo Fallon con una sonrisa.

Malcolm hizo un gesto con la cabeza.

—Sorprendente.

Fallon asintió.

—Sí, lo es. Sabes mucho sobre nosotros, Monroe. Si alguna vez Deirdre llegara a poner una mano sobre ti…

—Nunca pondría a Larena en peligro. Nunca —prometió. Tenía los ojos entrecerrados y las mejillas le ardían de la rabia—. No hay nada que pueda hacer Deirdre que consiga que yo diga una sola palabra.

Fallon tenía sus dudas, pero le asintió a Malcolm con la cabeza.

—Espero que tengas razón.

—Tienes mi palabra, MacLeod.

—Eso parece.

Malcolm hizo una reverencia con la cabeza.

—Cuida de ella.

—Lo haré. Y Malcolm, si alguna vez necesitas algo, serás bienvenido a mi castillo sea cuando sea.

—Gracias.

Fallon lo observó marcharse. Malcolm era un auténtico hombre de las Highlands. Su clan debería estar orgulloso de él por poner en riesgo su vida para ayudar a Larena. Fallon se prometió a sí mismo que si Malcolm o el clan de los Monroe alguna vez necesitaban su ayuda, él haría lo que fuese por ayudarlos.

Sin mirar atrás, Fallon salió de la habitación. Estaba listo para abandonar Edimburgo, ansioso por mostrarle sus poderes a Larena.

Había descubierto su poder por pura casualidad. Lucan lo llamaba *leum*, la palabra gaélica para «salto». El término había arraigado y ahora todos en el castillo lo utilizaban.

Fallon todavía no daba crédito a que pudiera hacer tales cosas. Durante siglos había tenido una poderosa herramienta en sus manos, pero se había sumergido en el vino en lugar de aprender a controlar su poder. Tenía miedo de que llegara un momento en que necesitara usarlo y no supiera cómo.

Siguió el sendero que había en los jardines hasta llegar al banco donde estaba sentada Larena. Era un lugar aislado, ideal para la partida.

Fallon recordó la primera vez que había saltado. Había sido por accidente. Había dejado libre al dios para aprender a no temerlo tanto. Estaba en el gran salón y de pronto deseó estar abajo en la playa. Lo siguiente que recordaba era estar de pie con los pies metidos en el agua.

Después de aquello, había dedicado tiempo a aprender cómo controlar el poder a su antojo. Odiaba tener que liberar a su dios para utilizar el poder, pero estaba dispuesto a aprender a utilizarlo sin tener que convertirse. Convencido de que era posible y preparado para conseguirlo.

—¿Me dirás ahora por qué teníamos que encontrarnos en los jardines? —le preguntó Larena con una sonrisa de bienvenida en el rostro.

Darse cuenta de que tenía alguien más que dependía de él hizo que Fallon se estremeciera. ¿Era innato en él fallar a todos los que quería? Le rogó a Dios que no fuera así, porque no podría soportar que Larena lo mirara con decepción.

—Vamos a partir desde aquí. Con mi poder.

Ella arqueó las cejas.

—¿Ah, sí? Estoy deseando ver ese poder. ¿De qué se trata?

—Mi hermano lo llama *leum*.

—¿Salto? —preguntó ella con el ceño fruncido.

Él rió y le cogió la mano.

—¿No hay nada que quieras llevar contigo?

—Absolutamente nada.

—Entonces deja que te muestre lo que es *leum*.

Justo en el momento en que Fallon empezó a transformarse para utilizar su poder, oyeron a un wyrran. Él se sacudió y miró alrededor para buscar a la criatura.

—¿Otro? —preguntó Larena.

Fallon apretó la mandíbula.

—Tú no puedes luchar con ese vestido. Quédate aquí. Yo lo encontraré.


A Larena no le gustaba que la dejaran atrás, pero sabía que Fallon tenía razón. Se volvió a sentar en el banco y escuchó atentamente al wyrran.

Fallon le había dicho que se quedara allí, pero ella quería ayudar si podía.

Mientras estaba allí sentada recapituló todo lo que había descubierto sobre Fallon. Nunca se había sentido tan hermosa, tan feliz como cuando estaba entre sus brazos. El contacto con sus manos le hacía sentir como si fuera el mismísimo centro de su mundo.

Ni siquiera cuando había admitido que había sido un alcohólico se había producido ningún cambio en sus sentimientos y su deseo por él. Estaba intentando cambiar lo que había sido y, ¿quién era ella para juzgar por todo lo que había tenido que pasar? Había descubierto estando a su lado que ya no bebía. Ella podía entender las razones por las que había empezado a hacerlo, y estaba feliz de saber que lo había dejado.

El amor que sentía por sus hermanos era evidente. Solo hacía falta escuchar su voz cuando hablaba de ellos. Sus hermanos eran lo más importante para él.

Larena se preguntó si algún día llegaría a importarle tanto a alguien como sus hermanos a Fallon. Sabía que había algo que los unía a ella y a Fallon, pero ¿duraría? No tenía respuesta para aquella pregunta.

Lo único que la preocupaba era lo que había dicho Fallon del Pergamino. No tenía ni idea de lo cerca que estaba de él y se preguntaba si él le quitaría el anillo si supiera lo que había dentro. Ella no lo creía, pero sabía que se lo pediría.

¿Y podría culparlo por hacerlo?

No es que ella no comprendiera por qué lo quería, pero era una locura entregarle un documento tan importante a Deirdre. No le gustaba la idea de que nadie estuviera bajo sus manos, pero no había nada que mereciera arriesgarse a que Deirdre consiguiera el Pergamino.

Tenía que haber otro modo de liberar a Quinn y ella les ayudaría a encontrarlo. El Pergamino no era una opción válida y ella tenía que guardarse las espaldas por si Fallon la traicionaba por el Pergamino.

Fallon ya se había ganado su respeto y no pasaría mucho tiempo más antes de que ella lo considerara imprescindible. Una vez eso hubiera sucedido, ya no podría seguir escondiéndole el Pergamino.

Iba a tener que mantener las distancias con él. ¿Cómo iba a poder soportar verlo día tras día en el castillo y no besarlo, y no querer acurrucarse entre sus brazos? Iba a ser lo más difícil que tendría que hacer en su vida, pero no tenía otra opción.

Larena estaba preparada para una nueva aventura incluso si esa aventura significaba abandonar a Malcolm y estar al lado de un hombre que le había llegado más adentro de lo que nunca hubiera podido imaginar. La conexión que había entre ella y Fallon la asustaba porque había sido instantánea y demasiado atractiva como para poder resistirse.

Y ella no podía permitirse otro error como el que había llevado al asesinato de su padre.

# 11

## Castillo MacLeod

Lucan estaba en pie junto a su esposa en el patio mientras inspeccionaban el castillo. A Cara le colgaba por la espalda el pelo castaño en una trenza y sus ojos color caoba lo observaban con un sentimiento de amor que él nunca hubiera imaginado experimentar.

—Fallon estará muy contento —supuso Cara—. No puedo esperar al momento en que vea todo lo que se ha avanzado en el castillo.

Lucan observó la nueva puerta y luego una de las torres recientemente reconstruidas.

—Sí, creo que estará satisfecho. Espero que regrese pronto.

—Lo hará —declaró Cara—. No quería marcharse, así que no creo que se quede en Edimburgo más tiempo del necesario.

Lucan sonrió. Se acordaba del momento en que Fallon se había ofrecido voluntario para ir. Era evidente, por el modo en que tenía torcido el gesto, que hubiera preferido enfrentarse a todo un ejército de Deirdre antes que ir al castillo del rey, pero Fallon había dicho que era su deber.

Era fácil adivinar que Fallon se habría sentido inútil en el castillo. Mientras todos ellos trabajaban en la reconstrucción de lo que antaño fue una esplendorosa estructura, se había progresado muy poco en las averiguaciones sobre el Pergamino o cualquier detalle que tuviera que ver con él.

A Lucan todavía le costaba creer que Fallon hubiera dejado de beber. No sabía cuánto tiempo duraría, pero estaba feliz de tener de vuelta a su hermano.

Ahora ya solo tenían que rescatar a Quinn.

—Lo rescataremos —aseguró Cara.

Él miró a su esposa y le besó la frente. Sus poderes como druida habían crecido desde que Sonya había llegado.

—¿Leyéndome otra vez la mente?

—No, mi querido esposo —dijo con una pícara sonrisa—. Sé lo que estás pensando por el modo en que aprietas los labios. No trabajes demasiado.

Lucan observó cómo Cara volvía al castillo para seguir trabajando con Sonya en los conjuros que los podrían ayudar a volver a dormir a los dioses. Tenía muchas cosas que hacer, pero su mente estaba centrada en sus hermanos. No podía dejar de preocuparse por ellos.

Quinn era fuerte, pero ¿era lo suficientemente duro como para poder con Deirdre? Y Fallon… No había salido del castillo en más de doscientos años. Acababa de dejar de beber y todavía estaba aprendiendo a controlar al dios que llevaba dentro.

Lucan rezaba para que sus hermanos pudieran enfrentarse con éxito al destino que hubiera en sus caminos. Los tres juntos eran más fuertes pues los tres compartían al mismo dios. No le gustaba estar separado de ellos.

Aspiró profundamente el viento del mar.

—Date prisa, Fallon, por favor, date prisa.


Larena se reclinó en el banco sobre sus manos y se quedó observando el castillo. Fallon llevaba fuera más tiempo del que ella se habría imaginado. ¿Estaría teniendo problemas en encontrar al wyrran?

Justo en aquel momento divisó a una de aquellas criaturas amarillas cerca de su balcón y a otra en el tejado del castillo. No tenía ni idea de cuáles eran sus intenciones, pero no podía quedarse allí quieta mirando mientras esperaba a Fallon.

Larena se puso en pie de un salto y salió corriendo en dirección al castillo hacia su habitación. Pero cuando abrió la puerta no había ningún wyrran a la vista. Escuchó atentamente los sonidos del castillo, esperando oír los gritos de terror que había oído la noche pasada, pero no oyó nada.

¿Dónde se habían metido los wyrran?

Un sonido en su balcón llamó su atención. Al ver a los dos guerreros, el corazón se le paró en el pecho.

Miró al guerrero de un azul tan oscuro que parecía casi negro. Tenía unas alas recogidas contra la espalda que le sobresalían por encima de la cabeza. Mantenía su mirada quieta sobre ella mientras se adentraba en la habitación como si tuviera todo el derecho a estar allí. Ningún guerrero llevaba túnica ni zapatos, solo unos anchos pantalones que colgaban de sus caderas.

—Fuera de aquí. —Estaba orgullosa de oír que su voz había sonado tan firme e imponente como si no le importara haber visto a los guerreros. No sabía por qué estaban allí, pero no liberaría a su diosa hasta que no tuviera más remedio que hacerlo.

—Eso es algo que no podemos hacer —repuso el segundo guerrero, con una piel verde pálido y un pelo negro y corto—. Al fin y al cabo, hemos venido a por ti.

Larena sabía que la puerta hacia la libertad estaba justo a unos quince pasos a su espalda. No podría llegar antes de que los guerreros se abalanzaran sobre ella, así que el hecho de escapar no era una posibilidad.

En lugar de eso decidió hacer como que no entendía nada.

—¿Acaso son estos unos nuevos disfraces para un baile de máscaras que haya ordenado el rey? Tenéis un aspecto realmente aterrador. Mi hermano no aprobaría que hubiera un hombre en mi habitación y mucho menos dos.

Los pálidos labios del guerrero verde se volvieron casi negros sobre sus colmillos cuando empezó a gritar:

—No te hagas la tonta con nosotros, Larena Monroe. Sabes exactamente lo que somos.

—Bien. —Ella dejó de fingir—. ¿Por qué habéis venido?

—Como bien he dicho, estamos aquí por ti. Deirdre está deseando conocerte.

—Deirdre nunca ha sabido de mi existencia. ¿Por qué está ahora tan interesada en mí?

El guerrero verde pálido echó atrás la cabeza y empezó a reír mientras el guerrero azul inclinaba la cabeza a un lado, con el cabello rubio y largo cayéndole sobre el rostro. Su mirada mientras la examinaba era intensa. Larena no sabía a cuál temer más, si al tranquilo con las alas o al exasperado.

Fue el guerrero verde pálido el que respondió.

—Está interesada en ti porque eres una guerrera. Ya ves, el wyrran al que mataste el otro día no era el único que había en el castillo.

A Larena se le hizo un nudo en el estómago al escuchar aquello. El sudor empezó a brotar por todos los poros de su piel y las palmas de las manos se le helaron. Si se hubiera quedado con Fallon, no estaría metida en este lío.

*Tarde o temprano te hubieran encontrado.*

—¿Por qué envió Deirdre a los wyrran aquí? —preguntó.

—Un espía le dijo que Fallon había venido —respondió el guerrero alado.

Respiró profundamente para intentar tranquilizarse y arqueó una ceja.

—No tengo el más mínimo interés en marcharme con ninguno de vosotros dos. Dadle las gracias a Deirdre por la invitación, pero voy a tener que rechazarla.

Larena habría jurado haber visto una especie de sonrisa en el rostro del guerrero con alas, pero había desaparecido tan rápidamente que no podía estar segura. Tal y como esperaba, el guerrero verde fue el que atacó.

Ella esperó hasta que estuvo casi sobre ella antes de liberar a su diosa. Se permitió sonreír abiertamente cuando vio la expresión de desconcierto en el rostro del guerrero antes de que se lanzara sobre él.

Robena había hecho bien su trabajo. Larena sabía cómo protegerse, pero parte de aquella defensa consistía en esconderse. Ahora que Deirdre había descubierto que existía, Larena tendría que luchar contra un guerrero tras otro.

*Si consigues escapar.*

Quería gritar y llamar a Fallon, pero aunque lo hiciera, él nunca la oiría. Malcolm estaba justo en la habitación de al lado, pero no podía arriesgarse a que llegara a la habitación y acabara herido o, aún peor, muerto.

Larena clavó sus garras en la espalda del guerrero verde y le hizo una herida hasta la cintura. El guerrero aulló de dolor y le lanzó un puñetazo que le dio directo en la mejilla antes incluso de que ella pudiera hacerse invisible.

Ella retrocedió tambaleándose, unos puntos negros aparecieron ante sus ojos. Algo le desgarró primero un brazo y luego el otro. No necesitaba mirar para saber que el guerrero había utilizado sus garras para atacarla. La sangre empezó a brotar de sus heridas, deslizándose por sus brazos y cayendo al suelo.

No importaba las veces que intentaba aclararse la vista, no lo conseguía. El golpe la había dejado aturdida. No podía pensar claramente, y si no conseguía pensar con claridad, no podría salir de aquella situación.

Larena podía sentir que el guerrero estaba cerca. Cerró los ojos para hacer que la habitación dejara de dar vueltas y lanzó una patada al aire. Pudo oír un golpe seco y un alarido que le hicieron saber que el golpe había hecho que el guerrero perdiera el equilibrio.

—No compliques más las cosas —le dijo alguien al oído.

El guerrero azul oscuro. Había dejado que el otro se enfrentara a ella. ¿Por qué?

—No iré a ninguna parte.

—No tienes otra opción —le replicó.

Ella se sacudió la cabeza y se separó de sus brazos. Abrió los ojos y vio que la habitación entera daba vueltas. Tropezó con sus propios pies mientras intentaba dirigirse al balcón. Saltaría desde allí si era necesario, cualquier cosa para escapar.

Antes de poder llegar al balcón, el guerrero verde pálido dio un grito y la cogió por un tobillo. Larena pudo recuperar el equilibrio justo a tiempo. Levantó la pierna y le dio una patada en la cara. De pronto, él estaba en pie, con los labios abiertos en una sonrisa que dejaba a la vista sus colmillos.

—Me las pagarás por esto —gruñó.

Vio cómo sus garras se dirigían hacia ella, y aunque intentó apartarse, no fue lo suficientemente rápida. Larena soltó un alarido de dolor cuando aquellas garras se le clavaron en el costado derecho.

Como guerrera, pronto cicatrizaría, pero siempre dolía cuando se hacía alguna herida. Tenía los brazos entumecidos por los arañazos, pero nada comparable al fuego que sentía en el costado. Ella se cubrió la herida con las manos; sentía la sangre brotar espesa y rápidamente entre sus dedos.

—¿Qué demonios has hecho? —le increpó el guerrero alado al otro.

El guerrero verde pálido se encogió de hombros y se miró la garra izquierda.

—No debería haberme golpeado en la cara.

—¿Cómo te has atrevido? —Hablaba entre dientes, los colmillos le cortaban los labios—. Deirdre te arrancará la cabeza.

El otro se rió y se marchó hacia el balcón. Sin echar la vista atrás saltó por la baranda.

Larena se tambaleó y cayó mientras cientos de luces de colores le nublaban la vista. Se acercó a las patas de la cama para reclinarse y volver a ponerse en pie. El sangrado ya debería haberse hecho menos abundante, y el dolor debería haber casi desparecido. Se miró el costado y vio que la sangre brotaba con tanta fuerza que se le escapó un gemido.

—Lo siento.

Levantó la cabeza para observar al guerrero alado.

—¿Qué me ha hecho?

—Ha bañado sus garras en sangre de drough. Tus heridas no cicatrizarán, Larena. Tienes que encontrar ayuda, encuentra a Fallon. Debes detener el sangrado antes de que sea demasiado tarde.

Cuanto más tiempo se mantenía en pie, más débil se sentía. Se dejó caer en el banco que había a los pies de su cama.

—¿Por qué me ayudas?

—Deirdre te quiere viva. No estoy dispuesto a dejar que me arranquen la cabeza del cuerpo por culpa de un completo estúpido.

Antes de poder hacerle cualquier otra pregunta, se había marchado. Ella se concentró en seguir respirando. Llamó un par de veces a Malcolm, pero el sonido de su voz no era lo suficientemente fuerte como para llegar a la habitación de al lado.

No estaba segura de cuánto tiempo había pasado cuando empezó a escuchar los golpes en su puerta. Estaba tumbada sobre el banco toda cubierta de sangre. El dolor de la herida se había esparcido por todo el cuerpo y cada latido de su corazón era como si le lanzaran fuego por las venas.

La puerta se abrió de par en par y de pronto Malcolm estaba de rodillas ante ella.

—¡Dios mío, Larena! ¿Qué ha sucedido? ¿Por qué no estás cicatrizando? Ella se pasó la lengua por los labios.

—No… no hay tiempo. Fallon.

—Iré a por él. —Malcolm le besó la frente y salió corriendo de la habitación.

Larena intentaba mantenerse consciente para explicarle a Fallon lo que pasaba con su herida, pero el destino jugaba en su contra. Perdió la consciencia de inmediato.


Fallon se dio la vuelta después de haber matado a un wyrran para encontrarse con tres más esperándolo. Cuando empezó a correr tras estos, divisó a más subiendo por la pared del castillo.

—¿Qué está pasando? —susurró para sí mismo.

Logró alcanzar a dos de los tres wyrran que estaba persiguiendo sin problemas, les cogió las cabezas y las estampó la una contra la otra. Con la fuerza que tenía, aquello los mató al instante. Por mucho que quisiera ir a por el tercero, tenía que deshacerse de los tres que ya había matado.

Fallon cogió a ambos wyrran por los pies y se fue a por el otro que había matado primero. Fue mientras regresaba del bosque cuando vio a Malcolm corriendo hacia él.

Malcolm lo cogió por los brazos, con los ojos azules muy abiertos, y lo miró con desesperación:

—Gracias a Dios, por fin te encuentro. Te he estado buscando por todas partes.

Fue entonces cuando Fallon se dio cuenta de las manchas de sangre sobre su chaleco.

—¿Qué ha sucedido?

—Es Larena. Tienes que venir conmigo de inmediato. Está herida, Fallon.

Fallon no dijo nada más y siguió a Malcolm. Mantenían un paso más lento de lo que hubiera querido Fallon, pero al ver que Malcolm no dejaba de mirar a su alrededor, Fallon comprendió que algo horrible había sucedido.

Mientras subían las escaleras hacia la habitación de Larena, una sirvienta pasó por su lado corriendo con lágrimas en los ojos. Un instante después, dos damas bajaron las escaleras cubriéndose la boca con las manos mientras murmuraban.

El pecho de Fallon se tensó. Larena era una guerrera, lo que significaba que su cuerpo podía cicatrizar muy rápidamente. No había nada que pudiera matarla, excepto cortarle la cabeza.

—¿Malcolm?

—Todavía no —respondió el joven.

Llegaron al piso superior y giraron por el pasillo para dirigirse a la habitación de Larena y entonces Fallon vio a la multitud. Gente, señores, señoras y sirvientes se amontonaban delante de la puerta de la habitación de Larena.

—¡Dejadnos pasar! —La voz de Malcolm se elevó por encima de los murmullos.

La multitud se abrió. Fallon miró a un par de personas mientras seguía a Malcolm y entraba en la habitación. Y de pronto se detuvo en seco.

Larena estaba sobre el banco que había a los pies de su cama, acostada y cubierta de sangre. Había un hombre arrodillado junto a ella que le puso un dedo delante de la nariz. Fallon no podía respirar. Se le nubló la vista y las voces a su alrededor desaparecieron como si estuviera en un túnel. Fue el contacto de una mano sobre su brazo lo que lo hizo volver en sí.

Los temblorosos dedos de Malcolm le cogieron el brazo.

—Un hombre la ha atacado —informó Malcolm al médico que se levantaba del lado de Larena.

—¿Pudisteis verlo, mi señor?

Malcolm tragó saliva y miró a Larena.

—Tenía el pelo negro. Salió dándome un empujón cuando yo entraba. No pude verle bien el rostro.

—Informaré de la muerte. Mi más sentido pésame, mi señor. La señora Larena era una mujer hermosa. ¿Queréis que me lleve el cuerpo?

—No —respondió Malcolm un poco demasiado hostil.

Fallon bajó la cabeza pero no podía apartar los ojos de Larena. Se quedó a un lado mientras la gente salía de la habitación. Malcolm cerró y pasó el pestillo antes de girarse hacia Fallon.

—Tienes que ayudarla —dijo Malcolm.

Fallon detuvo a Malcolm por el brazo y pasó por su lado para acercarse a Larena.

—¿Qué ha sucedido?

—La han atacado. No sé ni quién ni qué, pero toda esa sangre es suya.

Fallon sintió una punzada en el estómago. Corrió hacia Larena y le levantó la cabeza. Puso la mejilla junto a su nariz y esperó a ver si respiraba. Era apenas perceptible, tan débil que parecía que no respiraba.

—No está muerta, por lo menos todavía no —le dijo a Malcolm—. Cuéntamelo todo.

Malcolm se apoyó contra la cama y se aclaró la voz.

—Entré y la encontré tal y como está. La sangre no paraba de brotarme entre los dedos mientras mantenía la mano apretada contra la herida. Le pregunté qué había sucedido y me dijo que no había tiempo. Luego dijo tu nombre. Y yo salí de inmediato a buscarte.

—¿Se lo dijiste a alguien? —Fallon dejó que una de sus garras se extendiera y le abrió el vestido. Le quitó toda la ropa menos la combinación. Todo estaba empapado en sangre. Encontró la herida y le rompió la última prenda para poder verla mejor.

—No, a nadie —respondió Malcolm—. Una sirvienta debe de haber venido y la habrá encontrado.

Fallon vio que tenía cinco cortes en el costado y soltó una maldición.

Malcolm se acercó para observar.

—¿Qué es eso?

—No fue ningún hombre, Malcolm. Un guerrero estuvo aquí. Eso es lo que la ha atacado.

—¡Dios mío! —Malcolm se acercó de nuevo a la cama y se dejó caer—. ¿Cómo? ¿Por qué?

—Espero que Larena pueda decírnoslo. —Un sudor frío cubrió la piel de Fallon. No podía recordar haber estado tan asustado nunca antes. Había sido un estúpido al pensar que no tendría que preocuparse por la muerte de Larena, que no tendría que pasar por lo que Lucan pasaba cada día. ¡Qué idiota había sido! En ese mismo instante se estaba muriendo en sus brazos.

Quería gritar de dolor, pero más que eso, quería encontrar al guerrero que se había atrevido a hacerle aquello y cortarle el cuello de lado a lado. Cogió el vestido de Larena y arrancó un trozo de tela para ponérsela en el costado y hacer que cesara de sangrar.

Con la ayuda de Malcolm, sacaron los aros de la parte de debajo de las faldas para que fuera más fácil transportarla.

Fallon pasó un brazo por debajo de los hombros de Larena y la estrechó contra él.

—¿Larena? ¿Puedes oírme?

¿Había vuelto a fallarle a alguien tan pronto? Estaba intentando convertirse en el hombre que su padre habría querido que fuera, pero todo le salía mal.

Al ver que Larena no respondía, Fallon la sacudió ligeramente. No podía soportar no saber qué había sucedido o por qué el guerrero la había atacado a ella en lugar de atacarlo a él. ¿Habían sido los wyrran una distracción para así poder capturar a Larena? Aquello tenía sentido y lo enfureció como nunca se había enfurecido.

—¿Alguna vez había estado herida como ahora? —preguntó, y levantó la mirada para ver a Malcolm con los ojos cubiertos en lágrimas.

—Sí —declaró Malcolm al cabo de un momento—. Siempre llega herida.

—Tienen que haber hecho algo. Es la única razón por la que no haya cicatrizado ya. No puedo ayudarla, no aquí, pero las druidas de mi castillo sí que pueden.

Malcolm se puso en pie.

—Llévatela. Ahora mismo. Ya me ocuparé yo de todo aquí.

—Necesito algo para cubrirla.

Malcolm se levantó y regresó al cabo de un instante con una capa en las manos. Entre ambos cubrieron a Larena con ella y luego Fallon la cogió en sus brazos. La cabeza le cayó sobre los hombros e intentó abrir los párpados.

—Larena —dijo—. ¿Puedes oírme?

—Fallon —murmuró.

—Sí, estoy aquí. ¿Qué ha pasado?

—Un… guerrero.

Fallon apretó la mandíbula.

—¿Quería matarte?

Ella movió la cabeza.

—De… De…

—¿Deirdre? —terminó de decir él.

Ella abrió los ojos y asintió una sola vez.

—¡Por Dios! —maldijo Malcolm—. ¿Cómo? ¿Cómo lo ha sabido?

Fallon sacudió la cabeza.

—Deirdre es muy poderosa. Puede haber descubierto a Larena de mil maneras.

—Salid de aquí ahora mismo —ordenó Malcolm—. Yo vigilaré el pasillo.

—No es preciso. —Fallon se dirigió al balcón—. Tengo otro modo.

Fallon se había transportado a sí mismo muchas veces desde que había descubierto que podía hacerlo, pero nunca lo había intentado con otra persona. Miró a los jardines y encontró un lugar aislado entre los arbustos. Un instante después ya había liberado a su dios y estaban en los jardines. Larena se había vuelto a desvanecer y él temía que esta vez ya no volviera a despertar.

No podía perder el tiempo haciendo pequeños saltos. Tenía que llegar al castillo de inmediato. Abrazó con fuerza a Larena y se concentró en su castillo y en el patio. Le costaría un gran esfuerzo, pero iba a conseguir llegar hasta su castillo. No tenía ninguna otra opción.

Todos sus poderes se arremolinaron a su alrededor haciendo que la tierra bajo sus pies temblara. El brazo de Larena se deslizó muerto y la cabeza se le cayó hacia atrás, dejando su cuello al descubierto.

—¡No! —gritó Fallon entonces.

## 12

Lucan escuchó el grito desde el gran salón. Conocía la voz de su hermano tan bien como la suya propia. Lucan se puso en pie de inmediato y corrió hacia el patio, donde encontró a Fallon arrodillado con una mujer entre los brazos.

—¡Por todos los dioses! —exclamó Cara cuando se unió a Lucan en la puerta—. Está cubierta de sangre.

Lucan bajó las escaleras de un salto y corrió hacia su hermano. Fallon no dejaba de susurrarle algo una y otra vez a la mujer.

—Fallon —dijo Lucan lentamente. Nunca había visto a su hermano tan... perdido. Lucan levantó la cabeza y se encontró con Galen y Ramsey a su lado. Pasara lo que pasara con aquella mujer, tenían que separarla de los brazos de Fallon para poder ayudarla—. Fallon, mírame. ¡Fallon!

Al fin, su hermano levantó la mirada, sus oscuros ojos verdes estaban cubiertos por un profundo dolor.

—No he podido salvarla, Lucan.

—Apartaos de ahí —dijo Sonya mientras se abría paso entre los hombres. Se acercó para tocar a la mujer, pero Fallon la apartó a un lado.

—Deja que vea si puedo ayudarla, Fallon. No le haré ningún daño.

Su rostro era una mueca de dolor cuando dejó que Sonya pusiera sus manos sobre Larena.

—Se llama Larena Monroe. Es una guerrera. Otro guerrero la atacó, pero no sé por qué no puede cicatrizar sus heridas.

Lucan dio un paso atrás al oír las palabras de su hermano. ¿Una guerrera? Su mirada se volvió hacia Galen, interrogante. Galen se encogió de hombros como respuesta. Lucan pensaba que solo los hombres eran guerreros. Pero fuera quien fuese esa Larena, su hermano se preocupaba por ella muchísimo. Solo por eso, Lucan se aseguraría de hacer lo que fuera necesario para salvarla.

Sonya se sacó una daga que llevaba en la bota y cortó el trozo de tela que cubría la herida de Larena. Se inclinó y olisqueó la tela antes de volver a incorporarse.

—Sangre de drough.

—¿Qué? —preguntó Fallon antes de que nadie más pudiera hacerlo. Sonya suspiró y le tocó la frente a Larena.

—El guerrero debe de haber mojado sus garras en sangre de drough. La sangre de drough es veneno para los guerreros.

—¡Oh, dios mío! —El rostro de Fallon perdió todo el color—. ¿Está…?

—Todavía no —dijo Sonya—, pero tenemos que darnos prisa. Ha perdido mucha sangre y si no hacemos algo rápido, se nos marchará para siempre.

Fallon no soltó a la mujer en ningún momento mientras se incorporaba. Lucan intentó ayudarlo, pero su hermano sacudió negativamente la cabeza.

—No. Voy a llevarla a mi habitación. Haz que venga Sonya allí.

Y de pronto Fallon había desaparecido utilizando su poder para saltar a su habitación.

Durante un momento nadie dijo nada. Lucan tragó saliva y se dirigió al castillo. La mirada perdida en los ojos de su hermano mayor era algo que no había visto nunca antes y lo dejó profundamente preocupado.

—Una mujer guerrero —murmuró Cara.

Lucan miró a su mujer.

—No tenía ni idea de que eso fuera posible.

—Deirdre la querrá entre los suyos —opinó Galen.

Ramsey asintió.

—Deirdre no se detendrá ante nada por tenerla bajo su poder. Lo que no entiendo es por qué un guerrero intentaría matar a Larena. Todos sabemos que Deirdre mandaría al guerrero a por Larena, pero no para hacerle daño.

—Eso es cierto —declaró Lucan—. Nunca tendremos las respuestas a no ser que Sonya consiga obrar un milagro y salve a la mujer.

Cara se inclinó y lo besó en la mejilla.

—Voy a ayudar. Tengo el presentimiento de que Sonya me va a necesitar. Y Fallon te necesitará a ti a su lado.

Lucan esperó hasta que Cara estuvo dentro del castillo antes de girarse hacia los otros dos guerreros, Galen y Ramsey.

—Id a buscar a los otros. Explicadles lo de Larena. Tienen que estar prevenidos de que se puede producir un ataque muy pronto.

—Yo iré a buscarlos —dijo Galen, y se marchó.

Ramsey cruzó los brazos sobre su pecho, con los ojos grises pasando del castillo a la puerta de entrada.

—¿Qué pasa? —preguntó Lucan.

—Tengo un sentimiento extraño —fue todo lo que dijo Ramsey—. Ve con tu hermano, Lucan. Yo vigilaré la zona.

—No vayas solo. —Esperó hasta que Ramsey levantó una mano en respuesta antes de tomar las escaleras y subirlas de tres en tres hacia la habitación de Fallon.

Su hogar había estado vacío sin sus hermanos, incluso con los otros guerreros y la otra druida. Le gustaba saber que Fallon había vuelto. Luego se acordó de la mirada de Fallon cuando había entrado en el patio.

Fallon tenía el mismo aspecto que Lucan se imaginaba que tendría él mismo si estuviera cogiendo el cuerpo sin vida de Cara entre los brazos. Un escalofrío le recorrió el cuerpo. Fallon estaba superando todavía su afición al vino. ¿Qué le sucedería ahora si aquella mujer moría?

Ramsey fue andando desde el castillo hasta la aldea arrasada con los ojos fijos en el cielo. Había estado esperando que un mensaje o, incluso mejor, un mensajero hubieran llegado ya a estas alturas.

Quería saber cuál era el próximo plan de Deirdre y no podía saberlo sin el espía que tenía dentro de la montaña.

Con cada día que pasaba, Ramsey se preocupaba más todavía de que su amigo hubiera sido descubierto. Mientras estaban encadenados juntos en la montaña de Deirdre, habían hecho el pacto de que uno de los dos se marcharía y el otro se quedaría de espía.

El plan había estado funcionando durante más de cien años, pero ¿cuánto tiempo más podrían seguir engañando a Deirdre antes de que los descubriera?

Y peor todavía, Ramsey sabía que su amigo no sobreviviría cuando Deirdre conociera su traición. Y su amigo era un buen hombre.

Soltó una maldición. Él debería haber sido el que se quedara en aquella montaña. Lo había sabido entonces y lo sabía ahora. Le parecía que cada vez eran más escasas las veces que veía a su amigo y siempre existía la duda en su mente de si él habría cambiado de bando y ahora lo estaba espiando a él.

—No —susurró Ramsey para sus adentros. No podía imaginarse al hombre que había llegado a convertirse más en un hermano que en un amigo haciéndole eso.

Esperó media hora para ver si su amigo aparecía antes de darse media vuelta y apresurarse a llegar al castillo para ver cómo iba progresando Larena.

Fallon tumbó a Larena en su cama en la habitación principal. Lucan había decidido que fuera la de Fallon en el momento en que habían regresado al castillo, pero este la había rechazado. La habitación le recordaba demasiado a sus padres. Sin embargo, Lucan había insistido diciendo que, al fin y al cabo, Fallon era el jefe.

Fallon trató de tragar saliva mientras observaba la palidez de Larena en la cama. Solo unas horas antes, él la había estrechado entre sus brazos y le había revelado cosas que nunca antes había contado ni siquiera a sus hermanos. Le había hecho el amor a su dulce cuerpo y había besado y acariciado su suave piel. Había escuchado sus gemidos de placer cuando la había llenado con su semilla.

*No puede haber muerto. Por favor, Señor, no la apartes de mí. No me digas que he vuelto a fallar.*

Él le observó la herida y se dio cuenta de que el sangrado se había convertido en un simple goteo, pero, con toda la sangre que había en su ropa y en su habitación del castillo de Edimburgo, le sorprendía que todavía le quedara algo en el cuerpo.

Se abrió la puerta y entraron Sonya y Cara. Cara se quedó en pie a su lado mientras Sonya se puso en el otro lado de la cama.

—Por favor, ayudadla —dijo Fallon. Estaba dispuesto a suplicar si era necesario.

Sonya lo miró a los ojos y asintió.

—Haré todo lo que esté en mis manos.

Él rezó para que aquello fuera suficiente.

Cara intentó hacer que se sentara, pero al ver que se negaba, le cogió la mano entre las suyas. Fallon quería apartarla, debería haberla apartado, pero necesitaba la fuerza que Cara le infundía.

Esperó en el silencio de la habitación mientras Sonya examinaba las heridas de Larena. La mayor parte del tiempo Sonya mantuvo una expresión pasiva, pero Fallon pudo adivinar algunas muecas. El estómago se le revolvía cada vez. Podía sentir como su mundo se estaba volviendo a romper en pedazos y él sabía que esta vez no podría superarlo.

Con Larena había intentado ser el hombre que siempre había querido ser, había dejado el pasado a un lado y había empezado a mirar al futuro.

Ahora, todo aquello se estaba desvaneciendo, como había sucedido el día en que su clan fue destruido.

La necesidad de beber era tan grande que le sacudió el cuerpo entero. Pero no dejaría sola a Larena.

Sonya puso sus manos sobre las heridas y cerró los ojos. Un momento después Cara se unió a ella. Fallon se apoyaba en un pie y luego en otro mientras las dos druidas vertían su magia sobre Larena.

Una eternidad más tarde, Sonya abrió los ojos y miró a Fallon. Su rostro estaba marcado por la preocupación y el cansancio de haber utilizado tanta magia. Sonya se quitó el sudor de la frente con el antebrazo y suspiró.

—Ha perdido demasiada sangre como para que sus heridas puedan empezar a cicatrizar. Ni toda la magia del mundo podría ayudarla ahora.

—¿Entonces qué podría ayudarla? —preguntó Fallon.

Sonya frunció el ceño.

—Necesita sangre.

Fallon dio un paso hacia la cama y se levantó la manga de la túnica.

—Utiliza la mía.

—Y la mía si hace falta —ofreció Lucan a su espalda.

Fallon escudriñó por encima del hombro y vio a Lucan de pie junto a la puerta. Su hermano le hizo un gesto con la cabeza en señal de apoyo. Fallon le devolvió el gesto y luego miró a Sonya.

—¿A qué estás esperando?

—Puede que necesitemos mucha.

—No me importa —dijo Fallon—. Hazlo. Cada momento que perdemos discutiendo la acerca un poco más a la muerte. No puedo perderla, Sonya.

La druida respiró profundamente y se inclinó para coger la daga que llevaba en la bota cuando Lucan dio un paso adelante.

—Deja que lo haga yo —dijo Lucan mientras extendía su garra y la posaba sobre el brazo de su hermano.

Fallon miró a su hermano a los ojos un instante antes de que este le hiciera un corte en el brazo. El corte fue rápido y profundo. Fallon apretó los dientes y mantuvo la mirada sobre el rostro de Larena. Aquel pequeño dolor que estaba padeciendo merecía la pena. La sangre que brotaba de su herida era oscura y fluía rápidamente. Sonya le cogió el brazo para que la sangre fluyera por las heridas de la mujer guerrera.

No pasó mucho tiempo antes de que su herida empezara a cicatrizar. Lucan le volvió a cortar la carne una y otra y otra vez. Sonya le inmovilizó el brazo para no perder ni una gota de sangre.

La habitación empezó a dar vueltas y Fallon se balanceó sobre sus pies. Lucan estaba allí para ayudarlo a mantenerse en pie pasándole un brazo por la espalda.

—No será suficiente —dijo Sonya—. Lucan, puede que necesitemos también la tuya.

—No —dijo Fallon. Intentó tragar saliva, pero tenía la boca seca—. Mi sangre, solo mi sangre.

—Vas a acabar matándote —le dijo Lucan al oído—. Sé razonable, Fallon.

Pero Fallon sacudió la cabeza. No tenía la fuerza de su hermano, pero quería que Larena tuviera toda la fuerza que había en su sangre por haber hecho que casi la mataran.

—Es mi deber protegerla, Lucan. Solo tendrá mi sangre.

Las rodillas de Fallon cedieron antes de que pudiera terminar la frase. Lucan lo sostuvo en el aire mientras Cara iba a coger una silla. Una vez situada la silla bajo él, Lucan lo sentó en ella. Fallon se inclinó hacia la cama y tomó la mano de Larena con la mano que tenía libre.

Miró a Sonya y vio que le tenía cogido el otro brazo justo delante. Lo único que quería hacer era cerrar los ojos y dormir, pero aquel era un lujo que tendría que esperar todavía.

—Se me está cerrando la herida —le dijo a Sonya.

Ella observó las heridas de Larena antes de hablar.

—Veamos si con esto es suficiente antes de que vuelvas a hacerte ningún corte.

Fallon estaba feliz de que Lucan estuviera allí. Había echado muchísimo de menos a su hermano mientras había estado fuera y tenía muchas cosas que contarle. Odiaba tener que reconocer que no había cumplido con sus objetivos mientras había estado en Edimburgo. Sin embargo, había encontrado a Larena.

O mejor dicho, ella lo había encontrado a él.

Intentó apretarle la mano a Larena, pero las fuerzas lo habían abandonado. Levantó la mirada hacia su rostro y vio que estaba recuperando el color, pero más lentamente de lo que él hubiera deseado.

—Fallon.

Sintió la mano de Lucan sobre su hombro. Siempre era el fuerte, el que se mantenía imperturbable. Debería haber sido Lucan el primero en nacer. Él habría sabido qué decisiones tomar y no hubiera dejado abandonados a sus hermanos por una botella de vino.

—Estás a punto de desfallecer tú también —dijo Lucan mientras se arrodillaba frente a Fallon—. No le vas a hacer ningún bien a Larena si mueres tú también.

Fallon estaba de acuerdo en ese punto. Aunque quería ser el que salvara a Larena, sabía que era egoísta no dejar que Lucan ayudara.

—¿Si necesitara más…?

—Ayudaré en todo lo que pueda —prometió Lucan antes de que Fallon pudiera terminar—. Lo sabes, hermano. Ni siquiera tendrías que preguntarlo.

Pero Fallon tenía que preguntar. Tenía que demostrar a todo el mundo, incluido a él mismo, pero especialmente a sus hermanos, que era el hombre que su padre había querido que fuera. Un líder. Un hombre que consideraba todas las posibilidades y tomaba sabias decisiones.

—Se le están cerrando las heridas —observó Sonya en la quietud de la habitación.

Cara se cogió las manos con fuerza.

—Gracias a Dios.

Fallon dobló el brazo herido sobre su pecho en cuanto Sonya lo soltó. Todo lo que quedaba del último corte era una fina línea rosada que desaparecería en un instante.

Sonya le puso las manos a Larena sobre la frente y luego movió los dedos hacia su cuello.

—Le ha bajado la fiebre y su corazón late con más fuerza. Creo que saldrá adelante, Fallon.

—Gracias —le dijo a la druida—. No sé cómo podré pagarte lo que has hecho.

Sonya sonrió y se apartó un mechón de pelo rojizo por detrás de la oreja.

—Me has dado un hogar. Esto es lo mínimo que puedo hacer. Cara y yo hemos utilizado nuestra magia para acelerar el proceso de cicatrización. Con la sangre que ahora hay en ella debería estar mejor en unas cuantas horas. —Hizo una pausa—. ¿Puedo hacer algo por ti?

Él movió la cabeza negativamente. Sonya no podía sanar la herida que había en su interior, la herida que casi lo parte en dos al ver a Larena casi muerta. Solo el tiempo podría ayudarlo con eso. El tiempo y volver a tener a Larena entre sus brazos.

—Como quieras. —Ella cogió un trozo de tela y lo sumergió en el agua. Lo escurrió y empezó a limpiar los brazos y la cara de Larena.

Cara se dirigió hacia la puerta.

—Voy a ver si encuentro algo que se pueda poner nuestra nueva invitada.

Fallon se pasó la mano por la barbilla. Aunque sabía que las heridas de Larena estaban sanando, no podía dejar de sujetarle la mano. Estaría a su lado hasta que se despertara, hasta poder ver con sus propios ojos que iba a sobrevivir.

—¡Por todos los dioses! —exclamó Sonya.

Fallon giró la cabeza para mirar a la druida.

—¿Qué pasa?

—Su anillo. —Sonya señaló la mano de Larena.

—¿Qué pasa con su anillo? —preguntó Lucan mientras se ponía en pie—. ¿Tiene algo especial?

La mano de Sonya temblaba al pasar los dedos sobre la blanca piedra ovalada.

—¿No sabes lo que es? —le preguntó a Fallon.

Fallon negó con la cabeza.

—Sé que nunca se lo quita. Lo lleva a todas partes consigo.

—Te fuiste a buscar información sobre el Pergamino a Edimburgo. Y ella lo ha tenido consigo todo el tiempo. Debe de ser la guardiana.

Fallon pasó la mirada de Sonya al anillo. Se levantó con piernas temblorosas y se quedó mirándolo fijamente. Vio algo dentro de la piedra, como antes.

El corazón empezó a latirle con fuerza en el pecho al recordar haberle dicho a Larena que quería el Pergamino para ayudar a liberar a Quinn. Ella había sabido todo el tiempo dónde estaba y que era real. Fallon le había abierto por completo su alma y ella le había escondido lo único que necesitaba para salvar a su hermano.

—¿Cómo? —gritó.

—Magia —dijo Lucan.

Sonya asintió.

—Nadie lo buscaría ahí.

Fallon sintió cómo la traición le pesaba en el alma. Darse cuenta de todo hizo que le diera vueltas la cabeza. Necesitaba salir de la habitación y alejarse de ella. Intentó darse la vuelta y levantarse de la silla. Hubiera caído al suelo si no hubiera sido por Lucan y sus firmes brazos.

—¿Qué sucede? —le preguntó su hermano.

Fallon no podía explicarle lo estúpido que había sido.

—Sácame de aquí. Ahora.

Lucan medio lo arrastró medio lo ayudó a caminar fuera de la habitación hasta el pasillo.

—Necesitas descansar.

—Sí. —Y también necesitaba vino.

Dios, cómo necesitaba el vino ahora. Sabía que habría días en los que la necesidad lo sobrepasaría, pero al saber lo que Larena le había ocultado, hizo que aquella necesidad fuera insoportable. Tragó saliva, tenía la boca más seca que nunca. El vino lo arreglaría.

*Sí, encuentra algo de vino. Eso aplacará todo el dolor, como antes.*

Fallon se odiaba a sí mismo por su debilidad. Estaba feliz de no encontrarse solo. Si Lucan no estuviera con él, no hubiera podido mantenerse en pie y sabía que habría intentado recorrer todo el castillo en busca de vino.

—¿Qué sucedió en Edimburgo? —le preguntó Lucan mientras abría con el hombro una habitación y entraba.

Fallon cayó en la cama y se quedó mirando al techo.

—Demasiado y no lo suficiente.

A pesar de su traición, se dio cuenta a regañadientes de que Larena solo estaba protegiendo el Pergamino. Él no le había explicado todo su plan y si hubiera estado en el lugar de ella, él tampoco hubiera dicho nada sobre el Pergamino.

Había sido un estúpido, un auténtico estúpido. Larena nunca sería suya, no importaba lo mucho que él lo deseara. Y seguramente aquello era para el bien de todos.

# 13

Deirdre dio golpecitos con las uñas en las paredes de piedra de su montaña. Había estado esperando impacientemente a James y a Broc para que le trajeran a la guerrera.

Sonrió. Una mujer… ¿Quién hubiera podido imaginarse que los dioses hubiesen elegido a una mujer? Deirdre desde luego no. Se preguntaba si habría más guerreras. Enviaría mensajes a sus espías de inmediato y haría que empezaran a buscar.

Deirdre miró a su derecha y observó a una de las druidas que había seleccionado para dejarla con vida. Isla estaba en pie, inmóvil en la esquina, tan quieta que podía confundirse con una estatua.

La muchacha y su hermana eran tan inocentes cuando Deirdre las capturó… Isla tenía unos ojos que podían atravesar a una persona, y su color, un azul tan pálido que parecían no ser de ningún color, dejaba a los hombres sin habla.

Había utilizado a Isla muchas veces para hacer que los hombres se doblegasen. Y para matar a otros. Por otro lado, la hermana de Isla había resultado ser muy útil como vidente. Deirdre había estado pensando en enviarle a Isla a Quinn, pero se lo pensó mejor. Quinn era suyo. No quería a ninguna otra mujer cerca de él.

Solo el hecho de pensar en él hizo que el deseo ardiera en su interior y se le humedeciera el sexo entre las piernas. Desde el primer instante en que Deirdre había visto a Quinn, lo había deseado. Había vislumbrado el ilimitado poder que existía en el interior de Quinn, había visto la ira que lo consumía. Él era el compañero perfecto para gobernar a su lado y cumplir la profecía.

Y ella lo convencería de ello.

Deirdre posó su rostro sobre las frías rocas y cerró los ojos.

—Habladme —les pidió a las piedras.

—Somos tuyas. Estamos bajo tus órdenes.

Relajó los hombros, no se había dado cuenta de lo tensos que los tenía. Las piedras tenían la capacidad de calmarla como nada más podía hacerlo.

Esa era una de las razones por las que nunca abandonaba su montaña. ¿Por qué tenía que hacerlo si tenía todo su reino a su alrededor?

—Vienen los guerreros con las manos vacías.

Deirdre se apartó de las piedras y se quedó mirando fijamente a la entrada. Esta era la segunda vez que sus guerreros regresaban sin su presa. Primero había sido Cara, y ahora Larena Monroe.

El alto y esbelto cuerpo de James apareció en la puerta. Se detuvo y le hizo una reverencia con la cabeza antes de ponerse bajo la luz. Las velas de la lámpara de araña que colgaba del techo derramaban su luz dorada sobre la pálida piel verde del guerrero.

—¿Dónde está? —preguntó Deirdre.

—Preguntadle a James —sugirió Broc entrando en la habitación.

Deirdre desvió la mirada hacia el guerrero de piel azulada. Deseaba acariciarle las alas mientras su miembro la penetraba. Puede que esa misma noche lo tuviera en su cama.

—Dime —le pidió a James.

—Ella se defendió.

Deirdre arqueó una ceja.

—¿Creías que no lo haría? Os dije que era una guerrera. ¿Acaso no se transformó delante de vosotros?

James se encogió de hombros indiferente.

—Es rápida.

Deirdre soltó un sonoro suspiro y se giró hacia Broc.

—Dime lo que ha sucedido.

—James la hirió con sus garras que había mojado en sangre de drough.

La ira la consumía. ¿Cómo podía haber sido tan estúpido James? Deirdre levantó la mano, la magia crepitaba a su alrededor, y lanzó a James contra las rocas con toda la fuerza de su poder. Nadie sabía exactamente qué tipo de magia negra poseía. Y puede que aquel fuera el momento de descubrirlo.

—¡Átalo! —le ordenó a la montaña

James empezó a gritar mientras las rocas se movían para encadenarle los brazos, las piernas y la cabeza. Cuando ya estaba inmóvil, Deirdre se acercó a él. Estaba colgando a unos centímetros del suelo y seguía intentando liberarse del abrazo de las rocas.

—Solo podrás liberarte si Larena vive. Si muere, James, la tortura que te espera durará siglos.

El guerrero tragó saliva y bajó los ojos al suelo. Deirdre se dio media vuelta y trató de calmar su ira. Los guerreros eran suyos porque no podían controlar la ira que había en su interior y esa rabia a veces hacía que no pudiera conseguir lo que quería.

—Broc, ¿dónde está Larena ahora?

El guerrero alado se encogió de hombros y cruzó los brazos sobre el pecho.

—Sabemos que Larena y Fallon han estado pasando tiempo juntos. Existe la posibilidad de que la llevara a su castillo.

—Averígualo —requirió—. Necesito saber si Larena sigue viva. La necesito en mi ejército, Broc. ¿Lo entiendes?

Él hizo una reverencia con la cabeza.

—Sí, mi señora. Partiré de inmediato.

Broc dejó a Deirdre, pero en lugar de tomar las escaleras de la derecha, giró a la izquierda y siguió adelante por el largo pasillo antes de encontrarse con otras escaleras que descendían hacia la oscuridad. Una vez había intentado contar los escalones, pero lo había dejado al llegar a los cuatrocientos. Broc no estaba seguro de hasta qué profundidad descendían las escaleras, pero sabía que eran varios kilómetros bajo tierra.

Se detuvo cuando llegó al final y escuchó. Había multitud de pequeñas celdas separadas por barrotes. Aquella era una de las mazmorras de Deirdre. Aquel era el lugar donde encerraba a los hombres para que se doblegaran. Ninguno de los que entraba en aquella oscuridad salía de una pieza.

Broc oyó los lúgubres gritos de una mujer y movió los hombros, sus alas se abrieron de par en par. *Druidas,* supuso. Nunca había entendido cómo Deirdre seguía encontrándolos, pero así era. Era su magia negra y su relación con el diablo, seguro. Sin embargo, parte de él se preguntaba a sí mismo si los rumores sobre que Deirdre tenía una vidente eran ciertos.

Todos los druidas luchaban contra ella, pero al final, Deirdre siempre ganaba. Igual que con Isla. Aquella diminuta druida de cabellos negros era simplemente otra de las marionetas de Deirdre. Pero al fin y al cabo, todos ellos lo eran.

Los hombres en las celdas eran o bien druidas o bien hombres que ella pensaba que podían convertirse en guerreros. Solo había uno que ya era un guerrero.

Broc giró a la derecha y siguió caminando por el pasadizo. Ninguno de los prisioneros se acercó a los barrotes. Se mantenían en la oscuridad, pero Broc podía sentir sus ojos posados sobre él, podía sentir su odio hacia él por ser lo que era.

Él sabía muy bien lo que era sentir odio y repugnancia.

Casi a mitad de camino encontró lo que estaba buscando. Quinn MacLeod. El guerrero se negaba a transformarse para Deirdre. Ella lo había golpeado una y otra vez y lo tenía encadenado contra la pared. Las cadenas lo mantenían en el aire, y si Quinn no podía tocar el suelo, era más que seguro que sus brazos y sus hombros lo abrasarían de dolor.

—¿Qué quieres? —preguntó una voz apagada desde la oscuridad.

La penetrante mirada de Broc se encontró con los ojos de Quinn en la oscuridad. El guerrero tenía sangre goteándole por el rostro, le caía de un corte que tenía en la frente. Parecía como si tuviera uno de los brazos desencajados y una pierna rota.

—Han hecho un buen trabajo contigo —comentó Broc.

Quinn soltó una carcajada.

—¿Has venido para seguir con el trabajo?

—Esta vez no, aunque estoy convencido de que Deirdre pronto me enviará de vuelta.

—Entonces, ¿qué quieres? —La voz de Quinn rezumaba resentimiento.

Broc se preguntó lo cerca que estaría Quinn de transformarse. Todos sabían que la ira de Quinn había podido con él durante trescientos años hasta tal punto que no había sido capaz de controlar a su dios. Sin embargo, ahora, en la cárcel de Deirdre, mantenía ese odio bajo control, para la desesperación de su carcelera.

—¿Crees que vas a poder seguir resistiéndote a ella?

Quinn abrió las aletas de la nariz mientras observaba a Broc.

—Puedo y lo haré.

Broc se quedó observando al guerrero un instante más.

—Es posible que puedas, MacLeod, es posible.

# 14

Fallon se despertó con un dolor en el pecho como nunca había sentido antes, y no era por ninguna herida. Era por la traición. Ni siquiera podía alegrarse por estar de nuevo en casa. De algún modo había conseguido quedarse dormido sobreponiéndose a la necesidad de vino que sentía en su interior.

Se sentó y dejó caer las piernas al lado de la cama, se sujetaba la cabeza con las manos. Sentía un dolor punzante en la cabeza que no tenía nada que ver con el vino, aunque hubiera deseado que así fuera.

La oscuridad de la habitación le reveló que era de noche, pero no sabía cuánto tiempo había estado durmiendo. Su extremo cansancio y la pérdida de sangre lo habían conducido a un profundo sueño a pesar del hecho de que su mente no pudiera dejar de pensar en Larena y lo que le había escondido.

Se frotó el pecho preguntándose por qué le dolía tanto. Cuanto más pensaba en Larena, más fuerte se hacía el dolor.

No es que él no entendiera la razón por la que ella no le había dicho nada. Lo que le dolía era que ella no hubiera confiado lo suficiente en él, ni siquiera para decirle que lo tenía. ¿Acaso pensaría que iba a quitárselo? Debería conocerlo mejor que eso.

*Solo estuvimos juntos unas cuantas horas.*

Fallon suspiró. Parecía como si conociera a Larena desde hacía siglos en lugar de horas. Ella había confiado en él lo bastante como para mostrarle que era una guerrera, pero aparentemente no lo suficiente como para hablarle del Pergamino.

Así era todo en su vida. Nunca nada era suficiente.

Se levantó. Estaba cansado de sentir pena de sí mismo. Su autocompasión lo había mantenido en pie durante trescientos años. Ya no permitiría nunca más que siguiera gobernando su vida.

Escuchó cómo llamaban a la puerta suavemente antes de que Cara abriera y asomara la cabeza. Ella sonrió al verlo en pie.

—Lucan estaba preocupado por ti —reveló mientras terminaba de abrir la puerta.

—¿Cuánto tiempo he estado durmiendo?

—Unas cuantas horas. He conseguido dejar aparte un plato con comida para ti pese a que Galen ha intentado devorarlo.

Fallon se dio cuenta de que estaba intentando sonreír.

—Me imagino que Galen está acabando con todas las provisiones del castillo.

—Casi —dijo Cara en una carcajada—. Su apetito parece no tener fin. Hago dos barras de pan extra al día solo para él. Al mediodía, ya han desaparecido.

Fallon observó a su cuñada.

—¿Cómo han ido las cosas?

—Todo ha ido muy bien. Lucan te ha echado mucho de menos, más de lo que está dispuesto a reconocer, pero yo lo noto. Durante un par de días estuvo completamente perdido sin ti ni Quinn a su lado, pero supo salir adelante.

—Con tu ayuda.

Cara se encogió de hombros.

—Yo hago todo lo que puedo, pero Lucan es muy orgulloso. Todos nos alegramos de que hayas vuelto.

—No he conseguido nada. El rey no estaba en Edimburgo. Prefiere gobernar Escocia desde su palacio de Londres. ¿En qué se ha convertido nuestro país?

Ella se acercó a él y le puso una mano sobre el brazo.

—El mundo cambia constantemente, Fallon. Tú y tus hermanos no lo habéis visto como lo he visto yo. Os costará tiempo acostumbraros a todo esto.

—Temo que algún día Escocia se abandone por completo a las manos de Inglaterra.

—No mientras haya hombres como tú y como Lucan.

Fallon rodeó a Cara con los brazos y la abrazó.

—Gracias por todo, pero especialmente, gracias por amar a mi hermano.

Ella levantó la cabeza y le dio un beso en la mejilla.

—Amar a Lucan es la parte fácil. —Ella se apartó de sus brazos y se dirigió hacia la puerta—. ¿Vas a bajar?

—Sí.

—Por cierto, ella está mucho mejor, aunque todavía no se ha despertado.

Fallon asintió con la cabeza antes de que Cara saliera de la habitación. Había querido saber cómo iba la recuperación de Larena, pero no se había atrevido a preguntar. Como era habitual, su cuñada había sido capaz de leerle la mente.

No se sorprendió al encontrar su túnica y sus pantalones encima de la cama. Lucan lo conocía demasiado bien. Fallon se cambió la falda escocesa y se dirigió hacia el salón.

Se detuvo ante las escaleras que llevaban al salón y echó un vistazo general. Lucan había hecho una mesa más grande. La otra todavía estaba en el salón y un guerrero rubio estaba allí sentado. Hayden estaba sentado con ambas piernas estiradas ante él ocupando todo el banco.

—Fallon —dijo Logan mientras salía de la cocina y se sentaba en el banco justo enfrente de Hayden.

Fallon saludó al guerrero más joven del grupo. El pelo castaño de Logan estaba húmedo, como si acabara de tomar un baño.

—Por fin —dijo Lucan mientras le hacía un gesto a Fallon—. Cara ha podido apartar algo de comida del insaciable estómago de Galen.

Fallon bajó los escalones mientras los hombres bromeaban sobre Galen. Se detuvo a la cabeza de la mesa, donde había una silla vacía. Su silla. A su izquierda había otro lugar vacío donde debería haber estado Quinn. Miró a su derecha donde estaba sentado Lucan.

Al lado de Lucan estaba Cara. Al otro lado de Cara estaba Galen Shaw. Sus oscuros ojos azules se encontraron con los de Fallon mientras le hacía un gesto con la cabeza. Delante de Galen estaba Ramsey MacDonald. Ramsey era hombre de pocas palabras, pero su aguda perspicacia era útil.

Ramsey le ofreció a Fallon una amable sonrisa de bienvenida, entornando sus ojos grises. Al lado de Ramsey estaba Sonya, la druida de pelo rojo que había llegado al castillo hacía solo unas semanas. Luego Fallon saludó con la cabeza a Hayden y a Logan, que estaban sentados en la otra mesa, antes de sentarse él mismo.

—Ya veo que has hecho una mesa más grande —comentó Fallon a su hermano. Se habían hecho muchas cosas mientras él había estado fuera y estaba ansioso por ver todos los avances que se habían realizado en el castillo.

Lucan se rió y observó a Hayden y a Logan.

—Hay suficiente espacio en la mesa para esos dos también, pero prefieren comer solos.

—No podría dejar que Hayden se sentara a comer solo —respondió Logan—. Además, me pasaría más tiempo protegiendo mi comida de las garras de Galen que comiendo.

Todos rompieron a reír. Fallon observó a Hayden. El gran guerrero rubio sentía tal odio por los drough que incluso había amenazado con matar a Cara a pesar de que Cara nunca se había sometido al ritual de sangre que la convertiría en drough. Hayden y Cara se mantenían alejados el uno del otro, pero todos sabían que llegaría un día en que sucedería algo.

Fallon esperó hasta que finalizaron las bromas antes de hablar.

—Supongo que a estas alturas ya sabéis todos lo de Larena.

—Yo se lo dije —respondió Galen.

Hayden apoyó un codo sobre la mesa.

—¿Es realmente una guerrera? ¿La viste transformarse?

—La vi —respondió Fallon—. Tiene a una diosa en su interior, no a un dios, que es por lo que supongo que la diosa eligió a una mujer en lugar de a un hombre.

—¿Sabes el nombre de la diosa? —preguntó Ramsey.

Fallon asintió.

—Lelomai, la diosa de la defensa.

—Vaya… —suspiró Galen—. ¿Qué tipo de poderes posee?

Fallon recordó la primera vez que la había visto desaparecer. Se había quedado estupefacto al ver lo que podía hacer con sus poderes. Definitivamente sería muy útil en la batalla.

—Tiene los poderes habituales de la vista y el oído, pero además puede hacer que nadie la vea.

—¿Quieres decir que puede hacerse invisible? —preguntó Lucan.

—Sí. No sé mucho sobre su diosa, pero aparentemente hay algunas diferencias. Puede que sea porque Larena es una mujer, o porque tiene a una diosa en su interior. Cuando se transforma, no cambian simplemente su piel y sus ojos. A Larena le cambia hasta el pelo.

—¿Cómo? —preguntó Logan.

—Brilla. —Fue el mejor modo que Fallon encontró para explicarlo—. Puedes ver cualquier color imaginable en su cuerpo, pero son colores apagados.

Cara sonrió y posó la mano sobre la de Lucan en la mesa.

—Suena muy hermoso.

—Lo es. —Las palabras habían salido de la boca de Fallon antes de que él pudiera detenerlas.

—¿Qué sucedió en Edimburgo? —quiso saber Ramsey.

Fallon se removió en su silla.

—El rey no estaba en el castillo. Aparentemente gobierna desde Londres, así que no pude hablar con él. Sin embargo, el primo de Larena goza de la simpatía del rey y le ha enviado una misiva. Espero tener noticias pronto. Si no es así, tendré que hacer un viaje a Londres.

Hayden golpeó con el dedo sobre la mesa para llamar la atención de Fallon.

—¿Y el Pergamino? ¿Has averiguado si es real o no?

Pese a que él y Lucan no iban a quitarle el anillo a Larena del dedo, no estaba dispuesto a arriesgarse a que los otros descubrieran su secreto. Al menos todavía no.

—No he averiguado nada en especial.

Por el rabillo del ojo Fallon vio cómo Lucan fruncía el ceño. Se giró para observar a su hermano y le sostuvo la mirada.

—Conseguiremos liberar a Quinn.

—No tengo ninguna duda —expuso Lucan.

Pero Fallon sabía que sí la tenía. Lo llevaba escrito en el rostro.

## 15

Fallon caminaba entre las almenas. El viento constante hacía que se le levantara el cabello. Miró hacia el mar que se agitaba en la oscuridad, mientras el agua reflejaba el brillo de la luna.

Era una noche hermosa, una noche que le hubiera gustado compartir con Larena. Fallon sabía que no debía sentirse traicionado, pero sí que se sentía traicionado. Entendía muy bien la necesidad de guardar secretos. Sin embargo, él se había imaginado que entre él y Larena las cosas serían diferentes ya que ambos eran guerreros. ¿Cómo podía haber sido tan estúpido?

*Fueron sus besos.*

Era todo lo que tenía que ver con Larena, desde su astuta mente y el elegante modo en que se movía hasta el sentimiento de tener sus piernas alrededor de su cintura mientras él la penetraba.

Puede que hubiera sido por haber visto a Lucan y Cara enamorarse ante sus ojos, pero Fallon había sentido algo muy profundo por Larena y algo realmente fuerte, especial. Él había pensado que ella también lo había sentido.

—Sabía que iba a encontrarte aquí —dijo Lucan mientras se acercaba a él.

—Quería ver el agua y sentir la sal en el viento.

Aunque Fallon había echado mucho de menos a su hermano, no estaba de humor para una conversación en aquel instante. Pero, si conocía bien a Lucan, Fallon no podría evitar ninguna de sus preguntas.

Lucan se quedó en silencio durante un instante como si estuviera poniendo en orden sus pensamientos.

—¿Te resultó difícil tu estancia en Edimburgo?

Fallon asintió con la cabeza recordando.

—Odiaba cada momento que pasaba allí. No se puede confiar en nadie y las habladurías son constantes. Todos están allí para conseguir algo para ellos mismos.

—Pero lograste sobrevivir.

Fallon soltó un profundo suspiro y apoyó las manos en la pared de piedra que había ante él.

—Apenas. No estuve tampoco mucho tiempo.

—Larena te ayudó, ¿no es así?

—Sí. —No tenía ningún sentido mentirle a su hermano.

Lucan se giró de espaldas a la pared y se apoyó contra ella mientras su cabeza se inclinaba hacia Fallon.

—Te dijo lo que era. Debió de confiar mucho en ti para hacerlo.

—Me lo dijo porque quería que la trajera aquí para ayudarla a protegerse de Deirdre. Me gustaría creer que confió en mí, pero creo que el miedo le pudo más que cualquier otra cosa. —Incluso mientras lo decía, Fallon sabía que estaba mintiéndose a sí mismo. Larena tenía que haberse armado de un gran valor para mostrarle lo que realmente era.

—¿Qué sucedió allí, Fallon? Has vuelto convertido en un hombre nuevo.

Fallon miró a Lucan y sonrió irónicamente.

—¿Peor?

—Mejor. Creo que ha sido la influencia de Larena.

—Puede —admitió Fallon—. La vi y la quise para mí. Nunca había sentido un deseo igual antes. Todos los hombres de Edimburgo la deseaban.

—¿Qué estaba haciendo allí?

Fallon sonrió de oreja a oreja.

—Ella y su primo, Malcolm, habían ido a recabar información sobre Deirdre. Ella era tenaz y se enfrentó a mí en mi propia habitación cuando supo quién era yo.

Entonces Lucan echó a reír.

—La hermosa mujer que no creías poder tener se metió en tu habitación. Me imagino que no pudiste resistirte a ella.

—Lo intenté, pero en realidad tampoco quería.

—Madre siempre nos decía que todo en este mundo sucede por una razón.

Fallon volvió a mirar al mar. Podía oír las olas rompiendo contra los acantilados. ¿Cuántas veces había estado en pie en aquel mismo lugar observando el mar? Muchas veces, y siempre le había provocado una sensación indescriptible. Pero aquella noche era diferente.

—¿Cuántos años tiene Larena? —preguntó Lucan.

—Un centenar más o menos.

—Me pregunto cómo Deirdre no ha sabido de su existencia hasta ahora —irrumpió Lucan en el silencio.

Fallon le contó a Lucan la historia de Larena y cuando hubo terminado, Lucan se quedó silbando un buen rato.

—Ha estado sola la mayor parte del tiempo —refirió Fallon—. Ha sobrevivido gracias a su fuerza y valentía y a desconfiar de todo el mundo. Solo en los últimos años la ha acompañado Malcolm.

—Malcolm se ha puesto a sí mismo en un gran peligro.

—Es un buen hombre. Te gustaría. Es una auténtica lástima que no sea un guerrero. Me hubiera gustado verlo luchar con nosotros.

Lucan cruzó los brazos sobre su pecho.

—Estoy convencido de que me gustará. ¿Dónde está?

Fallon también se lo preguntaba.

—No tengo ni idea. No tenía ninguna razón para permanecer en Edimburgo, así que supongo que habrá regresado con su clan. Le dije que aquí sería siempre bienvenido.

—Todavía no entiendo por qué los guerreros intentaron matar a Larena en lugar de llevársela a Deirdre. Deirdre habría querido utilizar a Larena a su favor, no verla muerta.

Fallon se pasó una mano por el pelo.

—Estoy de acuerdo. Supongo que sabremos lo que sucedió cuando Larena se despierte.

—Estoy impaciente por saberlo.

También lo estaba Fallon.

—No vas a preguntarle por el anillo, ¿verdad? —preguntó Lucan.

—Le dije que estábamos buscando el Pergamino y la razón por la que lo estábamos buscando. Ella eligió esconderme información.

—Pregúntaselo, Fallon. Cuéntale nuestro plan. Le salvaste la vida, te lo debe.

Él sacudió la cabeza.

—No me debe nada. ¿Cómo puedo pedirle que ponga en peligro tantas vidas solo por Quinn? No nos conoce, Lucan, así que no puede confiar en que lo que digamos sea cierto. Encontraremos otro modo. Utilizar el Pergamino como cebo siempre fue un plan bastante peligroso.

Lucan lo miró durante un largo rato antes de darse la vuelta y alejarse de la pared.

—La respuesta a todo está justo delante de nuestros ojos. Creo que deberíamos hablar con Larena, explicarle nuestro plan y pedirle que confíe en nosotros. ¡Por todos los dioses! No puedo dormir pensando en lo que puede estar haciéndole Deirdre a Quinn.

Fallon contempló las colinas y las montañas bajo la oscuridad. Había sido un egoísta durante mucho tiempo y ahora estaba volviendo a serlo.

Quinn lo necesitaba y él se había prometido a sí mismo y a Lucan que sacarían a su hermano pequeño de las garras de Deirdre. Ya había pasado demasiado tiempo.

—Lo sé —dijo Fallon—. Sacaremos a Quinn de la prisión de Deirdre. Puedo hablar con Larena, pero es decisión suya. Si dice que no es que no.

Lucan le golpeó con una mano en el hombro.

—De acuerdo. Es posible que te hubiera contado lo del Pergamino más adelante.

—Puede. Eso ya no importa ahora.

Lucan empezó a marcharse. Los talones de sus botas golpeaban las rocas. De pronto se detuvo y se giró sobre su hombro.

—Si te importa, Fallon, lucha por ella.

Fallon se quedó pensando en las palabras de Lucan mucho rato después de que este se hubiera marchado. No se merecía a una mujer como Larena y ella no debería estar con un hombre que no era capaz de proteger ni a su familia ni a sus amigos.

Él siguió paseando entre las almenas, feliz de estar solo. Los otros debieron notarlo también, pues no le dijeron nada cuando pasó por delante de ellos mientras hacían guardia.

Lo único que no podía negar era que Larena le importaba. La quería de vuelta en su cama. Quería besar sus suaves labios y sentir su sedosa piel bajo sus manos. Quería oírla gritar su nombre mientras él la llevaba hasta el éxtasis y quería penetrarla una y otra vez.

Si estuviera en sus manos, se encerraría con ella en una habitación durante días y le haría el amor interminablemente, solo parando para comer. Quería que su cabeza estuviera tan llena de él como ella había consumido la suya.

Sí, la quería. Y lucharía por ella.


Larena intentó mantenerse en los confines del sueño. No quería sentir de nuevo el dolor o ver la profunda preocupación en el rostro de Fallon.

*Fallon.*

Solo pensar en él hizo que se le acelerara el corazón. Se despertó lentamente, pero no abrió los párpados. Respiraba pausadamente esperando sentir el terrible dolor que le había consumido el cuerpo. Pero no sintió nada.

Abrió los ojos y se encontró a sí misma acostada del lado izquierdo. La luz que entraba por la ventana llegaba hasta la cama, una cama que ella no reconoció.

—¿Cómo estás?

Su mirada se desvió hacia la silla que había a su lado y hacia el hombre grande y de cabellos oscuros recogidos en dos trenzas que le caían por los hombros que estaba sentado en ella. Le ofreció una amplia sonrisa que iluminó sus profundos ojos verdes como el mar.

Una mirada a su cuello y el torques de oro confirmó lo que ya se había imaginado. Tenía justo delante a uno de los hermanos de Fallon.

—Tú debes de ser Lucan.

Él inclinó la cabeza.

—Ese soy yo. Nos has tenido muy preocupados, especialmente a Fallon.

Larena se sentó lentamente esperando ver a Fallon, pero en la habitación solo estaban ella y Lucan. El dolor ya no le quemaba el cuerpo. Ella se humedeció los labios con la lengua y observó alrededor.

Justo delante de la cama había un gran hogar. Entre la chimenea y la ventana había una mesa con dos sillas. Al lado de la cama había una mesa pequeña sobre la que pudo ver un cántaro y un tazón. Había dos muebles con cajones a ambos lados de la cama y un antiguo escudo redondo con dos espadas cruzadas colgaba de la pared que había junto a la puerta.

—Estás en la habitación de Fallon, la habitación principal —afirmó Lucan—. ¿Quieres un poco de agua?

Ella asintió con la cabeza y lo observó verter el líquido en el tazón. Se bebió tres vasos antes de reclinarse hacia atrás y respirar profundamente. La decepción por no haber encontrado a Fallon era grande. Se preguntaba dónde estaría. Era estúpido, pero había creído que él estaría a su lado cuando despertara.

—¿Todavía sientes dolor?

La voz de Lucan sacó a Larena de sus profundos pensamientos.

—No. ¿A quién debo agradecerle que me haya salvado?

—¿Quieres decir aparte de a Fallon? —Lucan sonrió ante lo que acababa de decir, pero ella pudo ver la dureza en sus ojos verdes, unos ojos muy parecidos a los de Fallon.

Ella tragó saliva y asintió.

—Sí, aparte de a Fallon.

Antes de que él pudiera responder, la puerta se abrió y una preciosa mujer con el pelo castaño y unos ojos oscuros entró y se puso al lado de Lucan. Ella rodeó al hombre de las Highlands con sus brazos y le sonrió a Larena.

—Espero que mi marido no haya sido demasiado maleducado —dijo la mujer.

Lucan entrelazó sus dedos con los de la mujer.

—Nunca me atrevería.

La mujer se rió y centró su mirada en Larena.

—Soy Cara. Hemos oído muchas cosas sobre ti. No puedo creer que seas una guerrera.

—Gracias por ayudarme a recuperarme —dijo Larena. La simple y abierta simpatía de Cara le extrañó, pero le gustaba la honestidad que había en sus ojos oscuros—. Fallon me dijo que eres una druida.

Cara miró a su marido con el ceño fruncido antes de volverse de nuevo hacia Larena.

—Sí, soy una druida. ¿Tienes hambre? Puedo traerte un poco de sopa que he preparado yo misma.

—Eso sería maravilloso.

No le había pasado desapercibida la mirada entre Lucan y Cara. ¿Qué le estaban escondiendo? ¿Y por qué?

Lucan besó a Cara y le susurró algo al oído antes de marcharse. Larena se estiró bajo las sábanas. Llevaba una combinación diferente, una combinación limpia y sin ninguna marca de sangre ni de arañazos. Larena se cogió el cuello mientras sus pensamientos regresaron de nuevo a Fallon.

—Tu combinación estaba destrozada —dijo Cara mientras se sentaba donde antes había estado Lucan—. Encontré otra. No es tan bonita como la que llevabas.

—Es perfecta —sonrió Larena—. Lo que llevaba en Edimburgo era simplemente para ser vista.

Cara se frotó las manos nerviosa.

—Fallon nos contó por qué habíais ido a Edimburgo tú y tu primo. Parece peligroso.

—Era algo que tenía que hacer y Malcolm no me hubiera dejado ir sola.

—¿Vendrá también aquí?

Larena se encogió de hombros.

—No lo sé. Ni siquiera sé dónde está ahora.

—Quería preguntarte qué sucedió durante el ataque, pero Lucan me ha hecho prometer que no lo haría. Él y Fallon han estado esperando a que te despertaras para saber qué sucedió.

—¿Don…? —Se detuvo y se aclaró la voz—. ¿Dónde está Fallon?

Se odiaba a sí misma por haberlo preguntado, pero necesitaba saberlo. Le había parecido el tipo de hombre que se habría quedado a su lado todo el tiempo sin moverse.

Cara se rió.

—Ha estado paseando por el castillo desde ayer por la noche observando todas las mejoras que se han hecho. Sé que estaba ansioso por volver al trabajo después del desayuno. Estoy segura de que vendrá aquí pronto.

Se oyó un pequeño golpe en la puerta antes de que volviera a abrirse. Esta vez, una mujer alta y esbelta con el cabello rizado entró en la habitación llevando un cuenco con sopa y algo de pan. Puso la bandeja al lado de Larena y le ofreció una gran sonrisa.

—Hola, Larena. Soy Sonya.

El nombre iba con ella y a Larena le cayó bien al instante. Ella le devolvió la sonrisa.

—La otra druida. Muchas gracias por ayudarme a recuperarme y por la comida. No me había dado cuenta del hambre que tenía hasta que la he olido.

—Come, no lo hagas por nosotras —exhortó Cara—. Somos las dos únicas mujeres en el castillo, así que solemos formar nuestro bando contra los hombres.

Sonya se rió con una risa alegre y ligera. Era evidente que había una buena relación entre ella y Cara.

—Es cierto —concluyó, y cogió otra silla y la puso al lado de Cara.

Larena escuchó a las dos mujeres mientras comía. Mantenían una conversación animada, hablando de nada en particular y a Larena le resultó obvio que pretendían mantenerla entretenida.

Se terminó la sopa y se puso el último pedazo de pan en la boca. Estaba lista para salir de la cama y ponerse algo de ropa.

—¿Quieres más? —le preguntó Cara.

—Gracias, pero no —respondió.

Sonya se levantó y salió de la habitación. Larena observó a la druida marcharse preguntándose qué habría hecho que se marchara tan rápidamente. No pasó mucho rato hasta que Sonya regresó empujando una bañera de madera dentro de la habitación.

Se levantó y se sacudió las manos.

—Hemos pensado que quizás te apetecía un baño.

Larena casi suelta un grito de alegría ante la idea de sumergirse en el agua caliente.

—Suena maravilloso.

—Ahora mismo te traemos el agua —dijo Cara.

Una vez se hubieron marchado, Larena se levantó de la cama y se dirigió hacia la ventana. Miró hacia los acantilados de roca que se sumergían en las profundas aguas del fondo. Las olas golpeaban contra las rocas y esparcían gotas de agua en el cielo que brillaban bajo la luz del sol. Larena se imaginó que casi podía sentir las gotas de agua sobre su piel. El olor a sal inundaba el viento y la brisa del mar le refrescó el rostro.

No podía esperar para ver el resto del castillo y las tierras de los alrededores. Sus pies descalzos se encogieron sobre las frías piedras. Se giró y miró su cama. *La cama de Fallon*, puntualizó.

¿Compartiría aquella cama con él? ¿Era por eso por lo que la había puesto en su habitación? ¿Podía ella permitirse el estar más ligada a él de lo que ya estaba?

Cuando había hablado de Quinn y de su plan para salvarlo, su mano se había ido hacia el anillo, dispuesta a dárselo a él o a cualquiera que lo necesitara para escapar de las garras de Deirdre. Luego recordó la promesa que le había hecho a su clan y a Robena. No podía traicionar esa promesa, incluso aunque quisiera ayudar a Fallon, no podía poner a todos los demás en peligro si el plan fallaba.

Ella se tocó el costado donde había estado la herida, pero ya no había ningún dolor. Cuando se levantó la combinación, tampoco encontró ninguna cicatriz. Era como si se hubiera recuperado igual que siempre. Sin embargo, ella sabía que la sangre de drough tenía que haberla matado. ¿Tan poderosas eran las druidas del castillo de los MacLeod?

La puerta se abrió y Cara y Sonya entraron con unos cubos seguidas de Lucan y otro hombre con el pelo castaño claro y unos sonrientes ojos. Él le hizo un gesto con la cabeza a Larena antes de soltar los cubos y marcharse.

—Ese era Logan —le dijo Cara—. Siempre está sonriendo y bromeando. No creo que haya nada que pueda ponerlo de mal humor.

Tuvieron que hacer unos pocos viajes más para llenar la bañera y entonces las tres mujeres se quedaron solas.

Larena miró a Sonya.

—No tengo ninguna cicatriz. ¿No debería el veneno haberme dejado al menos una cicatriz?

Sonya dudó un instante y le lanzó una mirada a Cara.

—Estabas prácticamente muerta cuando Fallon llegó contigo en brazos. Utilicé mi magia, sí, pero no fue suficiente.

—Necesitabas sangre —dijo Cara—. Mucha sangre.

—Sangre... —repitió Larena confusa—. ¿Entonces eso es lo que me salvó?

Sonya asintió.

—¿Quién me dio la sangre?

Cara le ofreció una pastilla de jabón y se aclaró la garganta.

—¿Necesitas ayuda?

Larena negó con la cabeza y le permitió evadir la pregunta. Quería estar un rato a solas para pensar. Y quería sumergirse en el agua tanto rato como fuera posible. El vapor del agua caliente subía por la habitación haciendo que se sintiera mejor.

—Bienvenida al castillo MacLeod —dijo Sonya antes de marcharse.

Cara salió detrás de la druida.

—Tengo un par de vestidos que he dejado aquí fuera por si alguno te está bien.

—No me gustaría quitarte tus vestidos.

—No te preocupes. Tenemos muchos vestidos que trajimos de la aldea cuando Deirdre la arrasó. Los vamos arreglando a medida que Sonya y yo los necesitamos. Te traeré uno en cuanto pueda.

Entonces la puerta se cerró detrás de Cara y Larena se desvistió. Metió el pie en el agua para ver si estaba muy caliente y luego se metió entera en la bañera con un suspiro.

Su mano se posó en el costado. Había necesitado sangre. Pero ¿la sangre de quién corría ahora por su cuerpo?

Pensó en el ataque de los dos guerreros y en el dolor que la había devorado. Pronto había perdido la consciencia, pero recordaba haber abierto los ojos y ver que estaba entre los brazos de Fallon. Sus hermosos ojos verdes quedaron fijos en ella mientras repetía su nombre una y otra vez.

Larena se cubrió el rostro con las manos. Debería contarle lo del anillo y lo que había dentro de él. Él buscaba información sobre el Pergamino. Era fácil contárselo, pero ¿y si se lo pedía? Le explicaría que, por mucho que quisiera, no podía dárselo. Él lo comprendería, ¿no?

Más perturbador que ese pensamiento era preguntarse si él la querría de nuevo en su cama una vez que le hubiera confesado que tenía el Pergamino.

## 16

Fallon miró la extensión de tierra delante del castillo desde la torre y sonrió. No esperaba que se hubiera adelantado tanto en los trabajos mientras había estado fuera. Pero todas, excepto dos de las torres, habían sido reconstruidas, incluida en la que él se encontraba ahora.

El corazón se le hizo un puño al pensar en devolverle al castillo su antigua gloria. Podía imaginarse a su padre de pie en el patio con los brazos cruzados sobre su fuerte pecho y su cabello oscuro ribeteado de plata asintiendo lleno de satisfacción.

Al menos eso era algo que Fallon había hecho bien.

El sonido de unos pasos en las escaleras le anunciaron la llegada de su hermano incluso antes de que Lucan apareciera por la puerta.

—Te he estado buscando por todas partes —gruñó Lucan con el ceño fruncido.

De inmediato Fallon pensó en Larena.

—¿Le pasa algo a Larena?

—No. Se ha despertado.

Fallon dejó salir un suspiro que no se había dado cuenta que estaba reprimiendo.

—¿Está Cara cuidando de ella?

—Y Sonya también. Logan y yo las hemos ayudado a subir un poco de agua para que se bañara.

Fallon tragó saliva y giró la cabeza para que su hermano no pudiera ver la llama de deseo que se había despertado en él al pensar en Larena en el agua.

—¿Se encuentra bien?

—Eso parece.

Quería saber si había preguntado por él, pero al final Fallon decidió no abrir la boca.

—Tienes que decirle lo que has hecho por ella —dijo Lucan.

Fallon asintió.

—Se lo diré.

—¿Vas a luchar por ella?

Entonces miró de frente a su hermano.

—Es mi deber protegerla.

Lucan sonrió y asintió con la cabeza.

—Bien, me gusta. Ahora tienes que ir con ella. Está en un lugar desconocido y al único que conoce es a ti.

—Iré a verla después de la comida. Todavía está descansando y quiero que los demás me pongan al día.

Era mentira. No estaba preparado para enfrentarse a Larena todavía. Pero mientras Fallon bajaba las escaleras de la torre, se dio cuenta de que quería ir a buscarla y zarandearla por no haber confiado en él. Luego la besaría hasta que ella se derritiera en sus brazos.

Había pasado tanto tiempo desde que había estado entre mujeres por última vez que tenía que acordarse de que debía tratarla como a una dama y no como a un objeto que podía reclamar como propio. Aun así, el dios de su interior le pedía que la reclamara como propia, que la marcara como suya para que ningún otro hombre se atreviera a tocarla.

Tal y como esperaba, cuando él y Lucan llegaron al gran salón, los otros ya estaban en la mesa sirviéndose la comida que Sonya y Cara habían preparado.

Fallon se sentó en su sitio a la cabeza de la mesa y se llenó el plato mientras escuchaba a Hayden hablar de salir a cazar aquella misma tarde.

—Yo bajaré a la playa a pescar —anunció Lucan.

—Buena idea —advirtió Galen—. Cara, ¿podrías prepararme otra barra de pan?

Fallon rompió a reír mientras los otros se quejaban ante la petición de Galen.

Logan le lanzó su copa vacía a Galen, pero este pudo esquivarla.

—¿Es que nunca tienes suficiente?

—Nunca —dijo Galen con una sonrisa antes de meterse un pedazo de pan en la boca.

Todos empezaron a reírse e incluso Fallon se descubrió disfrutando de aquel momento. Había habido tal ausencia de sonidos en el castillo que estaba feliz de volver a oírlos. Los hombres, y las mujeres, que estaban sentados alrededor de su mesa no eran una auténtica familia, pero eran su familia.

Los MacLeod habían prometido luchar contra Deirdre y proteger a cualquiera que necesitara ayuda.

Ahora era su deber tomar las decisiones adecuadas. Fallon siempre había confiado ciegamente en sus hermanos para hacerlo y eso no iba a cambiar. Los hombres sentados a aquella mesa habían demostrado sus habilidades como guerreros y él valoraba sus ideas.

Fallon esperó hasta que todos terminaran de hablar antes de aclararse la voz para llamar su atención.

—Teníamos un plan para liberar a Quinn de las garras de Deirdre. Para que ese plan funcionara, necesitábamos el Pergamino y el conjuro que dormiría a los dioses.

Se detuvo y respiró profundamente.

—No tenemos el Pergamino y no parece que vayamos a conseguirlo. —Logan abrió la boca, pero Fallon levantó una mano pidiendo silencio—. Tengo una idea, pero antes de hablar sobre ello quiero terminar de decir lo que tengo que decir.

Logan asintió con la cabeza y esperó.

—Sonya ha sido de gran ayuda para enseñarle a Cara a controlar sus poderes, pero ninguna de las dos sabe cómo enterrar a nuestros dioses. Sin el conjuro para enterrar a los dioses de los guerreros de Deirdre, no tenemos ninguna posibilidad de ganar en una batalla.

—Yo siempre estoy ansioso por matar wyrran —dijo Hayden.

Galen se rascó la barbilla y miró alrededor de la mesa.

—No me gusta jugar con desventaja, pero si nos organizamos bien, podemos sorprenderlos y utilizarlo en nuestro favor.

Fallon asintió.

—Yo también creo que eso podría jugar a nuestro favor.

Lucan puso los codos sobre la mesa y cruzó los dedos.

—¿Qué propones?

—¿Ha visto alguien el Pergamino?

Todos agitaron las cabezas en negación como él esperaba.

—Y según me imagino, tampoco lo ha visto Deirdre.

Ramsey se rió captando la atención de todos.

—Sé lo que estás pensando, Fallon, y me encanta.

—Sí —dijo Fallon—. Propongo que hagamos nuestro propio Pergamino.

Hayden suspiró y se levantó de su asiento para caminar un poco. Galen se pasó una mano por el rostro mientras Lucan escrutaba a Fallon con una mirada firme.

—¿De verdad crees que podemos hacerlo? —preguntó Lucan—. Si Deirdre sospecha que es falso nunca podremos liberar a Quinn.

—¿Tenemos alguna otra opción? No puedo soportar pensar en Quinn metido en aquellas mazmorras ni un minuto más —masculló Fallon—. He esperado, tal y como me pedisteis, y estoy de acuerdo en que ha sido para bien. Ella nos esperaba de inmediato y nosotros nos hemos tomado nuestro tiempo para descubrir cosas que nos podían ayudar. Pero la verdad es que no sabemos más de lo que sabíamos cuando Quinn fue capturado. Ya no puedo esperar más, Lucan.

Ramsey se inclinó hacia delante sobre la mesa.

—Lo entiendo, Fallon. Él es tu hermano. Harías cualquier cosa por él, pero ¿y si ya ha logrado doblegarlo?

—Entonces lo rehabilitaré.

Hubo un momento de pesado silencio y de pronto se hizo el caos cuando todos empezaron a hablar a la vez.

Fallon contó hasta diez antes de golpear la mesa con la palma de la mano.

—¡Ya basta!

Miró a todos los hombres y mujeres sentados a la mesa y respiró profundamente.

—Lo único que me importa ahora es traer a Quinn de vuelta a casa.

—¿Y qué pasa si se ha puesto del lado de Deirdre? —preguntó Galen—. La distancia no hará que su influencia sobre él sea menor.

Fallon cerró la mano en un puño y miró a Lucan a los ojos.

—Conozco a Quinn. Luchará contra Deirdre con todas sus fuerzas. Si ella ha hecho que ahora esté de su parte, ha sido utilizando la magia. Tenemos druidas que pueden deshacer esa magia.

Sonya sacudió la cabeza.

—La pregunta es con qué garantía de éxito. La magia negra de Deirdre es muy poderosa.

—No dejaré a Quinn con Deirdre, me da igual lo que haya pasado.

—Estoy de acuerdo con Fallon —convino Lucan—. Quinn ha de volver con nosotros.

Hayden maldijo y apartó su plato.

—Quinn podría ser un espía.

—Cualquiera de vosotros podría ser un espía —sentenció Fallon—. Y aun sabiéndolo os he abierto las puertas de mi hogar. ¿Por qué iba a tratar a mi hermano de otra manera?

Ramsey levantó la mano para pedir silencio cuando Hayden retomó la discusión.

—Fallon ha expuesto unos buenos argumentos, y aunque yo tengo mis dudas de que Quinn vuelva a ser el mismo hombre que era antes de que Deirdre lo capturara, lo único que podemos hacer es traerlo a casa.

Fallon le hizo un gesto con la cabeza a Ramsey. Uno a uno los otros aceptaron. Ahora, lo único de lo que se tenía que preocupar Fallon era de liberar a Quinn de las garras de Deirdre y de todos los horrores que pudiera traer con él.

Larena observaba entre las sombras desde el piso superior mientras Fallon hablaba con los otros. Su intención era quedarse disfrutando del baño, pero la necesidad de descubrir más cosas de todo lo que la rodeaba era demasiado acuciante. Y, si tenía que ser honesta consigo misma, quería encontrar a Fallon.

Se había puesto el sencillo vestido azul que Cara le había llevado a la habitación. Para su sorpresa, le venía perfecto. Cara también le había llevado medias de lana y varios pares de zapatos. Larena encontró un par que le venía bien y después de pasarse los dedos por el cabello había dejado la habitación de Fallon.

Fueron las voces que provenían del gran salón lo que la atrajo hasta allí por todo el pasillo hasta las escaleras. Como no quería ser vista, se había mantenido oculta en las sombras y había estado observando a la gente.

No se sorprendió al ver a Fallon sentado a la cabeza de la mesa. Tenía un don innato para el liderazgo que el resto reconocía. Ella pensó que aunque no hubiera nacido para ser el jefe de su clan, seguiría siendo el líder del grupo.

Su mirada se quedó parada en él y lo observaba mientras comía y hablaba con Lucan, que estaba sentado a su derecha. Había un lugar vacío a su izquierda y ella supo que estaba reservado a Quinn. El hecho de que Fallon mirara sin cesar el asiento vacío le desveló a Larena lo desesperadamente que quería a su hermano de vuelta.

Ella trató de imaginarse lo que sería que le quitaran a un hermano de su lado. Como hija única, le resultaba difícil. Había tenido amigos, pero el único miembro de la familia con el que había crecido había sido Naill. Él era unos cuantos años mayor que ella y no quería que una niña lo molestara.

Era toda una nueva experiencia ver cómo Fallon y Lucan interactuaban. Tenían muchos gestos en común y se imaginó que Quinn también tendría muchas cosas en común con ellos. Era una auténtica tragedia que Quinn hubiera sido capturado. Le hubiera gustado ver a los tres hermanos juntos.

Larena dirigió ahora su mirada hacia las únicas mujeres del grupo. Cara estaba sentada al lado de Lucan mientras que Sonya estaba enfrente de ella. Mantenían sus propias conversaciones, pero ambas escucharon atentamente cuando los hombres empezaron la discusión.

Reconoció a Logan, que estaba sentado en una mesa aparte. El hombre alto y rubio que estaba sentado con él tenía un aspecto algo siniestro, con el ceño fruncido y una mirada dura. No le quitaría ojo de encima. Los hombres con aquel aspecto siempre solían buscar problemas y no quería tener nada que ver con esa posibilidad.

Volvió su atención a la mesa de Fallon y observó a los otros dos hombres que había allí sentados. El del pelo negro estaba sentado de espaldas a ella, pero, después de estar observándolo un momento, se dio cuenta de que no hablaba tanto como los otros.

El otro, con el pelo rubio oscuro, tenía un aspecto agradable, pero había algo también en su mirada que hablaba de los incontables horrores que había vivido.

Todos eran guerreros. Larena nunca había visto a tantos juntos. En realidad, al único guerrero que conocía en persona era Camdyn MacKenna.

Los hombres probablemente ya debían saber que ella era una mujer guerrera. ¿Cómo reaccionarían ante ella? Fallon era la única persona a la que conocía allí abajo y en realidad no hacía más que unas horas que se conocían. ¿Había tomado la decisión adecuada al pedirle que la trajera hasta allí?

Luego recordó el ataque en Edimburgo. Deirdre la había descubierto. El poder de Deirdre parecía ilimitado y si Larena sabía algo sobre Deirdre, era que la drough nunca abandonaba cuando se había fijado un objetivo. Y ahora su objetivo era Larena.

Fallon había llegado a Edimburgo en el momento apropiado. Ahora mismo estaría muerta si él no se hubiera encontrado allí. Le debía la vida.

Se tocó el anillo con la mano izquierda. Podría devolverle a Fallon lo que había hecho por ella dándole el Pergamino, pero cada vez que pensaba en ello, se le hacía un nudo en el estómago.

Robena le había repetido una y mil veces lo importante que era que el Pergamino nunca acabara en manos de Deirdre. Todo por lo que Larena había luchado en estos últimos cien años acabaría en nada si el Pergamino acababa en poder de Deirdre.

El cambio de tono que se produjo abajo sacó a Larena de sus pensamientos. Se apoyó en las paredes de piedra y escuchó hablar a Fallon. Estaba calmado y sereno, en su castillo se encontraba plenamente en su elemento. Le encantaba observarlo. Era fascinante.

Ansiaba llegar hasta él y besarlo.

Empezó a aproximarse cuando oyó a Fallon mencionar el Pergamino. El corazón le dio un vuelco en el pecho cuando escuchó que nunca había pretendido darle a Deirdre el auténtico Pergamino, sino únicamente una copia.

Sus dedos cogieron con fuerza el anillo, dispuesta a quitárselo y mostrarles a todos el Pergamino para que pudieran copiar los símbolos celtas que le harían pensar a Deirdre que se trataba del auténtico.

Pero entonces se detuvo. Fallon querría saber por qué no se lo había dicho en Edimburgo.

Larena odiaba haberle mentido. Fallon le había contado cosas que sabía que nunca había compartido con nadie más, pero ella no era capaz de hacer lo mismo. Había algunas cosas, como lo del Pergamino, que cuanta menos gente las supiera, mejor.

Respiró profundamente y pasó la mirada por la mesa hasta que descubrió a Cara mirándola. Larena sacudió la testa con la esperanza de que la mujer no dijera nada. Esta hizo un gesto de asentimiento con la cabeza.

Larena sabía que debía bajar al salón y presentarse, pero no podía moverse. Se apartó a un lado y se apoyó contra la pared de piedra.

Había pasado unos cuantos años en el castillo del rey, pero siempre se había mantenido alejada de los demás. Por su incapacidad para confiar en nadie, hubiera dicho Malcolm. Malcolm había sido su único lazo con el mundo e incluso ni así se había permitido tomarle demasiado cariño porque sabía que un día tendría que dejarlo.

Ahora, allí abajo había seis guerreros inmortales. Lo que habían hecho los MacLeod abriendo las puertas de su castillo era crear una familia. La última vez que Larena había formado parte de una familia, la habían repudiado y la habían echado de su casa.

Pero tenía que quedarse junto a Fallon. Si Deirdre la capturaba, solo sería cuestión de tiempo antes de que descubriera lo que era aquel anillo.

Larena suspiró. Seguiría haciendo lo que había hecho siempre y mantendría las distancias con todos. Era el único modo que tenía de sobrevivir.

Se dio la vuelta para bajar las escaleras y se encontró con Fallon frente a ella. Se le abrieron los labios al ver aquel rostro tan hermoso. Siempre conseguía hacer que se le cortara la respiración, y la necesidad de tocarlo, de sentir sus brazos rodeándola, de besarlo, se hizo insoportable.

No se había dado cuenta de que se había quitado la falda escocesa y ahora llevaba una túnica rojo oscuro y unos pantalones de piel, gastados por el tiempo y el uso, metidos en unas botas negras. Se le veía más natural con ese atuendo, pero ella no podía decidir cuál le gustaba más, si el Fallon con la falda escocesa tradicional o el Fallon informal que ahora tenía delante.

—¿Cómo has sabido que estaba aquí?

Él se encogió de hombros.

—He olido tu esencia.

Un escalofrío le recorrió el cuerpo al oír sus palabras y tuvo que recordarse a sí misma que tenía que mantener las distancias aunque todo en su interior le gritara que se lanzara a sus brazos.

—¿Cómo te encuentras? —Le hizo la pregunta en un tono calmado, pero el modo en que sus ojos verdes le quemaban el cuerpo hizo que se le acelerara el pulso.

—Como si nunca me hubieran atacado.

—Bien. —Fallon le ofreció la mano—. Todos están deseando conocerte y yo estoy deseando saber qué pasó en el ataque.

Ella posó su mano sobre la suya y de pronto, cuando él se giró para bajar las escaleras, se detuvo.

—Espera. Yo… Necesito un momento.

—¿Para qué?

—Ahí abajo hay guerreros a los que no conozco.

Él la miró a los ojos un momento.

—Mi hermano nunca te haría daño. Te protegerá con su vida si es necesario. Los otros han demostrado su lealtad. Están aquí para acabar con Deirdre.

—Lo sé. —¿Cómo podría explicárselo si ni ella misma era capaz de entenderse?

—Vamos —ordenó tirando suavemente de su mano—. Todo irá bien. Confía en mí.

Confianza. Era una palabra simple, pero era algo que no se permitía a sí misma. Con Fallon, sin embargo, las cosas eran diferentes.

Ella le dejó que la llevara a las escaleras. La conversación en el salón se detuvo mientras ambos bajaban. Tragó saliva, odiaba que todas las miradas estuvieran fijas en ella. Había sido sencillo pasar desapercibida en el castillo del rey, pero aquí no tendría tanta suerte.

—Gracias —le susurró a Fallon.

—¿Por qué?

—Por salvarme la vida.

Se encogió de hombros como si aquello no significara nada para él. Algo en Fallon había cambiado. No estaba dispuesta a poner la mano en el fuego, pero no era el mismo hombre con el que había compartido la cama en Edimburgo.

❧❧❧

## 17

Larena esperó hasta que ella y Fallon se detuvieron ante su silla para apartar su mano de entre las suyas. Se obligó a mirar a la mesa en lugar de al suelo como deseaba. Con las manos cogidas delante de ella para intentar ocultar lo mucho que le temblaban, escuchó cómo Fallon la presentaba.

—Ya has conocido a Lucan, Cara y Sonya —relató Fallon—. Al lado de Cara se sienta Galen Shaw.

Larena sonrió a Galen y se dio cuenta de que llevaba la falda escocesa como si fuera su segunda piel. Sus oscuros ojos azules la miraron detenidamente antes de devolverle la sonrisa.

—He oído tu nombre, Galen Shaw.

Galen arqueó las cejas.

—¿Ah, sí? ¿Y en boca de quién?

—Camdyn MacKenna.

—¿Has hablado con Camdyn? —preguntó Galen mientras se estiraba en el banco.

Ella abrió la boca para responder cuando Fallon preguntó:

—¿Quién es Camdyn?

—Un guerrero —respondió Galen—. Prefiere mantenerse escondido, pero le dejé marcas para hacerle saber dónde me había ido.

Larena asintió.

—Las ha encontrado. Pasó por el castillo de Edimburgo hace algunas semanas y me lo dijo.

Galen se rió y golpeó la mesa con las manos, claramente contento por las noticias.

—Camdyn es un buen guerrero, Fallon. Será un buen activo para nosotros.

—¿Y dónde está? —preguntó Lucan.

—Vendrá. Camdyn nunca incumple su palabra —dijo Galen.

Fallon señaló al hombre que había delante de Galen.

—Este es Ramsey MacDonald. Es el más tranquilo de nosotros.

—Mi señora. —Ramsey hizo una reverencia con la cabeza para mostrar su respeto.

A Larena le gustó de inmediato el guerrero del cabello negro como el azabache. No llevaba falda escocesa, pero había un fuego en sus ojos grises que solo tenían los hombres de las Highlands.

—Ramsey.

—Ya conoces a Logan —dijo Fallon mientras Logan le guiñaba un ojo—. Ese tan corpulento que hay delante de él es Hayden Campbell.

Larena miró a unos ojos tan oscuros que casi parecían negros. Hacían un asombroso contraste con su pelo rubio, pero los ojos de Hayden parecían transmitir señales de amenaza al igual que todo su porte.

—Hayden.

—Larena —correspondió Hayden con una voz fría y profunda.

Fallon apartó su silla y le hizo un gesto para que se sentara.

—Siéntate, por favor. ¿Quieres comer algo?

—No. —Larena se sentó en la silla de Fallon. Odiaba ser el centro de atención. Fallon se sentó a su lado, en el lugar vacío de Quinn. Intentó leer sus emociones en sus ojos, pero él se había cerrado a ella.

Debería estar aliviada. En realidad, ella había querido distanciarse de él, ¿no? ¿Entonces, por qué le dolía tanto?

Te preguntabas si las cosas cambiarían una vez estuvierais en su castillo. Ahora ya lo sabes.

Sí. Ahora lo sabía.

—¿Podrías contarnos cómo te atacaron? —preguntó Lucan.

Larena inspiró aire profundamente para coger fuerzas. No quería revivir el ataque, pero había cosas que Fallon y los otros necesitaban saber.

—Había dos. Uno de los guerreros tenía la piel verde pálido y una actitud desagradable. El otro tenía la piel azul oscuro y alas.

—¿Alas? —repitió Lucan con el ceño fruncido—. ¿Estás segura?

Larena asintió.

—Vi cómo las plegaba a su espalda. Tenía alas.

—¿Podría ser el mismo? —preguntó Cara.

Fallon levantó un hombro.

—Supongo que sí. ¿Te atacaron los dos? —le preguntó a Larena.

—No, solamente el verde pálido. Me dijeron que Deirdre quería conocerme. Cuando les pregunté cómo había sabido de mi existencia, me dijeron que fue un wyrran. Uno entró en el castillo. Lo maté, pero aparentemente había otro vigilando y vio cómo me transformaba —le informó a Fallon.

—¿Un wyrran? ¿En Edimburgo? —preguntó Galen.

Fallon asintió.

—Sí, se presentó ante una multitud en el gran salón. Fui tras él, pero lo perdí en el laberinto de pasillos.

—Entonces fue cuando yo lo encontré —continuó Larena—. Lo perseguí hasta que salió del castillo y lo maté.

Logan soltó una carcajada.

—Impresionante. ¿Soléis ver muchos wyrran en el castillo?

—Ese fue el primero que descubrí en Edimburgo —dijo Larena, incapaz de ocultar la sonrisa de su rostro. La actitud afable de Logan la ayudaba a relajar la tensión que tenía acumulada.

Sonya se inclinó hacia delante.

—¿Sabías que te habían envenenado con sangre de drough?

—Sí. Fue el guerrero alado el que me dijo lo del veneno. Dijo que Deirdre me quería con vida, así que me sugirió que buscara a Fallon para que me trajera aquí.

—¿Por qué? —preguntó Hayden—. Tal actitud me resulta impropia de cualquiera de los guerreros que sirven a Deirdre con los que yo me he topado.

Larena se removió incómoda en su silla y se encogió de hombros.

—No sabría decirte.

—Supongo que también sabían que estabas allí por el wyrran —le dijo Lucan a Fallon.

Fallon se pasó una mano por el rostro antes de dejar la palma sobre la mesa.

—Eso parece. Contaban con que encontrara a Larena y la trajera aquí para salvarla.

—Si eso es cierto, vendrán a por Larena —dijo Ramsey—. Eso significa otro ataque y esta vez Deirdre enviará más guerreros.

Hayden se levantó y soltó una maldición.

—Ganamos la última vez, pero ahora saben cuántos guerreros somos. Deirdre no cometerá el mismo error otra vez. Y ahora tenemos a un guerrero menos.

—No, no es así —rebatió Larena mientras se ponía en pie—. Yo puedo luchar.

Los labios de Hayden se torcieron en una sonrisa burlona.

—Fallon dijo que vio cómo te transformabas.

—¿Crees que te ha mentido?

El silencio siguió a la pregunta de Larena. Hayden se movió hacia ella y Logan y Galen se pusieron en pie.

—Creo en Fallon, al igual que todos los que estamos aquí —respondió Hayden—. Pero quiero verlo con mis propios ojos.

Larena arqueó una ceja y lo miró detenidamente.

—Yo también quiero ver cómo te transformas tú. Al fin y al cabo, decir que eres un guerrero no te convierte en uno, ¿no es así?

Logan soltó una carcajada y sacudió la cabeza. Se pasó una mano por el cabello castaño claro y volvió a sentarse.

—Ahí te ha pillado, Hayden.

Descubrió a Hayden observándola con aquellos ojos negros con un brillo de algo que podría llamar respeto.

—Es justo —dijo un instante antes de que su piel se volviera rojo oscuro. Unos pequeños cuernos rojos sobresalieron por entre su pelo rubio. Tenía unas garras rojas y brillantes y los labios estirados en una sonrisa abierta que le mostraba los impresionantes colmillos.

Larena miró a Hayden de arriba abajo antes de detenerse en sus ojos rojos.

—¿Cuernos?

—Llevo al dios de la masacre en mi interior. ¿Qué quieres que te diga?

—Gracias —respondió ella. Miró a Fallon y lo descubrió observándola. Su mirada la tranquilizó y le recordó que él estaba allí con ella.

Normalmente Larena se transformaba sin ropa ya que utilizaba su poder para hacerse invisible, pero en aquel momento aquella no era una opción posible.

Una vez Hayden retornó a su forma humana, Larena liberó a la diosa que albergaba en su interior y se transformó. Varios escalofríos le recorrieron la piel mientras la diosa se despertaba en sus adentros. Larena movió los dedos mientras se formaban sus garras. Los colmillos le llenaron la boca y puso gran cuidado en no morderse con ellos ni la lengua ni los labios.

—Mierda —murmuró Galen.

Logan se aclaró la garganta un par de veces antes de poder hablar.

—Bien puedes decirlo.

Ramsey soltó un silbido de admiración mientras Hayden le hacía una reverencia con la cabeza.

Larena se miró un brazo para ver que su piel estaba brillando como siempre que se transformaba.

Cara tenía los ojos abiertos de sorpresa.

—Incluso su pelo. Justo como nos dijo Fallon. Es impresionante.

Con todos los ojos puestos sobre ella, Larena tuvo que luchar contra el deseo de hacerse invisible. Entonces Fallon se puso en pie a su lado. Su mano rozó la suya y ella tuvo la absurda necesidad de entrelazar sus dedos con los suyos.

—¿Les vas a enseñar el resto? —preguntó.

Como respuesta, ella se hizo invisible mientras escuchaba las sonoras exclamaciones de sorpresa de Sonya y Cara. El efecto no era el mismo que cuando lo hizo ante Fallon la primera vez, pues entonces estaba desnuda. Ahora mismo parecía como si no hubiera nada manteniendo en pie su vestido.

—Sin la ropa no puede verte nadie, ¿no? —preguntó Ramsey.

—No —respondió—. Puedo moverme por todas partes sin ser vista.

Un lado de los labios de Galen se elevó en una sonrisa.

—Larena será una gran ventaja contra Deirdre.

Larena volvió a encerrar a su diosa y volvió a su forma normal. Se sentó en la silla esperando que la conversación se alejara de ella por fin.

Pero entonces Galen se dirigió hacia ella y se transformó. Se quedó tan sorprendida que durante un momento solo pudo mirar aquellos brillantes ojos verdes. Siempre se había preguntado por qué los ojos, incluso el blanco de los ojos, se volvían del color de la piel del guerrero.

—Yo contengo a Ycewold, el dios embaucador —reveló Galen.

Ella miró su piel verde oscuro, pero antes de poder decir nada, Ramsey ocupó su lugar. La piel de Ramsey era del color del bronce, un bonito contraste con su pelo negro.

Ramsey le ofreció una pequeña reverencia.

—Yo llevo a Ethexia, el dios de los ladrones, dentro de mí.

Larena cruzó las manos sobre su regazo. Había esperado tener que ganarse su lugar en aquel mundo de hombres, pero al mostrarle a su dios, le estaban diciendo que ella era uno de ellos.

Logan apartó a Ramsey a un lado y sonrió de oreja a oreja.

—Yo llevo al dios de la traición, Athleatus, en mi interior.

Mientras hablaba su piel se volvió plateada. Con un guiño de sus ojos color plata, volvió a su sitio.

Entonces Lucan se puso en pie. Ya se había transformado y la miraba con unos ojos negros obsidiana.

—Yo soy uno de tres. En mi interior llevo parte de Apodatoo, el dios de la venganza.

Larena quiso pedirle que esperara antes de volver a transformarse para poder ver más, pero Fallon estaba en pie a su izquierda y su atención se centró en él.

La miró fijamente un segundo, dos, y luego se trasformó ante sus ojos. Su piel, dorada por el sol, se volvió negra como el carbón. Unas garras oscuras salieron de sus dedos y unos puntiagudos colmillos blancos brillaron entre sus labios.

Sus hermosos ojos verde oscuro desaparecieron y en su lugar pudo ver unos ojos tan negros como el cielo nocturno. Ella se puso en pie y levantó la mano para tocarle el brazo. Se había preguntado qué aspecto tendría cuando dejara libre a su dios y ahora estaba sobrecogida.

—Yo soy uno de tres. —La voz de Fallon llenó el gran salón, suave e imponente—. El dios de la venganza también está en mi interior.

Los dedos de Larena tocaron la cabeza de jabalí de oro del torques que Fallon llevaba alrededor del cuello. Ella se había enfrentado a muchos wyrran durante todos aquellos años, pero solo había visto a unos pocos guerreros hasta entonces. Sin embargo, tenía que admitir que Fallon era el guerrero más hermoso, más imponente que había visto jamás.

—Gracias —susurró, y bajó la mano.

Luego, en voz más alta pero con los ojos todavía fijos en Fallon dijo:

—Gracias a todos.

Fallon le sostuvo la mirada.

—Ahora eres una de nosotros. Aquí tienes un hogar.

¿Un hogar? No había tenido un hogar desde que tuvo que dejar a su padre. ¿Se atrevería a permitirse esperar tener algo en lo que llevaba años soñando? La respuesta era que sí porque la idea de dejarlos a todos atrás era algo que no podía ni imaginarse.

Los ojos empezaron a quemarle con lágrimas no derramadas. No había llorado desde que enterró a su padre, entonces, ¿por qué le provocaba Fallon aquellas lágrimas?

Parpadeó rápidamente y Fallon ya había vuelto a su forma normal. De nuevo, unos oscuros ojos verdes la estaban mirando. Larena no pudo evitar pensar que se había producido un gran cambio en su vida en un abrir y cerrar de ojos.

Fallon y los demás le estaban ofreciendo un hogar junto a ellos. Ellos serían su familia. Pero ¿podría permitirse ella acercarse a ellos? ¿Se atrevería?

## 18

Fallon deseaba envolver a Larena entre sus brazos. Vio en sus ojos azules lo vulnerable que se sentía y aquello le produjo un dolor en el corazón que nunca había imaginado que sentiría a causa de una mujer.

Había estado preocupado por cómo los otros reaccionarían al tener a una mujer guerrero entre ellos, pero los hombres habían mostrado su aprobación. No estaba seguro de lo que hubiera hecho si hubieran actuado de un modo diferente. Seguramente lo que hubiera sido necesario.

Ahora lo único que quedaba era la propia Larena. Fallon sabía que temía a Deirdre. No porque Larena se hubiera encontrado alguna vez con la drough, sino por las historias de traiciones de Deirdre. Pero ¿bastaban aquellas historias para mantener a Larena en el castillo?

Fallon le hizo un gesto a Larena para que se quedara en su silla. Quería que conociera a los otros para que se sintiera segura. Entonces Fallon se dio cuenta de que no confiaba en sí mismo teniéndola tan cerca.

Los recuerdos de cuando habían estado haciendo el amor seguían todavía vivos en su mente y su cuerpo anhelaba volver a poseerla. Sin embargo, sabía que ella necesitaba tiempo. Cuánto tiempo, era toda una incógnita.

Se dio la vuelta y empezó a andar hacia la puerta del castillo cuando la voz de Lucan lo detuvo.

—¿Adónde vas? —le preguntó su hermano.

Fallon se detuvo con la mano en el pestillo de la puerta.

—Voy a echar un vistazo.

Abrió la puerta y salió a la luz del sol antes de que Lucan pudiera hacer más preguntas. Fallon sentía cómo el dios en su interior tiraba de él, esa sensación había sido cada vez más habitual desde que había dejado de beber.

Corrió y saltó a las almenas con una sonrisa en el rostro al hacer por fin lo que su hermano llevaba siglos haciendo y escrutó el horizonte. Había negado los poderes de su dios durante mucho tiempo y ahora descubría que disfrutaba haciendo cosas que los hombres normales no podían hacer.

Nadie de los MacClure había regresado a reclamar el castillo o la aldea destruida desde que Fallon y los otros se habían transformado y les habían advertido que no regresaran jamás.

De algún modo, Fallon quería que los MacClure regresaran. Ellos se habían apropiado de sus tierras mientras él había estado luchando contra el mal. Necesitaba luchar, y ¿quién mejor que el clan que le había arrebatado sus tierras y su castillo?

La mayoría de las cabañas de la aldea o bien habían sido quemadas o bien destrozadas por los wyrran y los guerreros de Deirdre. Lucan le había dicho que él y los otros habían recogido todo lo que habían podido de la aldea y lo habían llevado al castillo.

Había todavía algunas habitaciones libres en el castillo, pero Fallon tenía el inconfundible presentimiento de que no serían suficientes para todos. Se podría alojar a más gente en el castillo si los guerreros compartían habitación.

Sin embargo, allí estaba la aldea. No estaba tan cerca del castillo como le hubiera gustado a Fallon, pero estaba lo suficientemente cerca. Podían reconstruir las cabañas y los guerreros podrían vivir allí si surgía la necesidad.

Estaba profundamente concentrado pensando en la aldea cuando de pronto sintió una presencia tras él. Fallon giró la cabeza y encontró a Ramsey. El guerrero silencioso miraba hacia la aldea mientras apoyaba las manos contra las piedras de la almena y apoyaba un pie en la pared.

—Has hecho lo correcto trayendo aquí a Larena —opinó Ramsey—. La necesitaremos.

Fallon soltó un suspiro.

—Preferiría que no luchara con nosotros. Sé que es una guerrera y que ha matado a muchos wyrran, pero solo se ha enfrentado a otros guerreros una vez y eso casi acaba matándola.

—No jugaron limpio. —Ramsey volvió sus ojos grises hacia Fallon—. Y además no permitirá que cuidemos de ella.

—Lo sé —admitió Fallon. Y lo sabía. Tenía que reconocer que ella podía cuidar de sí misma y permitir que lo hiciera o acabaría perdiéndola para siempre.

—Te importa.

No era una pregunta. Fallon miró fijamente a los imperturbables ojos grises de Ramsey un momento antes de asentir.

—Sí.

—¿Qué quieres hacer con la aldea?

Fallon se sorprendió por el súbito cambio de tema.

—Me gustaría reconstruir las cabañas y hacerlas nuestras. Puede que necesitemos más espacio. Por el momento no han venido más guerreros, y todavía tenemos unas cuantas habitaciones libres en el castillo.

—Pero ¿crees que eso nos beneficiaría?

—Sí.

Ramsey observó la aldea durante un momento en silencio.

—¿Y si regresan los MacClure?

—Ya nos ocuparemos de ello si eso sucede. Por el momento tenemos otras preocupaciones más urgentes. Puede que nadie venga a enfrentarse con nosotros, pero debemos estar preparados.

—Estoy de acuerdo. —Ramsey lo miró—. Buena idea, Fallon. ¿Cuándo quieres que empecemos?

Fallon se dio la vuelta y se quedó mirando el castillo. Todavía había mucho por hacer.

—Primero terminaremos con el castillo.

—La tercera torre está casi terminada y Hayden y Logan han empezado ya a reconstruir la cuarta.

Fallon escuchó a Ramsey mientras apuntaba mentalmente lo que ya se había hecho y lo que quedaba por hacer.

—Bien.

Bajó la mirada al ver que los hombres salían del castillo. Fallon saltó al patio aterrizando suave como un gato. Ramsey lo siguió.

—Cara y Sonya le están enseñando el castillo a Larena —dijo Lucan.

Fallon le hizo un gesto de asentimiento a su hermano y luego miró a los guerreros uno por uno.

—Necesito que todos penséis en las historias que habéis oído del Pergamino. Quiero empezar a hacer una réplica de inmediato.

—Todos quisimos salir en busca de Quinn en cuanto supimos que había desaparecido —dijo Galen—. Pero has hecho lo correcto.

¿Había hecho lo correcto? ¿Era más importante asegurar el castillo que liberar a su hermano?

—Deirdre no le hará daño —aventuró Hayden.

Logan cambió su peso de un pie a otro y cruzó los brazos sobre el pecho.

—También os quiere a ti y a Lucan. No se atrevería a hacerle ningún daño a Quinn, necesita el poder combinado de los tres.

—Nada de eso importa —afirmó Fallon, más lacónicamente de lo que pretendía. Cerró los ojos y respiró hondo. Sabía que los demás solo intentaban ayudar, pero no podían entender la desesperación y la culpa con que Fallon cargaba como un peso sobre los hombros.

Cuando abrió los ojos descubrió a Lucan con los ojos clavados en el suelo. Fallon suspiró y dijo:

—Todos hemos estado en la montaña de Deirdre. Algunos más tiempo que otros, pero todos sabemos lo que sucede allí dentro. Puede que no mate a Quinn, pero solo Dios sabe lo que ha podido hacerle a estas alturas. No debería haber ido a Edimburgo.

—Entonces no hubieras encontrado a Larena —añadió Lucan levantando la mirada hacia Fallon—. Con la habilidad que tiene Larena de hacerse invisible, puede llegar a Quinn más fácilmente que cualquiera de nosotros. Puede que no necesitemos el Pergamino.

—¿Y entonces qué? —preguntó Fallon—. Puede que nadie vea a Larena, pero a Quinn podrán verlo. ¿Acaso crees que Deirdre no tendrá a Quinn bien cerca de ella?

Ramsey, que había permanecido en silencio durante la conversación, se giró hacia Fallon.

—Encontrar a Quinn en la montaña es importante. Una vez sepamos dónde está, podremos planear nuestra estrategia, incluso si eso incluye tener que utilizar el Pergamino falso. Si podemos organizarnos para que tú puedas llegar hasta donde esté Quinn, podrás traerlo de vuelta antes de que Deirdre tenga tiempo de comprender lo que ha sucedido.

—¿Y el resto de vosotros? ¿Se supone que voy a dejaros en sus manos? —Fallon sacudió la cabeza—. No digo que la idea no sea buena. Podría funcionar, pero lo último que quiero es dejar a nadie atrás. Después de esto, ni siquiera yo querré volver jamás a la montaña de Deirdre.

Logan, que normalmente siempre sonreía, miró a Fallon con unos sombríos ojos color avellana.

—Yo tampoco quiero ir allí en absoluto, Fallon, pero sé que Quinn lo haría por mí. Así que me enfrentaré de nuevo a esa malvada bruja si eso supone la libertad de Quinn.

Fallon cerró las manos en un puño intentando controlar la emoción que se apoderaba de él. Mientras la ira por lo que Deirdre les había hecho a todos y cada uno de ellos corría por su sangre, sus garras se extendieron. Quería salir de inmediato a rescatar a Quinn, pero sería precipitado y arriesgado. Su padre les había enseñado a actuar mucho mejor.

—Vendrán más guerreros —anunció Galen—. Larena dijo que Camdyn estaba de camino.

—Esperemos que llegue antes de que nos marchemos —deseó Fallon.

—Tengo buena mano para dibujar —dijo Ramsey rompiendo el silencio—. Me contaron que el Pergamino tenía símbolos celtas en los bordes.

—Sí —asintió Hayden—. A mí me dijeron lo mismo.

Fallon asintió con la cabeza a los dos hombres, agradecido de que Larena no tuviera que hablarles del Pergamino que ella protegía.

—Bien, trabajaremos en eso. Cualquiera que sepa algo más sobre el Pergamino, que se lo diga a Ramsey y a Hayden o que vaya con ellos. El resto terminaremos de reconstruir las torres.

Necesitaba hacer algo con las manos, lo que fuera para mantener su mente ocupada. Quinn estaba preso y Larena estaba cada vez más lejos de su alcance. Podía verlo en sus ojos. Fuera lo que fuese que hubiera habido entre ellos en Edimburgo se estaba extinguiendo, y si quería mantenerla a su lado, tendría que pensar rápido.


Quinn obligó a sus piernas a que lo mantuvieran en pie pese a que su cuerpo estaba sumido en una horrible agonía. Apenas había empezado a cicatrizar sus heridas cuando los guerreros de Deirdre habían vuelto a torturarlo.

Había sido despojado de sus botas y de su túnica. Tenía los pantalones destrozados hasta tal punto que apenas lo cubrían. Lo único que no le habían quitado era su torques, y no porque no lo hubieran intentado.

Quinn sonrió y luego hizo una mueca de dolor cuando el labio que tenía partido volvió a abrirse. Los guerreros no podían comprender por qué no podían quitarle el torques, ni siquiera haciendo uso de su fuerza extrema. No se daban cuenta de que el torques estaba hecho para que no se quitase y, al parecer, se había utilizado algo de magia para conseguirlo. Al menos, esa era la explicación que Deirdre les dio a sus guerreros.

A Quinn no le importaba, siempre y cuando aquello hiciera que dejaran de intentar quitarle el torques. Estaba exhausto y dolorido. Ignoraba cuántas horas o días habían pasado desde que lo trasladaron a la montaña.

Todo lo que conocía era aquella oscuridad, el hambre atroz que le consumía el estómago y la constante agonía de su cuerpo.

Los guerreros habían empezado a hacer guardia delante de su puerta para golpearlo mientras dormía. Tan pronto como cedía al sueño, abrían la puerta y empezaban de nuevo a golpearlo. Quinn no estaba seguro de que Deirdre supiera lo que estaban haciendo sus esbirros.

Los ojos de Quinn se cerraron y el sueño lo reclamó de inmediato. Sintió que sus rodillas cedían y despertó de un salto. Deseó gritar de frustración e ira, mas no se atrevió: eso le proporcionaría a Deirdre lo que quería.

Soltó una carcajada al percatarse de que Deirdre había conseguido que hiciera lo que sus hermanos no habían podido lograr en trescientos años. Estaba controlando a su dios. Aunque no sabía cuánto tiempo podría aguantar así. Cada fibra de su cuerpo quería poner sus manos sobre los guerreros que lo estaban torturando y despedazarlos. Cuando pensó en matarlos, su ira se multiplicó y el dios amenazó con liberarse. Quinn luchó contra la creciente fuerza de su furia y se concentró en su respiración y en mantenerse despierto.

Los guerreros que había a la puerta de su celda se pusieron en pie de pronto. Quinn los observó con curiosidad, porque la única persona que podía hacer que los guerreros reaccionaran así era Deirdre. Aunque ella no había ido a verlo en… bueno, en mucho tiempo, le había dicho que no regresaría hasta que no liberara a su dios.

Obligó a su pierna, recientemente rota, a mantener parte del peso de su cuerpo, pues la otra estaba entumecida. Deirdre apareció sin apenas mirar a los guerreros. La puerta se abrió y ella entró en la celda.

Le echó un vistazo y se giró de pronto hacia sus guerreros.

—¿Quién le ha hecho esto? —preguntó.

Los tres guerreros miraron al suelo como si fueran tres niños pequeños a los que habían sorprendido mintiendo.

—¿Acaso he ordenado yo que lo volvierais a golpear?

Uno de los guerreros respondió con una voz casi inaudible.

—No.

Quinn intentó mantener los ojos abiertos, pero la pierna rota le enviaba oleadas de dolor por todo el cuerpo. No podría mantenerse en pie mucho más y acabaría colgando de las cadenas y forzando el hombro que ya tenía dislocado. Su cuerpo podía cicatrizar con rapidez, pero resultaba complicado hacerlo a causa de la tortura a la que lo sometían.

Oyó gritar a Deirdre, pero no acertó a comprender lo que dijo. Unas manos lo cogieron y él gritó cuando le movieron el hombro dislocado. Entonces algo se posó sobre su pierna rota, la agonía era atroz.

Quinn agradeció la oscuridad en la que se sumergió y lo llevó lejos de aquel infierno en vida.

## 19

Larena disfrutaba del tiempo que pasaba con Cara y Sonya. Ambas mujeres la habían acogido con sonrisas amables y muchas carcajadas. Cara le había explicado cómo se habían conocido ella y Lucan y le contó sus luchas contra Deirdre.

Incluso había visto cómo Cara hacía crecer una planta. Larena sabía de los poderes de los druidas gracias a Robena, pero no sabía que los druidas pudieran hacer crecer las plantas. Era increíble, y cuanto más tiempo pasaba Larena con las druidas, más cuenta se daba de lo importantes que eran para los guerreros y para la humanidad.

Al parecer Sonya era una druida muy poderosa. No le había contado a Larena todo lo que podía hacer, pero Larena había oído que la magia de Sonya había ayudado en la curación de sus heridas.

Sin embargo, cuando Larena preguntó de quién era la sangre que habían utilizado para ayudarla, ninguna de las dos mujeres respondió, y Cara cambió rápidamente de conversación.

Larena se rindió. Por alguna razón, ellas no querían que supiera de quién era la sangre que corría por sus venas. Era estúpido, pero ella deseaba que fuera la de Fallon. Puede que no lo fuera y por eso las mujeres preferían no decírselo.

La tarde transcurrió más rápido de lo que Larena se había imaginado. Vio a Ramsey y a Hayden en el gran salón trabajando sobre un trozo de pergamino, hablando en voz baja. Sabía que estaban trabajando en el Pergamino y una parte en su interior anhelaba colaborar con ellos. Pero era mejor no hacerlo.

En lugar de eso, se dirigió a la cocina para ayudar a Cara y a Sonya a preparar la cena. Los hombres cazaban y traían todo cuanto podían, desde pescado y aves de corral a jabalíes y carne de venado.

—Nunca es suficiente —dijo Cara riéndose mientras amasaba la pasta—. Galen come como si tuviera dos estómagos.

—Tres estómagos —añadió Sonya con un movimiento de cabeza—. Nunca tiene la tripa llena. Tuvimos que empezar a esconder parte de la comida porque no paraba de pasar por la cocina durante todo el día.

Larena se unió a su júbilo. Había aprendido mucho sobre cada uno de los guerreros con las mujeres. Logan tenía la costumbre de gastar bromas a todo el mundo, lo que ayudaba a que sus espíritus no acabaran demasiado hundidos. A Ramsey solían verlo quieto solo o andando por el perímetro del castillo sumido en sus pensamientos.

Hayden mantenía las distancias con Cara por su profundo odio hacia los drough. La madre de Cara era una drough y Hayden sospechaba que Cara también acabaría convirtiéndose en una.

Lucan había ocupado el lugar de Fallon sin problemas en cuanto este se había marchado a Edimburgo y era un hombre calmado y firme tal y como había dicho Fallon. Galen era el que parecía tener una respuesta para todo.

Había pasado tanto tiempo desde que Larena estuviera entre mujeres ante las cuales pudiera mostrarse tal como era, que al principio no había sabido cómo actuar con Cara y Sonya. Pero las dos habían logrado que se relajara con sus bromas, así que Larena se dejó arrastrar dentro de su pequeño círculo.

Llegó la hora de la cena. Larena no había visto a Fallon en toda la tarde más que de lejos. Trabajaba más y más duro que los demás y fue el último en acudir a cenar. Ella intentó apartar la mirada de su pelo húmedo, pero solo pensaba en pasarle los dedos por los rizos castaños que habían empezado a mostrar mechas doradas a causa del sol.

Todos tenían su sitio en la mesa. Larena no sabía dónde sentarse, y dudó un momento. Estuvo a punto de unirse a Logan y Hayden en la otra mesa cuando Galen le tocó el hombro.

—Hay mucho sitio entre Cara y yo.

Lo miró a aquellos ojos azules preguntándose si de algún modo él le había leído el pensamiento. Levantó una ceja rubia mientras esperaba que ella respondiera.

Larena miró a la mesa y descubrió a Fallon observándola.

—Gracias —respondió.

Galen la siguió a la mesa un paso por detrás y ella se sentó a la derecha de Cara. Esta se giró a mirarla con una sonrisa alegre y el pequeño apretón que le dio a Larena en la mano estaba cargado de auténtica cordialidad.

—Quería haberte dicho antes que te sentaras a mi lado —dijo Cara.

Larena hizo un gesto con la mano.

—No te preocupes.

Mientras comían, cada uno explicó lo que había hecho durante el día. Larena se sorprendió al oír que Fallon, Lucan y Galen habían terminado la reconstrucción de la tercera torre y habían empezado con la cuarta.

—Debería estar terminada en un día o dos —auguró Lucan—. Tengo que hacer unas cuantas mesas y sillas más para las habitaciones.

Fallon asintió.

—Ramsey, ¿cómo os ha ido a ti y a Hayden hoy?

—Tal y como habíamos previsto —dijo Ramsey después de tragarse la comida que tenía en la boca—. Los símbolos son complicados de hacer.

—Están muy bien —consideró Hayden—. Ramsey no bromeaba cuando dijo que se le daba bien dibujar.

—Perfecto. —Fallon se rascó la barbilla mientras fruncía el ceño—. ¿Cuánto tiempo creéis que vais a tardar en terminarlo?

Ramsey se encogió de hombros.

—Hoy no he podido hacer todo lo que hubiera querido, pero ahora que los primeros símbolos ya están hechos, debería ir más rápido. —Miró a Hayden—. ¿Qué opinas?

—Una semana —estimó Hayden—. Puede que dos.

Fallon suspiró.

—Esperaba que fuera antes, pero entiendo que no es una tarea fácil.

—Y luego tiene que curtirlo —añadió Lucan.

Hayden asintió con la cabeza, con sus rubios rizos cayéndole sobre los hombros.

—Yo me puedo encargar de eso. El proceso puede durar un día o dos. Cuanto más lo trabajemos, mejor aspecto tendrá.

—Entonces os lo dejo encargado a vosotros y a las hábiles manos de Ramsey —concedió Fallon. Se detuvo un momento y apartó el plato para poner los codos sobre la mesa. Su mirada se encontró con la de Larena y se detuvo allí un momento—. Sé que fui al castillo de Edimburgo para pedirle al rey que nos devolviera el castillo y solo el castillo. Sin embargo, no sé cuánta gente vendrá o si vendrá alguien más.

—Vendrán más —aseguró Logan—. Sé que vendrán.

—Sospecho que tienes razón, Logan, pero en el castillo solo disponemos de un número limitado de habitaciones. Podríamos empezar a compartir habitaciones si fuera necesario, pero he tenido otra idea.

Lucan soltó una carcajada y asintió.

—La aldea.

—Sí —dijo Fallon—. La aldea. Los MacClure no han regresado y no creo que lo hagan. Al menos no durante años. Para entonces, puede que ya no necesitemos la aldea. Muchas de las casas fueron quemadas o destrozadas en el ataque de Deirdre. Solo quedan seis en pie y tampoco están en muy buenas condiciones.

—Iré mañana a echar un vistazo y haré una lista de lo que hace falta —dijo Lucan.

Galen dejó su vaso encima de la mesa.

—Buena idea, Fallon. Me gusta cómo piensas.

—Sí —secundó Hayden—. Está lo suficientemente cerca del castillo para trabajar.

Ramsey se volvió a mirar a Fallon con sus intensos ojos grises.

—Ya te dije antes que estaba de acuerdo con tu decisión.

—Yo también —dijo Logan.

Entonces Fallon miró a Larena. Dudó un momento y entonces se giró y volvió la mirada hacia Cara y Sonya.

—¿Qué pensáis vosotras?

—Me gusta la idea —aseguró Cara—. También podríamos construir nuevas cabañas más cerca del castillo.

Lucan cogió la mano de su esposa y la besó.

Larena sintió envidia por el amor que compartían. Habían pasado por mucho y se merecían la felicidad que habían encontrado. Se preguntaba si alguna vez encontraría una felicidad así y si lo hacía, si sus problemas con confiar en la gente le permitirían amar de ese modo.

—¿Sonya? —La voz de Fallon la sacó de sus pensamientos.

La druida de pelo rojizo se humedeció los labios con la lengua y se encogió de hombros.

—Me preocupa pensar quién va a vivir en las cabañas. ¿Qué pasará si hay otro ataque?

—Habrá otro ataque —aseveró Fallon—. No lo dudes. Es solo cuestión de tiempo.

—¿Y quién vivirá en las cabañas? ¿Guerreros? ¿Qué pasará si vienen más druidas? ¿Quién permanecerá en el castillo y quién en la aldea?

Hayden se aclaró la garganta.

—Yo estoy dispuesto a cederle mi habitación a un druida. Al fin y al cabo, vamos a necesitarlos y los druidas no pueden protegerse a sí mismos como los guerreros.

—Estoy de acuerdo —convino Fallon—. ¿Tiene algún guerrero algún problema con esta decisión?

—No —respondieron todos al unísono.

Larena podría quedarse observándolos todo el día. Le encantaba contemplar a Fallon. Quería escuchar las opiniones de los demás sobre sus propuestas y no dudaba en cambiar de idea si era necesario.

Antes de que pudiera darse cuenta, la gente se estaba levantando de sus sillas. Ayudó a Cara y a Sonya a llevar los platos a la cocina.

—Impresionante, ¿verdad? —preguntó Cara cuando ya estaban solas.

Sonya soltó una carcajada.

—El cambio en Fallon es extraordinario, te lo aseguro. Obviamente fue educado para ser el jefe de su clan.

—Aun así —dijo Cara encogiéndose de hombros—. Me gusta el modo en que incluye a todo el mundo. No tenía por qué preguntar qué opinábamos nosotras. De todas maneras, me hubiera gustado que le hubiera consultado también a Larena.

Larena sacudió la cabeza.

—¿Por qué iba a hacerlo? Yo acabo de llegar. He dado una vuelta por el castillo hoy, pero no he visto la aldea ni he estado aquí durante los ataques.

Cara se puso las manos sobre las caderas, una oscura trenza le caía por el hombro.

—Eres una guerrera. Debería haberte preguntado.

—Lo hará una vez Larena lo haya visto todo —convino Sonya.

—No hubiera podido darle ninguna opinión —se apresuró a decirle Larena a Cara—. Él lo sabe.

—Probablemente —respondió la pequeña druida, y continuó fregando los platos mientras Sonya secaba los otros.

Con las tres ayudando en la cocina, no costó mucho limpiar todo lo de la cena. Larena se escabulló y salió hacia las almenas. Quería unos momentos de soledad para poder pensar en todo lo que había sucedido desde que había conocido a Fallon. Nunca antes se había sentido tan confusa a causa de un hombre, pero también era cierto que nunca antes había conocido a un hombre como Fallon MacLeod.

Él ocupaba constantemente toda su mente, y su cuerpo ardía ante la necesidad de que la tocara. Habían transcurrido décadas sin él, pero en aquel momento, a cada hora sentía que lo precisaba. ¿Qué le estaba pasando?

Miró hacia las tierras bañadas por la luz de la luna y las gigantes rocas que formaban los acantilados que se unían con el mar allá abajo. Más allá de la aldea, Cara le había contado que se extendía un bosque donde se había encontrado con Galen.

No era de extrañar que Fallon deseara regresar con todas sus fuerzas. Aquel lugar era maravilloso, justo el tipo de paraje salvaje en el que un hombre de las Highlands como Fallon buscaría refugio.

Respiró profundamente y el aroma a naranjo embargó su cuerpo.

*Fallon.*

Ella giró la cabeza y lo vio aparecer entre las sombras. Su corazón se aceleró, su sangre aumentó de temperatura… y su cuerpo sintió ansia. Deseaba que él alargara la mano y la tocara, que la cogiera entre sus brazos y le ofreciera seguridad, como había hecho en Edimburgo.

En lugar de eso, se paró a unos pasos de ella y se quedó mirándola.

—¿Cómo va todo?

—Bien, muy bien —respondió ella—. Todos han sido muy amables, especialmente Cara y Sonya.

Él asintió.

—Me alegro de oírlo.

Se produjo un silencio entre ambos. Larena se puso nerviosa sin saber ni qué decir ni qué quería él. Ella sabía perfectamente lo que quería, pero se había dicho a sí misma que no podría volver a tenerlo.

¿Si él tratara de besarla, se apartaría? No creía que tuviera la fuerza necesaria para decirle que no y tampoco quería hacerlo.

—Te sienta bien estar aquí —observó para romper el silencio—. Has nacido para ser líder.

—Mi padre estaría feliz de oírte decir eso. A veces yo no estoy tan seguro.

Ella percibió un punto de dolor en su voz al hablar de su padre. Apoyó las caderas contra las piedras.

—Tu padre estaría muy orgulloso de ti. No tengas la menor duda, Fallon.

Él entrecerró los ojos y la miró atentamente.

—¿Por qué dices eso?

—Porque veo el modo en que te mira Lucan. Hay orgullo en su mirada, y amor. Sea lo que sea que sucediera en el pasado, te has convertido en el hombre que se suponía que tenías que ser.

—Si eso fuera cierto, tú no hubieras estado a punto de morir.

Había hablado con una voz tan baja que apenas pudo oír sus palabras, pero aun así, aquellas palabras la golpearon fuerte en el pecho.

—No fue culpa tuya.

—Te dije que te protegería. —Él se giró de lado ofreciéndole el perfil. La luz de la luna bañaba un lado de su rostro.

Larena lo miró atentamente durante un minuto mientras luchaba contra la necesidad de tocarlo.

—Yo salí a por el wyrran, Fallon. Siempre había existido la posibilidad de que Deirdre descubriera lo que era. Y no lo olvides nunca, soy una guerrera.

Él volvió la cabeza y la miró.

—Sé lo que eres, Larena. No tengo ninguna duda de que puedes luchar, pero ¿podrías haber luchado contra dos guerreros?

—No lo sé —respondió ella sinceramente—. Era la primera vez que me enfrentaba a uno. Antes solo habían sido los wyrran los que se habían cruzado en mi camino.

—Los wyrran son muy diferentes a los guerreros.

—He podido comprobarlo con mi propia sangre —murmuró, y volvió la mirada hacia la plateada luna que colgaba del cielo.

Él suspiró y la miró detenidamente.

—Lucan entrenó a Cara para que pudiera luchar contra los wyrran. Quizá podamos ayudarte a entrenarte para luchar contra los guerreros.

—Si hubiera podido utilizar mis poderes…

—No cuentes con tus poderes —la interrumpió. Dio un paso hacia ella y bajó la voz—. Lo que sucedió debería haberte enseñado la lección. Sí, tu poder para hacerte invisible es una gran ventaja, pero habrá veces que no podrás utilizarlo. ¿No preferirías estar preparada?

Ella sabía que lo que le estaba diciendo era cierto, pero le costaba reconocer que tenía razón. Sin embargo, ¿qué otra cosa podía hacer?

—Sí.

El calor de su mirada hizo que se estremeciera. Cerró las manos en un puño para evitar abalanzarse sobre él.

*¿Por qué no abandonarse al deseo?*

Porque temía la influencia que Fallon pudiera ejercer sobre ella si sus sentimientos por él seguían creciendo. Y ella sabía que seguirían creciendo. Si pudiera controlar sus emociones como controlaba a su diosa, no tendría ningún miedo a enamorarse de él.

*¿Y si ya lo has hecho? ¿Y si ya estás enamorada de Fallon?*

Ella suplicó no estarlo. No había lugar en su vida para el amor. O para el futuro.

*Mentirosa.*

Larena se dio la vuelta y se alejó de Fallon y sus suplicantes ojos. Él podía ver demasiado y no quería que desnudase su alma en aquellos momentos. Si lo hacía, podía llegar a descubrir que le escondía información de gran importancia.

¡Cómo odiaba no contarle que ocultaba el Pergamino! Quería compartirlo con él, ayudarlo a él y a los otros a crear una falsificación que hiciera enloquecer a Deirdre. Su promesa, sin embargo, no le permitía revelárselo.

Cuando repitió las palabras que le dijo Robena, Larena nunca se habría imaginado que llegaría a encontrarse en una situación como aquella. Había encontrado gracioso que la promesa la llevara a mantener el secreto con cualquiera, incluso con su marido si ella elegía casarse.

Nunca había pensado en el matrimonio, ni mucho menos en encontrar a un hombre que le hiciera pensar en el futuro. Pero, al parecer, el destino le tenía preparado otro camino, le gustase a ella o no.

Larena parpadeó varias veces para apartar las lágrimas que le llenaban los ojos. Odiaba la debilidad que aquellas lágrimas traían consigo. Ella era una guerrera. Tenía que recordarlo.

Se detuvo y se apoyó contra la pared de la almena, sus dedos acariciaban las frías piedras. No sabía si Fallon la había seguido o no, pero esperaba que no lo hubiera hecho. Su presencia le nublaba la mente y convertía en caos todos sus sentimientos.

Fallon no estaba dispuesto a dejarla marchar tan fácilmente. Larena era suya y era hora de que lo supiera. Alargó sus pasos y la alcanzó.

Sus manos anhelaban estrecharla entre sus brazos para poder sentir todas sus curvas y probar el néctar de su boca. En lugar de eso, puso sus manos sobre las suyas y se apretó contra su espalda.

Él inspiró su particular aroma y el corazón se le aceleró. Los rizos de su melena rozaron su piel cuando el viento los levantó a su espalda. Se había dejado la cabellera suelta y él solo deseaba pasar los dedos entre aquellos largos y suaves cabellos.

Fallon cedió y le dio un beso en el cuello. Fue un beso rápido, pero él pudo oír cómo suspiraba. Una sonrisa se dibujó en sus labios. Puede que ella jugara a que no le afectaba que la tocara, pero su cuerpo decía lo contrario.

Era un estúpido por dejarse tentar de aquel modo, pero cuando se trataba de Larena, no podía pensar con claridad.

—¿Sabes lo mucho que enciendes mi deseo? —le susurró al oído.

Un escalofrío hizo que el cuerpo de ella se sacudiera. Luego, se giró para mirarlo a los ojos. Fallon no apartó sus manos de las piedras. Sabía que si lo hacía, acabaría abrazándola y no podría detenerse, al menos por esta noche.

Su mirada recorrió todo su rostro, desde sus arqueadas cejas a su barbilla, que se estiraba cuando ella se ponía tozuda.

—Puede que sea tu boca —siguió diciendo Fallon en voz baja—. El sabor de tus besos es más embriagador que cualquiera de los vinos. O puede que sean tus manos. Sentirlas sobre mis miembros hace que me hierva la sangre. Puede que sean tus piernas y el modo en que las cruzas alrededor de mi cintura cuando te penetro. Puede que sea tu cuerpo y el modo en que mi miembro lo llena.

Él se detuvo y se inclinó hacia ella. Dejó que sus labios recorrieran la piel de su cuello. A ella se le aceleró el pulso y el pecho le subía y le bajaba agitadamente, al ritmo de su respiración.

—Pensaba que tú también sentías esto que hay entre nosotros. —Le sopló al cuello antes de apartar la cabeza—. ¿Ha sido el traerte aquí lo que ha cambiado las cosas? Si hubiera sabido que te convertirías en una persona diferente, nos hubiéramos quedado en Edimburgo.

Los labios de la mujer se entreabrieron cuando su mirada bajó hasta su boca. Fallon sabía que esta quería besarlo y, que los dioses lo ayudaran, él casi se deja llevar. Quería que Larena sintiera el deseo que él sentía con la misma intensidad que lo ahogaba a él.

No entendía lo que había sucedido, pero ella se había distanciado de él. ¿Era por culpa del anillo y el Pergamino que guardaba? ¿Tenía miedo de lo que él pudiera hacer si lo supiera?

La ira reemplazó al deseo que le quemaba el cuerpo. Ella había confiado en él lo suficiente para dejar que la llevara hasta allí, pero ¿acaso no se merecía nada más?

Evidentemente, él estaba dispuesto a demostrarle lo contrario.

Fallon dio un paso atrás y apartó las manos.

—Disfruta de la noche —le deseó, y se marchó. Fue lo más difícil que había hecho en su vida, pero si pretendía reclamar a Larena como suya, ella tendría que aceptar la pasión que existía entre ambos.

Y la aceptaría, aunque eso lo matara.

## 20

A Larena le temblaron las piernas al ver que Fallon se alejaba de ella. Se deslizó por la pared y apoyó la mejilla contra las piedras para intentar refrescar su ardiente piel, que anhelaba el tacto de sus manos, de sus besos.

Fallon conseguía encender en ella la pasión con suma facilidad. Solo unas pocas palabras y el delicioso timbre de su voz, y ya estaba deseando estar entre sus brazos. Su sexo palpitaba al pensar en el alivio que ella sabía que solo Fallon podía darle, pero lo que él le provocaba iba más allá del placer físico. Estar a su lado generaba algo en su interior. Se sentía más cerca de la mujer que siempre imaginó que llegaría a ser.

Había querido decirle a Fallon que no se equivocaba, que ella también había sentido esa intensa pasión entre ambos. Oh, ¿cómo no haberla sentido?

Su cuerpo se estremeció ante la necesidad de tenerlo contra ella, sobre ella... dentro de ella. Puede que pensara que podría apartarlo de su vida, pero su cuerpo no se lo permitiría.

Y su corazón... quería desesperadamente mantenerlo a salvo, aunque temía que acabaría entregándoselo al jefe de los MacLeod.

Larena se puso en pie sobre sus inestables piernas, el calor de sus mejillas le hacía desear estar con Fallon. Respiró profunda y pausadamente y trató de calmar su acelerado corazón. La brisa acarició su piel recordándole el calor del aliento de Fallon. Solo pensar en ello hizo que sintiera mariposas en el estómago.

Negar la necesidad que sentía por él era absurdo. Habían encontrado una pasión juntos que ella ni siquiera se había atrevido a soñar. ¿Por qué no tomar la felicidad que pudiera encontrar entre sus brazos? Especialmente porque tampoco sabían lo que el futuro les depararía ahora que Deirdre sabía de su existencia y Fallon había dicho que el próximo ataque estaba por venir.

Larena dio media vuelta y se apresuró hacia su habitación. Le había pedido a Cara que le diera otra habitación ya que no podía permanecer en la de Fallon. Ahora deseaba no haberlo hecho.

Ya de vuelta en su nueva habitación, se quitó el vestido que le habían prestado y se acercó a un barreño con agua.

Fallon no debería haberse sorprendido al saber que Larena había pedido que le dieran otra habitación. Pero se sorprendió. Le dolió más de lo que estaba dispuesto a admitir cuando entró y no vio el menor rastro de ella. Era cierto que él raramente utilizaba aquellos aposentos, pero había estado deseando todo el día entrar en la habitación al pensar que la compartiría con ella.

¿Se había equivocado sobre el deseo que había entre los dos? Habían pasado siglos desde que había tomado por última vez a una mujer, pero pensó que había sentido algo diferente en Larena, algo que antes siempre había sido inalcanzable, imposible.

Maldijo a Lucan y a Cara. Lucan le había dado a Fallon la esperanza de poder descubrir la felicidad en una vida que hasta entonces había sido una condena.

Fallon dejó de mirar fijamente a la puerta esperando que apareciera Larena en su busca y se dejó caer en la cama con un suspiro. Tenía que enfrentarse al hecho de que ella ya no lo deseaba. No estaba seguro de qué había pasado, pero se imaginaba que tenía algo que ver con su anillo y el Pergamino.

Si era así, ella nunca se lo diría, pero Fallon no estaba dispuesto a abandonar. No le iba a quitar el Pergamino ni permitiría que nadie más se lo arrebatara. Y aunque ella decidiera contárselo, él nunca podría demostrarle lo que pensaba al respecto. Todo era cuestión de confianza.

Nunca antes nadie había cuestionado su lealtad. En su clan, se daba por supuesto que era un hombre honrado simplemente por ser quien era. Sin embargo, Larena había pasado la mayor parte de su tiempo como guerrera sola. Aprendió bien temprano a no confiar en nadie. Así que no era de extrañar que no le hubiera dicho nada sobre el Pergamino.

Fallon no estaba seguro de cómo conseguiría ganarse su confianza, pero haría todo lo necesario para conseguirlo. Era su deber protegerla, lo supiera ella o no.

No debería desearla del modo en que la deseaba, sabía que no podía salir nada bueno de ello. Por mucho que intentara ser el hombre que su padre había querido que fuera, Fallon había fracasado de todas las formas posibles. Todo lo que hacía ahora, lo hacía para reparar sus faltas del pasado, pero no había nada que pudiera enmendar el mal que les había hecho a sus hermanos.

¿Y Larena? ¿Se atrevería a acercarse tanto a ella como para que existiera la posibilidad de que le fallara a ella también? No debería desear que lo quisiera del modo en que lo hacía. Sería mucho mejor para Larena encontrar a otro. Pero la simple idea de que otro hombre pudiera tocarla le provocaba una ira que Fallon nunca antes había sentido.

Se puso un brazo sobre los ojos con la intención de encontrar el sueño que sabía que no vendría. Tenía la mente ocupada con Larena, Quinn, el Pergamino y el próximo ataque de Deirdre. Pensó en la aldea y se preguntó si llegarían otros guerreros y otros druidas al castillo. Le preocupaba pensar cómo podría alimentarlos a todos y, lo más importante, cómo podría protegerlos a todos de Deirdre.

Empezó a dolerle la cabeza desde la parte baja del cráneo. Había muchas decisiones que tomar, muchas vidas que tener en cuenta. Esa era una de las razones por las que miraba a Lucan con tanta frecuencia. Puede que Fallon fuera el líder de aquel pequeño grupo, pero quería escuchar lo que los demás tenían que decir y así considerar todas las posibilidades.

No sabía cuánto tiempo había pasado mirando el dosel de su cama. Supo, antes de oler los lirios, que Larena estaba en su habitación. Su cuerpo la reconoció de inmediato y el deseo que nunca lo abandonaba volvía a crecer en su interior.

Fallon se sentó y la vio en pie al lado de la cama, mirándolo fijamente. Su cabello dorado, suelto y desordenado, le caía por el cuerpo desnudo ocultando sus preciosos pechos a la vista de Fallon. Quería cogerle la mano y atraerla hacia él. Pero era ella la que tenía que ir a él. Ella era la que tenía que reconocer la innegable pasión que había entre los dos.

—No te lo has imaginado —susurró—. Había algo entre nosotros en Edimburgo. Todavía hay algo entre nosotros, Fallon.

—Pero tú no quieres que haya nada, ¿no es así? ¿De qué tienes miedo?

Ella sacudió la cabeza y se humedeció los labios con la lengua.

—No quiero quererte, pero no puedo detener los sentimientos que hay en mi interior. No puedo pensar cuando estás cerca de mí, pero cuando no lo estás, no puedo pensar en otra cosa que no seas tú.

Fallon estaba contento de haberse quitado la ropa. No quería perder ni un momento más sin sentir su piel contra el cuerpo desnudo de Larena. Cogió las sábanas con los dos puños y luchó contra el deseo descontrolado.

—Has venido a mí —murmuró.

Ella sonrió irónicamente.

—Mi cuerpo está sometido a tus órdenes.

—Igual que el mío a las tuyas.

—¿Ah, sí?

Ella se inclinó hacia delante y le pasó un dedo por la pierna.

Él intentó tragar saliva, pero tenía la boca seca. Cuando su mano se acercó a su entrepierna, su miembro se endureció, deseoso de sentir aquellas manos sobre él.

—Sabes que así es. He sido tuyo desde el primer momento en que te vi.

Le cogió los testículos entre los dedos y los acarició suavemente.

—No estoy segura de si debo creerte.

Fallon estaba ardiendo. No podía formar ni un pensamiento coherente mientras sus manos lo acariciaban, alimentando las llamas que ya amenazaban con quemarlo vivo. Se acostó en la cama, ofreciéndose por completo a ella.

—Esta noche soy todo tuyo.

—Bien. —Sin dejar de acariciarle los testículos, ella subió a la cama y se puso a horcajadas sobre él. Con la otra mano le cogió su virilidad rodeando con los dedos toda su envergadura. Lo acarició de arriba abajo antes de pasar los dedos sobre el sensible glande.

—Desde el primer momento en que te vi he deseado tocarte así.

Fallon no quería que parara nunca. Su miembro se sobrecogió cuando ella pasó un dedo a lo largo de su erección. Estaba a punto de explotar, pero no le importaba. Larena estaba con él y lo estaba tocando. Aquello era suficiente.

Por ahora, por lo menos.

Sus manos sabían justo dónde tocar, cuánta presión aplicar para darle el máximo placer. El sudor empezó a aparecer en su piel y se cogió con fuerza a las sábanas en un esfuerzo por no cogerla a ella y lanzarla sobre la cama para penetrarla.

Fallon gimió y puso los ojos en blanco al sentir que el pelo de ella le rozaba las piernas. Su cálido aliento se posó sobre su erección, que ella tenía cogida con las manos y que todavía se hizo más grande.

Y entonces sintió su boca sobre él.

Fallon gimió y levantó la cabeza para poder ver. Los suaves labios de Larena se acoplaban a su miembro mientras lo introducía en su boca y jugueteaba con la lengua. Nunca había sentido nada parecido, nada tan fantástico ni tan excitante, en su larga vida.

—¡Oh, por todos los cielos, Larena, me estás matado! —murmuró con los ojos fijos en los labios de ella, que presionaban su miembro. Movió las manos hacia su cabeza para agarrarle el pelo, no estaba seguro de si la había cogido para detener aquel exquisito placer o para asegurarse de que nunca parara.

Pero aquello era demasiado. Podía sentir su semilla a punto de desbordarse y, aunque el pensamiento de eyacular en su boca lo volvió loco, quería sentir su húmedo sexo presionando su miembro.

Fallon la levantó y la tumbó de espaldas en la cama con un solo movimiento. Se inclinó sobre ella, con las manos a ambos lados de su cabeza. Sus miradas se encontraron y se quedaron quietos observándose.

—No tienes ni idea de lo que estás haciendo conmigo —le dijo. Tenía que hacerle comprender lo importante que ella era para él.

Ella le sonrió con picardía.

—Me gusta tu sabor. Quiero más.

Él gimió y apretó los dientes. Lo estaba matando.

Fallon decidió que ella necesitaba también que él le hiciera algo, así que volvió a girarla y se inclinó para cogerle un pezón entre los labios. Posó los labios sobre el pequeño pezón. Se rió al notar que se ponía duro.

—Fallon —dijo ella en un grito ahogado.

No la hizo esperar más. Cubrió el pezón con los labios y dejó que su lengua jugueteara con él antes de morderlo suavemente.

Larena arqueó la espalda y sus uñas le arañaron la espalda. Él frotó su virilidad contra su sexo y sintió la humedad que delataba que estaba preparada y que ansiaba su tacto.

—¿Puedo probar tu cuerpo como tú has probado el mío? —le preguntó entre sus pechos mientras le besaba un pezón después de otro.

Ella movió la cabeza adelante y atrás.

—Por favor, no. Te necesito. Ahora.

Justo en el momento que él dirigía su erección hacia la entrada de ella, ella lo empujó por los hombros hasta que él cayó tumbado de espaldas. Levantó la mirada hacia ella con una sonrisa mientras una vez más se ponía encima de él a horcajadas sobre su miembro.

Él se estremeció con la dolorosa necesidad de poseerla, de sumergirse en su calor y penetrarla. Pero esperó. Ella lo torturó manteniendo su erección entre sus manos, su sexo encima de él, ofreciéndole solo de vez en cuando un atisbo de su humedad.

Fallon gimió e intentó pensar en otra cosa que no fuera la mujer que tenía sobre él para intentar no eyacular. Pero ella le exigía toda su atención y él no podía negarle nada.

Milímetro a milímetro, ella fue bajando hacia su duro miembro. Fallon elevó las caderas para penetrarla más profundamente, pero Larena tenía el control. Lo estaba volviendo loco de deseo.

Y a él le encantaba ese sentimiento.

Una vez ella lo tuvo por completo en su interior, él le cogió los pechos y empezó a juguetear con los pezones mientras ella empezaba a mecerse sobre él. Con la boca entreabierta y la cabeza hacia atrás mientras cabalgaba sobre él. Aquella era la imagen más hermosa que Fallon había visto jamás.

Fallon no quería olvidar nunca ese momento, no quería olvidar nunca los sentimientos que Larena le provocaba.

Le pellizcó los pezones y jugueteó con ellos entre sus dedos. Ella lanzó un gemido agitando las caderas cada vez más deprisa. Él estaba a punto de llegar al orgasmo, pero no quería que aquello terminara. Nunca estaba preparado para terminar con aquella sensación cuando ella estaba entre sus brazos.

Las uñas de Larena se clavaron en su pecho. Se inclinó hacia delante y lo besó, rozando sus pezones contra su pecho. Fallon la cogió por las caderas y empujó hacia ella intentando penetrarla más profundamente, con más fuerza. Ella susurró su nombre y se puso con la espalda recta mientras sus caderas volvían a cabalgar sobre él.

Fallon situó su mano entre ambos cuerpos y encontró su clítoris con el pulgar. Frotó el hinchado punto cada vez más fuerte con cada gemido que salía de su boca hasta que ella empezó a agitarse de puro placer.

Ella gritó su nombre y se sacudió. La primera sacudida de su orgasmo sobre su pene hizo que él también llegara al clímax. Fallon se aferró fuerte a Larena mientras se rendía ante ella.

Sus brazos la acunaron cuando ella se desplomó sobre él. Los cuerpos ya estaban cubiertos del sudor de haber hecho el amor. Él podía sentir los latidos de su corazón fuertes en el pecho y se dio cuenta de que iban acompasados con los suyos.

Cuando por fin él fue capaz de abrir los ojos, se quedó mirando el rostro que quería ver a su lado cada día del resto de su vida. Darse cuenta de ello debería haberlo sorprendido, pero no lo hizo. Su cuerpo había sabido que era Larena desde el primer momento, solo que a su cerebro le había costado un poco más llegar a la misma conclusión.

—Dios mío —murmuró ella soñolienta.

—Duerme. Yo estoy aquí. —La acercó hacia él y le besó la frente.

Por una vez, todo era como debía ser.


Deirdre quería matar a los tres guerreros que se habían atrevido a torturar a Quinn repetidamente, pero los necesitaba. Sin embargo, podía y daría una lección a los demás poniéndolos como ejemplo.

Había llamado a los wyrran y a otros guerreros a la caverna que le hacía de gran salón. La montaña había hecho un gran trabajo al abrir aquel magnífico espacio para ella, pero también era cierto que las piedras no podían negarse a sus exigencias. Estaban conectadas, ella y las piedras, de un modo que el resto no podía entender.

Deirdre observó a los guerreros que estaban detrás de ella. Estaban sujetos por unas cadenas mágicas que salían del suelo y del techo con los brazos y las piernas separados. También les había arrancado la ropa.

Uno de los guerreros giró la cabeza para mirarla por encima del hombro. Ella pudo ver el miedo en sus ojos, tal y como deseaba. Ellos no sabían lo que les iba a hacer, y había llegado el momento de que lo descubrieran.

—Estos tres han decidido llevar las cosas a su manera con uno de los prisioneros. —Su voz llenaba todas las esquinas de la caverna.

Se giró hacia el grupo allí reunido.

—No voy a tolerar este tipo de acciones. Me obedeceréis en todo y en todo momento o acabaréis siendo víctimas de mi ira.

Deirdre soltó un largo suspiro y escuchó los murmullos de los allí reunidos mientras algunos mechones de su pelo blanco, que le llegaban hasta el suelo, empezaban a flotar a su alrededor y se extendían más todavía. Ella miró aquellos mechones que una vez habían sido dorados. A medida que su poder había ido creciendo, el color había ido desapareciendo.

Su cabello y sus ojos tenían algo especial que provocaban el miedo en la gente. Ella sonrió y miró de frente a los tres guerreros.

—Nunca más volveréis a desobedecerme. Si lo hacéis, os mataré. ¿Me habéis comprendido?

—Si, señora —respondieron los tres.

Deirdre dejó volar su pelo. Su cabello era un arma que podía utilizarse de muchas formas diferentes. Esta vez, lo utilizaría solo como un látigo, aunque ya había matado con aquellos mechones y volvería a hacerlo.

Una y otra vez su cabello azotó las espaldas de los guerreros hasta que su piel se abrió y la sangre empezó a caer por sus piernas hasta el suelo. Solo entonces se calmó su ira.

El cabello le cayó sin vida hasta los tobillos, ya no era un arma. Se giró hacia un grupo de wyrran.

—Dejadlos ahí hasta que sus heridas hayan cicatrizado. Luego, lanzadlos al foso durante una semana.

El foso era el lugar donde ella metía a la gente que quería abatir rápidamente o a la que deseaba una muerte truculenta. Solo los más fuertes sobrevivían en el foso, pero incluso esos, no duraban mucho tiempo allí dentro. La mayoría se daba cuenta de que era inútil luchar contra ella y acababa muriendo o uniéndose a ella.

Sin más palabras, salió del gran salón hacia las escaleras que se perdían en las entrañas de la montaña. Había hecho que llevaran a Quinn a su habitación para que lo bañaran y, con un simple gesto, se había encargado de que él estuviera dormido todo el tiempo.

La puerta de su habitación se abrió cuando ella se aproximó. Como siempre, los wyrran habían sentido su presencia. Le echó una mirada a James, que todavía seguía atrapado por las rocas como castigo, mientras ella entraba en la habitación. Se dirigió hacia la cama y miró a Quinn. La suciedad y la mugre de las mazmorras ya no cubrían su cuerpo ni su cabello.

La tela que en algún momento habían sido sus pantalones había sido arrancada y una manta cubría la parte inferior de su cuerpo. Deirdre apartó la manta y observó al hombre que compartiría su cama, al guerrero que le daría al hijo que ella deseaba tener y que haría que se cumpliera la profecía que le habían contado muchos años atrás.

Nunca había querido algo con tanta desesperación como quería a Quinn, ni siquiera el poder por el que había matado. Había algo en Quinn que la atraía. Nunca nada antes le había sido negado, y Quinn no sería la excepción. Ahora él no lo comprendía, pero ella podía ofrecerle el mundo entero y mucho más.

Deirdre acarició su rostro recién afeitado, luego su pecho marcado por los músculos y bajó por su estómago hasta posarse en sus caderas. Después cogió su flácido miembro entre los dedos.

Podía utilizar su magia para hacer que él la deseara, pero no iba a tener la necesidad de hacerlo. Una vez le hubiera mostrado a Quinn los placeres que le esperaban en su cama, él iría a ella deseoso y por su propio pie. Además, si utilizaba su magia, él no podría dejarla embarazada de aquel niño y no podía arriesgarse a ello, no ahora que volvía a tenerlo bajo su poder.

—Duerme, mi rey —susurró y le besó la mejilla—. Tu cuerpo necesita curarse de las heridas y no lo hará si te despiertas y descubres que estás en mi cama.

Deirdre siguió acariciando su miembro hasta que este se endureció. Ella sonrió. Aquello era solo el comienzo y aunque ella quería saltar sobre él e introducir su erección en su cuerpo, quería que él estuviera despierto cuando estuvieran juntos. Despierto y deseoso.

—¿Te gusta mi tacto? Sé lo que te provoca placer, Quinn. En mi cama, experimentarás placeres que van más allá de tu imaginación.

Ella le besó el pecho y empezó a mover el puño arriba y abajo a lo largo de su erección. Quinn elevó sus caderas para encontrarse con ella y entreabrió la boca al soltar un largo y profundo gemido lleno de placer y deseo.

Los hermanos MacLeod se habían mantenido alejados de otros humanos y al hacerlo, se habían negado a sí mismos el abandono físico que sus cuerpos necesitaban y el insaciable apetito que sentían como guerreros.

Su miembro se hizo más grueso, más largo. Ella se inclinó sobre él y se lo puso en la boca. Quinn levantó las caderas de la cama, penetrándola con más ímpetu. Ella se introdujo todo el miembro en la boca y empezó a gemir cuando él empezó a empujar con más fuerza. Tenía un sabor maravilloso; utilizó su lengua para darle más placer y sorbió con fuerza. De pronto el cuerpo de Quinn se sacudió y le llenó la boca con su semilla.

Deirdre movió sus caderas hacia su erección y le besó el miembro. Era espectacular y no podía esperar a sentirlo en su interior. Era una lástima que estuviera dormido.

Su pasión volvió a encenderse al mirar su pene, que ahora descansaba sobre su estómago, todavía medio erecto a causa de sus caricias. Ella podría darse placer a sí misma, pero necesitaba más.

Deirdre se levantó de la cama.

—Busca a William —le ordenó a un wyrran—. Envíalo al baño, yo estaré esperándolo.

El wyrran se escurrió para cumplir sus órdenes. Deirdre se desnudó y se tumbó junto a Quinn. Su cuerpo temblaba de deseo por tenerlo, por tener su miembro en su interior. Pero tenía que ser fuerte. Si lo poseía ahora, todo lo que había hecho, todo el poder que había acumulado, no habría servido para nada.

La enfureció que ella, la druida más poderosa que jamás había existido, no pudiera hacer que el único hombre que ella deseaba la deseara a ella también. Aquel era el único aspecto en el que su magia era inútil.

Para engendrar al hijo que había sido predicho, no podía utilizar ninguna magia sobre Quinn o el niño nunca sería concebido.

Deirdre se había imaginado que vencer la voluntad de Quinn sería fácil. Debería haber sabido que él lucharía contra ella. Pero esa era una de las razones por las que lo había elegido para ser su rey.

La ira que había en el interior de Quinn no podría seguir siendo reprimida durante mucho tiempo. No tendría que esperar demasiado para que él fuera suyo. Lucan y Fallon podían intentar todo lo que quisieran para arrebatarle a Quinn, pero no lo conseguirían.

Entonces, los tres MacLeod estarían en su poder.

## 21

Todavía faltaban unas cuantas horas para el amanecer cuando Fallon se despertó y descubrió que Larena todavía estaba entre sus brazos. La observó mientras dormía durante un momento antes de permitir que sus manos acariciaran su suave cuerpo. Su cuerpo era flexible y tenía los músculos tonificados, pero con las curvas de una mujer que podían hacer que un hombre tuviera una erección solo de pensar en ellas.

Él sostuvo un pecho en su mano y pasó el pulgar por encima del pezón. El pequeño pezón se endureció y se quedó tenso mirando hacia él, como si buscara más del placer que él quería proporcionarle.

Para su sorpresa, sus labios se movieron contra su cuello, lamiéndolo. La sensación de su boca contra su cuerpo le envió una oleada de deseo justo a su miembro. Se puso duro, anhelando estar dentro de ella una vez más.

Larena gimió y alargó las manos para alcanzar su erección.

—¿Es a esto a lo que crees que he venido?

Fallon ahogó una carcajada.

—Por favor, dime que sí. Antes de ti, he pasado trescientos años sin tocar a una mujer. No puedo imaginarme pasar un momento más sin poseerte.

—Oh, Dios mío. —Ella lo miró de frente—. ¿Trescientos años? Y yo que pensaba que mis ochenta años habían sido una eternidad.

—Si no has venido para aprovecharte de mí, entonces, ¿para qué has venido? ¿Desnuda y en mitad de la noche?

El brillo en sus profundos ojos azules hizo que se le encogiera el estómago. Disfrutaba mirándola, le encantaba ver cada pequeño gesto que cruzaba su rostro. Era tan expresiva y fascinante que deseaba reclamarla como suya.

—Sí, estoy desnuda, mi hermoso jefe. ¿Debería cubrirme?

—Ni te atrevas —le dijo él, y la retuvo cuando ella intentó apartarse de sus brazos—. Me encantaría que no llevaras ni una pieza de ropa el resto de la vida.

La hermosa risa de Larena inundó la habitación.

—¿El resto de mi vida? Eso puede ser mucho, mucho tiempo, deberías saberlo. ¿Qué te parece si no me pongo nada durante el resto de esta noche?

—Bueno, en realidad vas a llevar algo puesto.

—¿De verdad? —preguntó arqueando las cejas—. ¿Y qué es eso?

—A mí.

Puso su boca sobre la suya e introdujo la lengua entre sus labios. Le encantaba el modo en que ella lo besaba y se aferraba a él.

Ella terminó el beso y le puso un dedo sobre los labios.

—He disfrutado dándote placer antes. ¿Quieres que vuelva a hacerlo? Quiero explorar tu cuerpo, Fallon. Quiero aprender qué te gusta y qué te da placer.

—La respuesta eres tú. Tú me das placer.

Ninguna de las mujeres que había llevado antes a su cama le había dicho aquellas palabras. Les gustaba cómo él les daba placer, pero ninguna antes había preguntado cómo satisfacerlo a él.

Las manos de Larena corrieron por sus hombros hasta su cuello antes de que sus dedos se entrelazaran con su cabello. Le tiró suavemente del pelo y le acarició el cabello con las uñas. Aquello le hizo sentir escalofríos por toda la piel, pero también le recordó que llevaba el cabello más largo de lo que ahora estaba de moda.

—Creo que tendré que cortarme el pelo.

—Ni te atrevas —le susurró—. Me encanta tal y como lo llevas. Y me encanta esto.

Fallon puso una mano sobre la suya que estaba sobre la cabeza de jabalí de su torques.

—¿De verdad?

—Es de un tiempo pasado, pero un tiempo al que perteneces. Eres la esencia de las Highlands, Fallon. Todo lo que hay en ti hace que la gente sepa que eres un auténtico hombre de estas tierras.

Sus dedos apresaron fuerte los de ella. Él no sabía si ella entendía el significado de lo que había dicho, pero él sí. Aquella mujer lo había ayudado a recuperar una parte de él mismo que se había perdido cuando Deirdre desató a su dios. Ella lo había ayudado a recordar quién era en realidad.

Un hombre de las Highlands.

Fallon la tumbó mientras la besaba ardorosamente, mostrándole sin palabras lo mucho que la quería a su lado. Sus labios se separaron de los de ella y se deslizaron por su cuello y sus pechos. Hizo círculos con su lengua alrededor de un pezón antes de mordisquearlo.

Ella lanzó un grito de placer, pero Fallon solo acababa de empezar. Cambió al otro pecho y pasó la lengua por encima del pezón, ya duro antes de cerrar la boca sobre él y succionar.

Deseaba estar dentro de ella, pero todavía tenía que darle más placer. Fallon bajó hasta su estómago, parando durante el camino para besarle el ombligo y mordisquearle las caderas. Puso sus brazos bajo sus caderas para mantenerla quieta antes de inclinarse y lamerle el sexo.

Larena no había sentido nunca antes algo tan maravilloso. Tenía un gemido atrapado en la garganta, su cuerpo era incapaz de moverse mientras Fallon seguía moviendo su lengua sobre su parte más sensible. Con las manos sujetándole firmemente las caderas, ella no podía hacer otra cosa que rezar para que aquel increíble placer no terminara nunca.

Ella gritó de placer cuando su lengua comenzó a juguetear con su clítoris. Podía sentir cómo se hinchaba a medida que su deseo iba creciendo. Ella cogió sus antebrazos con las manos y meció sus caderas hacia él.

Como si él supiera que estaba a punto de llegar al clímax, Fallon le cogió el clítoris entre los labios y aspiró. Su cuerpo se aceleró mientras gritaba su nombre entre las convulsiones del orgasmo, dejándola jadeando y con el cuerpo todavía temblando.

Él siguió acariciándola con la lengua hasta que los últimos espasmos desaparecieron. Entonces se levantó y le dio la vuelta de cara contra la cama. Le levantó las caderas en el aire y de un empujón, se introdujo en su interior.

—Fallon —susurró ella mientras sus dedos se agarraban a las sábanas.

Fallon sabía perfectamente cómo se sentía. Él quería prolongar aquel momento, pero no podía aguantar mucho más. Fallon empezó a moverse con fuerza contra sus caderas, primero lentamente, luego más rápidamente a medida que sus gemidos aumentaban.

Le encantaba ver cómo Larena llegaba al éxtasis. Y saber que le había dado tanto placer lo hacía llenarse de orgullo. Salió de ella justo dejando solo la punta en su interior. Luego volvió a penetrarla de nuevo.

Su deseo crecía rápidamente como siempre que estaba con Larena. Pero era capaz de mantenerlo controlado mientras le daba placer. No fue hasta que no sintió su cuerpo contraerse sobre su pene en otro orgasmo cuando él perdió el control.

—¡Larena! —gritó cuando su semilla se derramó con un orgasmo que lo dejó algo mareado.

El orgasmo lo dejó débil y saciado. Mientras se acostaba de un lado, todavía dentro de ella, supo que nunca se cansaría del cuerpo de Larena y de la satisfacción que le proporcionaba.

Larena se despertó en los cálidos brazos de Fallon, sus piernas se encontraban entrelazadas y sus rostros enfrentados. Amanecía y por la ventana entreabierta de la habitación entraba una tenue luz que le permitía ver su rostro claramente. No podía recordar la última vez que había dormido tan plácidamente o había sido tan feliz. Todo era por Fallon, ella lo sabía.

Fallon, que le había demostrado lo mucho que la deseaba. Lo había sentido en sus besos, lo había visto en sus ojos. No le había ocultado nada.

Y aquella última noche, ella tampoco.

Por una vez, quería ser la muchacha que había encontrado a un hombre que la complacía y le hacía sentir como la mujer que era. Fallon le había dado todo aquello y mucho más.

Una lágrima le resbaló por el rabillo del ojo y se deslizó por su mejilla para aterrizar sobre el brazo de Fallon, que le acariciaba el cabello. Deseaba poder quedarse con él, tal como estaban, para siempre. Pero sabía mejor que nadie que nunca nada duraba para siempre.

Larena se apartó de sus brazos lentamente y se levantó de la cama. Más lágrimas amenazaban con desbordarse de sus ojos y no quería que él se despertara y la encontrara llorando por un futuro que nunca podría ser.

Lo que lo hacía todo más complicado es que ella temía que ya se había enamorado de Fallon. Si él se despertara en aquel preciso instante y le pidiera el Pergamino, ella se lo daría y rezaría para que no la odiara por habérselo ocultado.

Se acercó para acariciarle el rostro, pero se detuvo antes de hacerlo. Puede que él se despertara y la atrajera hacia sus brazos de nuevo. Entonces ella no podría resistirse. Nunca había sido capaz de oponerse.

*Acéptalo. Acepta el futuro que te ofrece.*

¿Y si él descubría alguna vez lo que era el anillo que ella llevaba en el dedo? La odiaría, y tendría toda la razón para hacerlo, a pesar de todos los juramentos que ella había hecho. Fallon valoraba la familia y la honestidad. Ella no podía darle ninguna de las dos cosas.

Todo lo que podían compartir era la pasión que ninguno de los dos podía negar. Ella esperaba que aquello fuera suficiente porque era todo lo que podía permitirse darle.

Larena se alejó unos pasos de él y se dirigió a la ventana por la que había entrado la noche anterior. Convocó a la diosa de su interior y se hizo invisible. Durante un largo rato se quedó mirándolo, casi deseando que se despertara.

Cuando ya no pudo resistirlo más, Larena saltó por la ventana. Volvió a su habitación y se transformó antes de acurrucarse en su cama y dejar brotar las lágrimas que había estado aguantando.

Al despertarse su diosa, ella se había sorprendido, había tenido miedo y a la vez había sentido un poco de excitación. No había comprendido entonces el peligro que la aguardaba. O la soledad que desde entonces sería su eterna compañera.

Fue después de la muerte de Robena y el asesinato de su padre cuando Larena comprendió el futuro que la esperaba. No podía confiar en nadie.

A Robena no le había importado que Larena fuera una guerrera. Los druidas sabían que podía haber otras guerreras. No, lo que a Robena le preocupaba era el Pergamino. Le había inculcado aquella preocupación a Larena hasta que se convirtió en una obsesión, en lo único en lo que podía pensar.

Larena quería quitarse el anillo y lanzarlo lejos para olvidar que existía. Lo lanzaría al mar si supiera que Deirdre nunca lo encontraría. Pero Deirdre tenía muchos modos de averiguar las cosas. Larena no podía arriesgarse, no importaba lo que le dijera su corazón.


Fallon se hizo el dormido hasta que ya no pudo oler el perfume de Larena. Solo entonces abrió los ojos. Había deseado que se quedara con él hasta por la mañana para poder volver a hacer el amor.

Algo pasaba. Larena no había dicho nada, pero él había sentido sus ojos clavados sobre él cuando se había levantado de la cama, había podido sentir su anhelo. ¿En qué había estado pensando?

Ella estaba acostumbrada a estar sola y a hacer lo que quería. Él no le reprochaba eso, pero deseaba poder despertarse y encontrarla todavía entre sus brazos.

Fallon se sentó y se frotó la cara con las manos. Quería pensar que la noche anterior había hecho algún progreso con ella, pero no estaba seguro de ello. A aquella mujer le gustaba su tacto, lo sabía. Pero ¿era eso suficiente para mantenerla junto a él? ¿Se atrevería a intentarlo?

Por mucho que quisiera una respuesta, no la había. Soltó un largo suspiro antes de levantarse de la cama y prepararse para comenzar el día. Después de vestirse, abrió la puerta y encontró a Lucan de pie frente a él con la mano levantada para llamar a la puerta.

—¿Va todo bien? —le preguntó Fallon a su hermano.

Lucan lanzó una mirada furtiva al pasillo.

—¿Puedo hablar contigo un momento?

Fallon se hizo a un lado para dejarlo pasar. Cerró la puerta detrás de Lucan y se apoyó contra ella esperando a que su hermano hablara.

Lucan se detuvo en el medio de la habitación y se giró para mirarlo.

—Cara está preocupada por Larena.

—¿Por qué?

—Ojalá lo supiera —lamentó Lucan con la mandíbula apretada por la frustración—. Es de lo único de lo que podía hablar anoche. No deja de decir que Larena parecía preocupada.

—Seguro que lo está. La atacaron y casi pierde la vida. Se despertó en un lugar extraño con gente que no conoce. Le preocupaba ver cómo la aceptarían los guerreros. Larena ha pasado la mayor parte de sus cien años como guerrera sola. Y no confía en nadie.

Lucan entornó los ojos.

—Eso es lo que le dije a Cara, pero ya conoces a mi esposa. Le gusta arreglar las cosas.

Fallon sonrió.

—Te arregló a ti.

—Dile a Cara que Larena necesitará un poco de tiempo. Sé lo difícil que fue para nosotros vivir con el dios, pero no me puedo ni imaginar lo que habrá resultado para Larena siendo una mujer.

Lucan asintió y miró hacia la cama.

—¿Le has dicho que sabes lo que es el anillo, lo que ella guarda?

—No, ni tampoco pretendo hacerlo. Déjalo, Lucan. —Fallon se puso tenso contra la puerta—. Si no quiere decírmelo, que así sea. Tendrá sus razones.

—¿Qué pasa si te esconde algo más?

Fallon apenas cerró los ojos y cogió aire profundamente.

—Puede que así sea. No confía en mí.

Lucan frunció el ceño y miró atentamente a Fallon.

—Te importa mucho, ¿verdad?

—Mis sentimientos hacia ella son fuertes, tengo que admitirlo. La quiero en mi vida. No puedo explicar lo que me pasa cuando ella está a mi lado.

Lucan se acercó a él.

—Me alegro de que hayas encontrado a tu mujer, hermano. Tú estuviste al lado de Cara cuando lo necesitó, yo estaré al lado de Larena si me necesita.

A Fallon no le pasó desapercibida la duda en los ojos de Lucan.

—Sé que no he sido un buen hermano estos últimos trescientos años. He dejado que te encargaras de demasiadas cosas y por eso nunca podré pedir las suficientes disculpas.

—No —dijo Lucan—. Todos teníamos que enfrentarnos a lo que nos había sucedido.

—Si no hubiera estado borracho, quizá hubiéramos podido ayudar a Quinn. Siempre me maldeciré por eso.

Lucan puso la mano sobre el hombro de Fallon y le dio un apretón.

—Eres un buen hombre y un buen líder. Te has apartado de la bebida y te has encargado de hacer lo que es necesario. Confío en tu juicio, Fallon.

—Entonces confía también en mí sobre Larena. La necesito, Lucan.

Lucan le sostuvo la mirada un momento y luego dejó caer la mano a un lado y asintió.

—Haré lo que me pides, hermano.

—Gracias.

—Vamos. Es hora de comer algo —sugirió Lucan, y se dirigió hacia la puerta.

Fallon miró hacia la cama con las sábanas revueltas. La imagen de Larena encima de él con la cabeza hacia atrás atravesó su mente. Estaba decidido a tenerla en su cama cada noche, aunque tuviera que seducirla cada vez.

Sonya ya había puesto la comida sobre la mesa cuando él y Lucan entraron en el gran salón. Cara salió de la cocina con tres panes en las manos, una sonrisa en el rostro y los ojos brillantes al mirar a su marido.

Galen entró en el salón desde el patio frotándose las manos. Se sentó a la mesa y olisqueó el aire.

—Pan caliente y leche. Llevo toda la noche hambriento.

Cara se rió y puso un pan entero delante de Galen.

—Raciónalo y así no tendrás que atacar la cocina por las noches.

Él miró a Cara y sonrió.

—No puedo evitarlo cuando tengo hambre.

Lucan y Sonya se rieron abiertamente cuando Galen partió el pan y lo soltó de inmediato al quemarse los dedos. Hilos de humo salían de los dos trozos de pan y desaparecían sobre su cabeza.

Hayden y Logan aparecieron desde la cocina y se sirvieron sus platos antes de sentarse. Las conversaciones llenaron el salón trayendo a la memoria de Fallon muchos recuerdos.

Él lo observaba todo con interés. Cuando él y sus hermanos regresaron al castillo y lo encontraron en ruinas, nunca se hubiera imaginado que volvería a oír las risas llenándolo.

Había costado casi trescientos años y una guerra que estaba a punto de llegar con Deirdre, pero las piedras se estaban volviendo a poner en su sitio y de nuevo la gente llenaba el castillo. Ellos eran ahora su familia, su responsabilidad.

Fallon supo cuál era su papel en el momento en que dejó el vino y empezó a tomar decisiones. Todavía lo aterraba el pensar que pudiera tomar una mala decisión. Sin embargo, los demás lo seguían sin importarles nada.

Cara le puso dos rebanadas de pan en el plato y le dio un beso en la mejilla.

—Estoy tan contenta de que hayas vuelto. Esto no era lo mismo sin tenerte aquí.

Le dio unos golpecitos en la mano a su cuñada y le ofreció una amplia sonrisa. Cara tenía un buen corazón. Se lo abría a cualquiera que necesitara su amor y su atención. Había poca gente como ella en el mundo.

—Gracias.

Su sonrisa se desvaneció y sus ojos oscuros se posaron sobre los de Fallon.

—Confía en ti mismo y en tu juicio, Fallon. Conseguiremos hacer que regrese Quinn.

Él forzó una sonrisa. Ella siempre había tenido la habilidad de leer su mente y la de sus hermanos con precisión, a veces con demasiada precisión.

—Claro que lo conseguiremos.

—Ahora come. Tienes un largo día por delante.

Fallon esperó hasta que Cara se había apartado para levantar los ojos hacia Lucan. Los ojos verde mar de su hermano estaban apagados, pero llenos de determinación. Lucan siempre había sido fuerte y eso no había cambiado.

—Iremos a la aldea hoy —dijo Fallon—. Sé que dije que teníamos que terminar la cuarta torre primero, pero no puedo esperar. Galen, tú y Logan vendréis con nosotros.

Galen asintió y se puso otro pedazo de pan en la boca.

—¿Esperas problemas?

—No, pero mejor que estemos preparados.

Ramsey bajó las escaleras y ocupó su sitio.

—¿Quieres que Hayden y yo vayamos también?

—No quiero dejar a Cara y a Sonya solas.

Sonya entornó los ojos y resopló.

—No estaréis lejos.

—Yo voy con vosotros.

A Fallon se le paró el corazón al escuchar aquella voz tan familiar. Se giró hacia las escaleras y vio a Larena. Llevaba el pelo recogido en la base del cuello con un lazo añil que hacía juego con su vestido. Le gustaba verla con aquellos sencillos vestidos. Los llevaba con mucha más normalidad y confianza que los modernos vestidos de la corte.

Larena había aprendido a adaptarse de un modo que ni él ni sus hermanos habían hecho. Podían aprender la lección de ella.

—Si os parece bien —matizó Larena ante el repentino silencio.

Fallon se humedeció los labios y se obligó a mantenerse en calma en lugar de salir corriendo hacia ella y cogerla entre sus brazos para besarla.

—Perfecto.

Larena bajó el tramo de escaleras que le faltaba para llegar al salón y se dirigió a la mesa. Volvió a sentarse entre Cara y Galen. Fallon quería que estuviera a su lado, en el lugar reservado para Quinn.

Tenía todo el tiempo del mundo para cortejarla mientras se convertía en el hombre que quería ser. A Fallon no le gustaba que aquello pudiera durar varios años, pero estaba decidido a que finalmente fuera suya sin importarle lo mucho que le costara.

A Fallon le molestó que ella no lo mirara mientras comía. Mantenía su atención fija en Cara y Sonya. De vez en cuando miraba a Galen o a Ramsey y hablaba con ellos.

Fallon hacía rato que había terminado de comer y estaba hablando con Lucan sobre la reconstrucción de algunas de las cabañas más cercanas al castillo cuando Larena levantó la mirada. Fallon se encontró con sus maravillosos ojos azules y vio la incertidumbre que había en ellos.

Pero sobre qué tenía dudas, no lo sabía.

## 22

Fallon caminaba hacia la aldea con Lucan a su derecha y Larena a su izquierda. Detrás de él iban Galen y Logan. Se quedó observando toda aquella destrucción que tenía delante y juró estar oyendo resonar en la brisa todavía los gritos de los inocentes que habían muerto en la aldea.

No hacía mucho tiempo, la aldea había estado rebosante de vida, pero Deirdre la había arrasado en sus esfuerzos por encontrar a Cara. Ahora, solo los fantasmas deambulaban por las calles vacías y las cabañas quemadas.

Al final de la aldea, un poco alejado y rodeado por un pequeño bosque de robles, estaba el convento en el que Cara había crecido. Huérfana y repudiada por todos, había encontrado un hogar allí con las monjas.

Con frecuencia Fallon había subido a las torres para ver a la gente caminando por la aldea, con una alegría que llegaba incluso hasta el castillo. No había nada como el sonido de la risa de un niño. Era pura, sencilla y contagiosa. Les llegaba a las personas directamente al corazón.

Ahora la aldea estaba inquietantemente silenciosa, y aquello perturbaba a Fallon más que las señales del fuego en las murallas del castillo.

—¿Deirdre ha hecho esto? —preguntó Larena cuando llegó a la primera cabaña incendiada. Posó la mano sobre la puerta que colgaba de una única bisagra.

Fallon asintió con la cabeza.

—Mataron a todo el mundo.

—Igual que hicieron con vuestro clan —murmuró ella, y volvió la mirada hacia él.

Fallon la miró y vio lo profundos que eran sus sentimientos. Ella no había conocido a los habitantes de la aldea, pero podía sentir el dolor de su pérdida. Los recuerdos de la masacre de su propio clan ya no le dolían tanto como antes.

Él no podía cambiar lo que le había sucedido a su familia y a su clan, pero podía asegurarse de que Deirdre no matara a más inocentes.

Galen dio una patada a los restos de una puerta que estaba en medio del sendero.

—Ojalá hubiera estado aquí durante el primer ataque. Al ver esto, me entran ganas de encontrar a los guerreros y a los wyrran responsables de esta masacre y cortarles las cabezas.

Lucan suspiró.

—Si hubiéramos sabido que Deirdre iba a enviar a su ejército, habríamos podido salvar a unos cuantos. Tal y como sucedió, solo pudimos proteger a Cara.

—No —dijo Logan. Su voz, que habitualmente sonaba alegre y amistosa, ahora era fría y dura como el hielo—. No importa lo mucho que lo intentemos. No podemos salvarlos. No si Deirdre está de por medio.

Fallon y los otros se giraron para observar al guerrero. La sonrisa habitual de Logan y sus brillantes ojos se habían esfumado. Miraba detenidamente hacia la aldea vacía como si estuviera viendo una imagen de su pasado, un pasado lleno de muerte y traición.

Fallon sabía que todos los guerreros de su castillo tenían un pasado. Algunos hablaban de ello, otros no. Logan era uno de los que se guardaba su pasado para él solo, pero lo que Fallon estaba viendo ahora en sus ojos lo preocupó más que el odio que mostraba Hayden hacia los drough.

—¿Logan? —dijo Fallon con cuidado.

El joven guerrero se sacudió como si le hubieran dado un bofetón. Sus labios se alargaron en una gran sonrisa que apenas llegó a mostrarse en sus ojos.

—Creo que quiero la primera cabaña. La idea de compartir habitación con Hayden me da náuseas.

Todos rieron a carcajadas ante el comentario, pero Fallon sabía que algo oscuro y peligroso merodeaba en el interior de Logan. Fallon se dio cuenta de lo que estaba haciendo Logan. En lugar de esconderse tras el vino como había hecho él, Logan bromeaba con todos para conseguir pasar los días. Era el modo de escapar de su pasado.

Fallon estaba decidido a prestar más atención al joven guerrero. No había preguntado qué había pasado con su familia, y aunque lo hubiera hecho, no estaba seguro de que Logan le hubiera dicho la verdad. Puede que Hayden o Ramsey supieran algo. Fallon tomó nota mentalmente de que tenía que hablar con los dos guerreros tan pronto como le fuera posible.

Lucan le dio unos golpecitos con el codo a Fallon mientras Logan los adelantaba y se adentraba en la aldea.

—Lo sé —dijo Fallon respondiendo a la pregunta que su hermano ni siquiera había formulado con palabras—. Tenemos que estar atentos.

Galen se puso delante de Fallon, con sus ojos clavados en Logan mientras se alejaba.

—Todos tenemos un pasado que tenemos que superar. Es como un espíritu que nunca nos abandona. Sea lo que sea lo que tortura a Logan, es él el que tiene que sobrellevarlo.

—Es posible —aventuró Fallon—. Pero quiero que sepa que estamos aquí a su lado.

Galen giró la cabeza hacia Fallon.

—Logan lo sabe. No hubiera venido si no lo supiera. Ahora solo quiere lo que también queremos todos los demás. Quiere enfrentarse a Deirdre.

Logan gruñó.

—Estoy seguro de que podrá hacer realidad su deseo muy pronto.

—Sí —confirmó Fallon, y miró a Larena—. Deirdre no se olvidará de Larena tan fácilmente.

—No después de haber perdido a Cara —matizó Lucan—. Aunque tampoco creo que se haya olvidado de Cara.

Galen sacudió la cabeza.

—Deirdre no cede ante nada. Si quiere algo, lo intentará una y otra vez hasta que lo consiga.

—Entonces tenemos que asegurarnos de que no nos capture ni a mí ni a Cara —dijo Larena antes de seguir a Logan hacia la aldea.

Fallon esbozó una sonrisa de oreja a oreja ante tanta confianza.

Galen soltó una carcajada.

—No creo que Deirdre supiera qué hacer con Larena una vez la hubiera capturado.

—No tengo ningunas ganas de averiguarlo —siguió Fallon—. Pongámonos a trabajar.

Se movieron de cabaña en cabaña inspeccionando los daños y analizando qué se tendría que volver a construir y qué se tendría que reemplazar. Larena, Logan y Galen empezaron a recoger escombros y a apilarlos en el centro de la aldea para quemarlos.

De las veinte cabañas, solo cinco podían salvarse. Las otras tenían de reconstruirse por completo, al igual que el convento. Fallon calculó la distancia de la aldea al castillo.

Haría falta darse una buena carrera hasta alcanzar las puertas del castillo, y eso siendo guerreros. Los habitantes de la aldea habían tenido miedo del castillo de los MacLeod y por eso la comunidad se había instalado tan lejos.

—Debería estar más cerca —murmuró Fallon para sí mismo.

Lucan se acercó y se puso a su lado mientras se quitaba el polvo de las manos negras por haber estado revolviendo la madera quemada.

—Estoy de acuerdo. Las cinco cabañas que podemos restaurar son las que se encuentran más lejos del convento y eso nos vendrá bien.

—Sí —confirmó Fallon—. ¿Cuántas crees que deberíamos construir?

Lucan miró por encima de su hombro hacia las cabañas que quedaban.

—Dos, tal vez tres. Siempre podemos construir más si las necesitamos.

Fallon no quería perder ni tiempo ni recursos construyendo cabañas que puede que no llegaran a utilizarse, pero por otro lado quería tenerlas listas por si las necesitaban.

Logan, Galen y Larena se acercaron a ellos con un odre de agua. Sus rostros y sus ropas estaban negros por el carbón y a Larena se le habían soltado unos mechones de pelo que le colgaban por los lados de la cara.

—¿Qué habéis decidido? —preguntó Galen.

Fallon señaló hacia las cinco cabañas.

—Esas cinco son las únicas que se pueden reconstruir. Empezaremos primero con ellas mientras limpiamos la aldea de escombros.

—¿Y después? —preguntó Logan.

—Lucan ha sugerido que construyamos dos o tres cabañas más.

Logan se apartó los mechones que se habían pegado a su sudoroso y brillante rostro y los observó.

—Tres serían suficientes, pero yo creo que construiría cuatro. Mientras las construimos deberíamos pensar también en un modo de asegurarlas.

Fallon arqueó una ceja.

—¿Asegurarlas?

—Sí. —Logan recorrió el espacio con la mirada—. Estoy de acuerdo en que los guerreros vivan en las cabañas. Todos sabemos que a Deirdre le gusta atacar rápidamente y ya hemos comprobado que las trampas que pusimos en el castillo retrasaron el ataque de los wyrran y eso nos dio tiempo para prepararnos.

—Es una buena idea —convino Lucan—. No se me había ocurrido asegurar las cabañas.

Fallon asintió.

—Logan, ¿se te ocurre alguna cosa para asegurarlas?

Logan asintió.

—Pensaré en ello.

—Bien. Ahora quememos los escombros.

Lucan dio una palmada con las manos.

—Yo empezaré a recoger la madera que necesito para hacer los muebles.

—Y yo puedo empezar con la reconstrucción de las cinco cabañas —propuso Galen, mientras aceptaba el agua que le ofrecía Larena.

Fallon exhaló y asintió con la cabeza. Todo estaba empezando a funcionar. Por lo menos tendría algo en lo que mantener la mente ocupada mientras esperaba a que el Pergamino falso estuviera terminado y pudieran liberar a Quinn.

Giró la cabeza para mirar a Larena. Ella se secó el sudor de la frente con el reverso de la mano y se rió de algo que le dijo Lucan.

Después de haberla visto en la corte, no se habría imaginado nunca que estuviera dispuesta a ensuciarse. De nuevo, era cierto que era una mujer de las Highlands. Él sonreía de oreja a oreja, no podía evitarlo. Le gustaba tenerla en su vida. Ella traía el sol a su vida. Y había algo en su presencia que lo hacía ser un hombre mejor, un hombre del que su padre hubiera estado orgulloso.

De pronto, su sonrisa se desvaneció y abrió los ojos atenta. Fallon se dio la vuelta y encontró al guerrero alado aterrizando a unos pasos de ellos.

En un instante, Galen y Logan se habían transformado en su forma de guerrero. Fallon levantó la mano para detenerlos. Quería saber qué quería aquel guerrero antes de que atacaran.

El guerrero azul oscuro los miró a ambos antes de centrar su mirada en Fallon.

—Fallon MacLeod, he venido con un mensaje de Deirdre.

—¿Quién eres? —preguntó Fallon. Cuanto más pudiera averiguar del guerrero, mejor. Su padre siempre le había dicho que tenía que conocer a sus enemigos mejor que a sus amigos.

El guerrero plegó las alas contra su espalda. Las puntas todavía podían verse sobre su cabeza y por los lados de sus piernas y parecía que estuvieran hechas de algo parecido al cuero. Eran del mismo azul oscuro que su piel.

—Soy Broc.

Fallon observó las alas.

—¿Cuál es su mensaje?

Broc levantó una ceja pero no respondió nada. Al cabo de un momento, dijo:

—Quinn está bien.

—¿Por qué íbamos a creerte? —preguntó Lucan.

Broc los observó atentamente.

—Ah, Lucan MacLeod. El hermano mediano. Sé que Quinn está bien porque lo he visto antes de venir aquí.

—¿Qué es lo que quiere Deirdre? —repitió Fallon—. Seguro que no te ha enviado aquí solo para darnos un mensaje cuando sabe que podemos matarte.

Broc sonrió enseñando sus largos y afilados colmillos.

—Podéis intentar matarme. Muchos lo han intentado. Ninguno lo ha conseguido.

—Yo lo conseguiré —aseguró Galen mientras se dirigía hacia él.

Fallon saltó delante de Galen y lo obligó a retroceder. Hizo caso omiso del rugido de odio que salió de Galen mientras escondía sus garras.

—Déjalo por ahora —le susurró Fallon.

Una vez Galen había retrocedido, Fallon se volvió hacia Broc.

—¿El mensaje dice algo más?

—Sí —respondió Broc—. Ella sabe que vais a ir a por Quinn. Por eso es por lo que lo ha capturado. Ella quiere que sepáis que es su deseo tener a los tres hermanos MacLeod bajo su control de nuevo.

—Nunca —gruñó Lucan entre dientes.

Fallon cerró las manos en un puño mientras la ira se apoderaba de él. Podía sentir el cosquilleo en su piel al saber que se estaba transformando, pero no le importaba.

—Iremos por Quinn. Lo liberaremos. Y en el proceso mataremos a Deirdre.

Broc se encogió de hombros.

—Ha pasado mucho tiempo desde que estuvisteis en su montaña. ¿Habéis olvidado el control que tiene sobre las piedras? No hay ninguna posibilidad de que podáis entrar en esa montaña y liberar a vuestro hermano.

—¿Qué tal un trato? —preguntó Larena.

Cuando la mirada de Broc se volvió hacia ella, Fallon mostró los colmillos y gruñó. La sonrisa de Broc hizo que la rabia de Fallon creciera todavía más. La necesidad de matarlo y defender a Larena hizo que Fallon diera un paso hacia Broc.

—Me alegra ver que te has recuperado de tus heridas —dijo Broc.

Larena puso una mano sobre el brazo de Fallon para detenerlo.

—No ha sido gracias a tu amigo.

Fallon no quería que ella hablara con Broc. No quería verla cerca del guerrero, pero Fallon no era tan estúpido como para decirle que se marchara. Larena era una guerrera y Fallon no debía olvidar que ella tenía poderes y que podía cuidar de sí misma.

Aun así, no podía evitar sus instintos de protección.

—Larena —le gruñó como advertencia. No estaba dispuesto a seguir escuchando mucho más antes de atacar a Broc.

Ella lo miró, sus ojos azules le suplicaban en silencio que confiara en ella.

Estuvo a punto de decirle que él confiaría en ella en el momento en que ella empezara a confiar en él. Pero no dijo nada.

Broc gruñó ante sus palabras, con lo que volvió a llamar la atención de Fallon.

—James no es mi amigo. Deirdre está muy enfadada por lo que te ha hecho. Si no necesitara a sus guerreros tan desesperadamente, estoy convencido de que lo hubiera matado.

Larena estaba agradecida de que Fallon la hubiera dejado hablar con Broc. Estaba convencida, por el tenso cuerpo de Fallon y el modo en que su piel había cambiado de normal al más oscuro de los negros, de que él estaba luchando por no liberar a su dios y atacar al guerrero alado.

Antes de poder hacerle más preguntas a Broc, el guerrero volvió su atención hacia Fallon.

—Los ataques empezarán pronto.

Fallon observó a Broc.

—¿Cómo puedo saber que dices la verdad?

—No puedes, pero pronto lo descubrirás. Los wyrran están de camino. Deirdre pretende manteneros ocupados aquí y así evitar que urdáis un plan para liberar a vuestro hermano.

El estómago de Larena se le cerró en un puño del miedo y observó a Lucan y a Fallon. Lucan ya se había transformado, igual que todos los demás, y estaba al lado de Fallon esperando a que diera la orden de atacar.

Fallon resopló y sacudió la cabeza.

—Si ese es el plan de Deirdre, es que necesita tiempo con Quinn.

—Tienes toda la razón. Tiene planes para vuestro hermano —dijo Broc.

—¿De qué lado estás tú?

Broc sonrió.

—Una buena pregunta, ¿no te parece?

Entonces la sonrisa de Broc se esfumó y levantó la cabeza para olfatear la brisa. En un abrir y cerrar de ojos, se elevó en el aire con las alas completamente extendidas. Se hizo hacia atrás y aterrizó en el tejado de una de las cabañas con los colmillos a la vista.

Larena vio la garra afilada que cortaba el aire y aterrizaba justo en el lugar en el que había estado Broc un instante antes. Ella se agachó y sintió unos brazos que la rodeaban y la apretaban contra un cuerpo duro antes de caer al suelo.

*Fallon.*

Cuando levantó la cabeza encontró a un hombre con el pelo largo y oscuro, con la piel, las garras y los ojos del marrón más oscuro.

—Mierda —masculló Fallon mientras recuperaba el equilibrio—. ¿Quién diablos eres tú? —le preguntó al recién llegado.

El recién llegado dirigió su mirada de Broc a Fallon.

—Soy Camdyn MacKenna.

## 23

Larena recuperó el equilibrio, la sangre le golpeaba en los oídos. Estaba sobresaltada al ver que sus garras se habían extendido sin que ella se hubiera dado cuenta. Sus emociones eran un torbellino y si no lograba controlarse pronto, no sería de ninguna ayuda para los otros cuando los wyrran atacaran.

Al contrario que Fallon, Larena creía a Broc. Por qué el guerrero alado les querría dar la información no lo sabía y no le importaba. Aquello les daba cierta ventaja. Y necesitaban toda la ventaja que pudieran conseguir.

Broc no se movió del tejado. Tenía la mirada fija en Camdyn, su rugido de ira retumbaba en el viento. Fallon y los demás también tenían toda su atención puesta en Camdyn. Era el momento perfecto para preguntarle a Broc algunas cosas para las que quería una respuesta.

Larena dio un paso atrás alejándose de los hombres. Cuando estuvo a suficiente distancia, corrió y saltó sobre el tejado. Broc se giró para quedarse frente a ella, con los colmillos a la vista.

—¿Qué quieres? —le preguntó.

—Quiero saber por qué no me atacaste en Edimburgo.

Él se encogió de hombros.

—¿Y qué importa eso?

—Erais dos. Podríais haberme vencido sin ningún problema.

—Mi obligación era llevar a James al castillo para que él se encargara de ti. Después, yo debía llevarte ante Deirdre. Mis órdenes no incluían atacarte.

Larena observó atentamente a Broc. Su piel azul marino era tan oscura que parecía prácticamente negra. Había algo en el modo en que hablaba el guerrero que hizo que se diera cuenta de que él pensaba cuidadosamente cada palabra antes de pronunciarla.

—¿Sabías que James había bañado sus garras en la sangre de drough antes de llegar a Edimburgo?

Los ojos azul marino de Broc brillaron de enfado.

—No. Aunque no me sorprendió. James pensaba que la posibilidad de que existiera una guerrera era algo absurdo. Pensaba que serías débil y que no podrías luchar. Cuando vio que lo superabas, no pudo soportarlo.

Aquella era la reacción que Larena siempre había esperado de los guerreros.

—¿Y la sangre de drough? ¿Cómo sabías la reacción que produce sobre los guerreros?

—Se ve que nunca has estado en la cárcel de Deirdre o no me preguntarías eso. Deirdre utiliza métodos de tortura que tú nunca podrías llegar a imaginarte. Puede prolongarte el dolor durante meses e incluso años, hasta que acabes por suplicar la muerte.

Larena tragó saliva ante el odio que se desprendía de su voz. Ella, al igual que Fallon, se preguntaba de qué lado estaba Broc realmente. Era evidente que odiaba a Deirdre, pero entonces, ¿por qué no huía de su lado como habían hecho los demás?

—Y una vez James me hubo sometido, ¿por qué no me llevaste ante Deirdre?

Broc suspiró profundamente. Él mantenía toda su atención en los hombres que había abajo, pero volvió a mirarla.

—Supe, por la cantidad de sangre que salía de la herida y el dolor que te consumía, que necesitabas ayuda de inmediato. Yo puedo volar rápido, pero no tan rápido como para llevarte ante Deirdre antes de que hubieras muerto.

—¿Y tú sabías que Fallon sí que podía?

—Sí.

No dijo nada más y Larena tuvo que tragarse el rugido de ira que amenazaba con salir por su boca. Estaba a punto de hacerle otra pregunta cuando el primer wyrran apareció de la nada y aterrizó ante ella en el tejado.

Larena no dudó ni un momento en transformarse. Estaba acostumbrada a luchar desnuda mientras era invisible, pero no había tiempo para ello. Y las faldas entorpecían todos sus movimientos.

Fallon gritó su nombre, pero no pudo responderle, pues el segundo wyrran se había unido al primero. Larena dio un salto atrás para evitar unas garras mientras el recién llegado le mordía la pierna.

Larena soltó un grito furiosa, clavó sus garras en el pecho del wyrran que la había mordido y le arrancó el corazón. El primer wyrran soltó un grito agudo, pero antes de que ella pudiera matarlo, Broc le arrancó la cabeza.

—Mantente alerta —le advirtió él antes de salir volando.

Larena no pudo observar cómo se marchaba, pues aparecieron más wyrran en la aldea. Ella dio un paso para saltar del tejado al suelo cuando oyó el inconfundible sonido de la madera cediendo. De pronto, estaba cayendo por el tejado y aterrizó con un golpe seco sobre el suelo.

Sacudió la cabeza con fuerza cuando la puerta se abrió de una patada y apareció Fallon. El polvo se levantaba tras su cuerpo negro y hacía que brillaran sus colmillos.

—¿Estás bien? —le preguntó mientras la ayudaba a levantarse.

Ella asintió con la cabeza.

—Un poco aturdida, pero tranquilo, puedo enfrentarme a los wyrran.

Él dudó un instante y ella pudo ver como estaba luchando consigo mismo entre dejar que luchara u ordenarle que se marchara a casa. De ningún modo estaría dispuesta a marcharse al castillo, y menos si podía ser de ayuda. Y no tenían tiempo para discutir.

Cuando Fallon le cogió la mano y se dirigió hacia la puerta, Larena soltó un suspiro de alivio. Sabía que era innata en Fallon la necesidad de proteger a las mujeres, pero ella no era cualquier mujer. Era una guerrera. Y se lo demostraría.

Larena vio al wyrran que se acercaba a Fallon antes que él. Ella dio un salto y se puso frente a la criatura de piel amarilla. A su alrededor, los sonidos de la batalla inundaban el ambiente. Los alaridos de frustración y dolor de los wyrran se mezclaban con los gritos y rugidos de ira de los guerreros. Era un sonido tan ensordecedor que no podía ni oír sus propios pensamientos.

Sus garras se hundieron en el cuello de un wyrran. El desagradable sonido de la carne cediendo a sus garras y la sangre que le salpicó las manos y los brazos le recordó lo fácil que era quitar una vida.

Sin embargo, Larena no se detuvo ante ese pensamiento. Sacó sus garras del cuerpo sin vida del wyrran y dio media vuelta para enfrentarse al siguiente. Sus ojos escrutaron la aldea y encontró a Galen y a Logan luchando con los dos últimos wyrran. Los guerreros habían hecho un buen trabajo con aquellas demoníacas criaturas amarillentas.

—¿Dónde están los demás? —preguntó Logan antes de echar la cabeza hacia atrás y soltar un profundo rugido con la sangre brillando sobre su piel plateada.

Galen y Lucan se reían como si fueran dos chiquillos que acabaran de cazar a su primer ciervo. Camdyn estaba en pie solo y ya había vuelto a su forma humana, pero todavía había un brillo de satisfacción en sus ojos oscuros.

Solo Fallon miraba en silencio a los wyrran muertos. Su piel negra, sus garras, sus colmillos desaparecieron como si nunca hubieran existido.

Larena se dirigió hacia él mientras hacía desaparecer a su diosa. Él levantó la cabeza mientras ella se aproximaba y un lado de su boca se elevó en una sonrisa.

A ella le gustaba aquella sonrisa torcida.

—¿Qué pasa?

Fallon se encogió de hombros.

—No puedo evitar pensar en las palabras de Broc. Dudaba sobre si creerlo respecto a lo de los wyrran. ¿Por qué nos lo diría? ¿Qué crees tú?

—No estoy segura. Cuando estaba en el tejado con él, mató a un wyrran que estaba a punto de atacarme.

—Interesante —murmuró Fallon. Estaría bien tener a un espía en la montaña de Deirdre, pero no sé nada de Broc.

—Y no puedes arriesgarte a confiar en él.

Fallon asintió con la cabeza.

—A pesar de todo, el ataque me está haciendo reconsiderar todo lo que nos ha dicho. Creo que necesitamos pensar en sus palabras, o por lo menos estar preparados para cualquier cosa.

Larena lo cogió por la mandíbula y sonrió. Se miraron a los ojos, perdidos en ellos mismos durante un instante. El momento se rompió con la llegada de Ramsey y Hayden.

—Por todos los dioses, ¿qué demonios ha pasado aquí? —preguntó Hayden.

Logan le dio una palmadita en la espalda y sonrió.

—Los wyrran nos atacaron. Pero antes tuvimos visita de un guerrero de Deirdre llamado Broc. Luego, Camdyn llegó e intentó matar a Broc. Ha sido muy interesante.

Larena soltó una sonora carcajada cuando Hayden le lanzó una mirada asesina a Logan.

Hayden maldijo en voz alta:

—¿Que me he perdido una oportunidad de matar wyrran?

—No te preocupes —lo tranquilizó Fallon—. Presiento que muy pronto tendrás una nueva oportunidad.

La broma terminó cuando Galen se dirigió hacia Camdyn y le ofreció la mano. Entonces ambos se abrazaron e intercambiaron algunas palabras susurradas.

Galen se giró hacia ellos, con los labios estirados en una amplia sonrisa.

—Quisiera presentaros a Camdyn MacKenna.

Larena permaneció al lado de Fallon mientras Galen les presentaba al nuevo guerrero. Camdyn era alto y de hombros anchos. Llevaba un blusón color azafrán bajo la falda escocesa y a pesar de ser un guerrero, llevaba encima diversos cuchillos enganchados a la cintura y uno enganchado a la parte superior de cada una de sus botas. Ella supuso que llevaría algunos más escondidos.

Cuando Camdyn volvió su oscura mirada hacia ella le sonrió.

—Camdyn —dijo Fallon—, Larena nos transmitió tu mensaje.

Camdyn asintió.

—Sí.

—De eso ya hace algún tiempo. ¿Dónde has estado?

—Por ahí —fue todo lo que dijo Camdyn. Se giró hacia Larena—. Me alegro de volver a verte.

—Yo también —respondió ella.

Fallon apretó la mandíbula. Resultaba evidente, por el modo en que Galen había saludado a Camdyn, que eran amigos. Galen confiaba en él y Fallon también lo haría. Pero antes, quería algunas respuestas.

—¿Por ahí? ¿Por ahí dónde?

Camdyn se encogió de hombros.

—Quería asegurarme de que lo que Galen había dicho sobre vosotros, los MacLeod, era cierto.

—Nos has estado espiando —sospechó Lucan.

—Así es —admitió Camdyn—. Galen no hubiera salido del bosque si no fuera cierto que había encontrado a los MacLeod, pero la perfidia de Deirdre no conoce límites. Tenía que estar seguro de que erais los auténticos —le dijo a Fallon.

—¿Y ya lo estás? —le preguntó Fallon.

Camdyn asintió con un simple golpe de cabeza.

—Lo estoy. Quería darme a conocer hoy mismo, pero entonces sentí una presencia. Me mantuve oculto para ver de qué se trataba.

—Broc —afirmó Galen.

—Sí, el guerrero alado —continuó Camdyn.

Entonces Ramsey dio un paso adelante con la mirada perdida en el cielo.

—¿Dónde está Broc?

—No lo sé —dijo Fallon. Debió de ser el modo en que Ramsey miró al cielo, o el modo en que preguntó por Broc, pero Fallon tuvo la sensación de que Ramsey conocía al guerrero.

—Regresemos al castillo —propuso Lucan—. Si no regreso pronto para decirle a Cara que estoy bien, me cortará la cabeza.

Fallon asintió y todos empezaron a andar hacia el castillo excepto él. Larena dudó un instante, pero él le hizo un gesto con la mano para que los siguiera. Quería estar a solas cuando hablara con Ramsey.

—Ramsey —llamó—. ¿Podemos hablar un momento?

El guerrero se detuvo y giró su rostro hacia él lentamente.

—Supongo que querrás saber quién es Broc.

Fallon observó alrededor para asegurarse de que los demás estaban lo bastante lejos.

—Sí. ¿Lo conoces?

—Sí. Lo conocí en las mazmorras de Deirdre.

No le sorprendió que Ramsey le respondiera tan honestamente, pero qué le contaría Fallon todavía no lo podía saber.

—¿Cuánto tiempo hace que lo conoces?

Ramsey se encogió de hombros y apartó la mirada.

—Pasé con él los cincuenta años que ella me tuvo preso. Él ya estaba allí cuando yo llegué. Uno pierde la noción del tiempo cuando está en esa montaña.

—Lo sé. ¿Por qué no escapó contigo?

—Escapar no es en lo que piensas una vez has pasado un tiempo allí.

Los ojos grises de Ramsey se volvieron hacia Fallon. Sus ojos se habían endurecido y tenía los labios apretados a causa de los recuerdos.

—Solo piensas en sobrevivir a la siguiente ronda de torturas y te preguntas si esta vez por fin acabarás rompiéndote y uniéndote a ella.

—¿Es lo que le pasó a Broc?

—Lo ignoro.

Fallon consideró las palabras de Ramsey durante un momento. Había cierta conexión entre los dos hombres. No estaba seguro de cuán fuerte era, pero seguiría investigando. Ramsey podría ser un espía de Deirdre. Dios sabe que tenía muchos.

—Me has dado consejo muchas veces desde que llegaste, Ramsey. Tu mente es rápida y tus sugerencias buenas. Sin embargo, me pregunto, ¿he confiado en ti demasiado rápido? ¿Eres un espía de Deirdre?

La piel de Ramsey cambió de normal al color del bronce en un instante.

—Debería matarte solo por sugerir que soy leal a esa malvada bruja.

Respiró profundamente y logró controlar la ira que se había apoderado de él de improviso, tal y como Fallon había pretendido.

—Es tu trabajo asegurarte de que somos de confianza —continuó Ramsey—. Si yo estuviera en tu lugar, haría las mismas preguntas. Pero aquí mismo te digo que la respuesta es no. No soy un espía de Deirdre. Quiero verla muerta.

No había ni el más mínimo resquicio de engaño en los ojos grises de Ramsey. Decía la verdad y Fallon le creía.

—Tenía que preguntar.

—Lo sé. Eso es lo que te convierte en un gran líder.

Fallon no esperaba ningún elogio. Le gustaba Ramsey y el hecho de pensar que pudiera ser un espía le helaba la sangre.

—Las cosas que ha dicho Broc me han hecho preguntarme de qué lado está. Nos ha ayudado en un par de ocasiones. Hoy mismo ha matado a un wyrran para salvar a Larena y nos ha informado de los ataques.

—¿Os dijo que los wyrran iban a atacar? ¿Por qué?

—No tengo ni la menor idea. Luego nos explicó que Deirdre lo hace para mantenernos ocupados y que no podamos hacer planes para liberar a Quinn. Lucan cree que es para tener más tiempo con Quinn.

Ramsey se pasó una mano por el cabello.

—Dudo que ella quisiera que vosotros tuvierais esa información. Sea la razón que sea por la que Broc nos lo dijo, tenemos que confiar en él.

—Ya he pensado en eso. ¿Crees que podríamos convencerlo para que se uniera a nosotros?

Pasó un buen rato hasta que Ramsey respondió.

—No contaría con ello.

No era la respuesta que quería Fallon, pero hasta que no hablara con Broc y se lo preguntara, no podría estar seguro. Evidentemente, Fallon no podía asegurar que Broc regresaría para darle la oportunidad de preguntarle, pero tenía el presentimiento de que volvería. Fueran los que fuesen los motivos del guerrero alado para ayudarlos, seguramente harían que regresara.

✦❦✦

## 24

Tras la emocionante mañana con Broc, Camdyn y el wyrran, Larena tenía ganas de pasar una tarde tranquila. Habían presentado a Camdyn a Sonya y a Cara y ahora él estaba echando una mano en las cabañas mientras las tres mujeres permanecían sentadas en el gran salón.

—No puedo creer que los wyrran atacaran. —Cara clavó la aguja con fuerza en el vestido que estaba arreglando y la sacó por el otro lado de la tela. Negó con la cabeza y suspiró—. Debería haber estado allí.

Sonya sonrió y alisó la tela de la túnica que estaba cosiendo.

—Creo que me habría gustado ver luchar a los hombres. Y a ti también, Larena.

Con un resoplido, Larena se puso cómoda en su silla.

—No lo hice muy bien. No estoy acostumbrada a luchar con falda.

Cara dejó de coser, tenía el ceño fruncido.

—¿Y qué sueles llevar?

—Normalmente uso mis poderes para volverme invisible y lucho desnuda.

—Seguro que a los hombres les gustaría ver eso —dijo Sonya con una risita. Sus ojos color ámbar brillaban de júbilo, y pronto Cara se unió a sus risas.

Larena también se rió, aunque no quería.

—Fallon me advirtió de que no siempre tendré tiempo para usar mis poderes, y tiene razón. Sobre todo cuando luche contra otros guerreros. He dependido demasiado tiempo de mis poderes.

—¿Qué vas a hacer? —preguntó Cara—. Podrías aprender a luchar con falda, como hago yo.

—Podría, pero las guerreras también saltamos y brincamos mientras luchamos, la falda me dificultaría los movimientos.

Sonya enhebró su aguja.

—Bueno, no puedes llevar pantalones.

Larena se puso tiesa de repente, se le había ocurrido algo.

—¿Por qué no? Los celtas lo hicieron. Sus mujeres llevaban pantalones y luchaban al lado de los hombres.

—No estamos en los tiempos antiguos —recordó Cara—. No sé si los hombres lo aprobarían.

—No me importa que no lo hagan —dijo Larena mientras se ponía en pie—. Necesito poder luchar, y no puedo hacerlo con ese vestido. —Tragó saliva y miró a cada una de las mujeres. Normalmente nunca pedía ayuda a nadie, pero necesitaba a Cara y a Sonya—. ¿Me ayudaréis?

Cara y Sonya intercambiaron una mirada antes de que unas leves sonrisas se dibujaran en sus caras.

—Sí —dijeron al unísono.

—Bien —dijo Larena mientras le recorría una sensación de alivio—. Empecemos. No sabemos cuándo será el próximo ataque.

Sonya lanzó su túnica a un lado mientras Cara acababa el último punto y apartaba cuidadosamente su vestido.

—Qué ganas tengo de que Fallon te vea con pantalones —expresó Cara con una risita—. Se quedará boquiabierto.

Larena esperaba que así fuera. Pero tampoco es que quisiera hacer nada para llamar su atención.

O al menos ella intentaba convencerse a sí misma de que no quería.


Deirdre comprobó las heridas de Quinn como hacía varias veces al día. Se estaba curando bien. Su cuerpo necesitaba descansar y a ella le gustaba tenerlo en su cama. Por las noches, se acurrucaba contra él y se dormía.

Era la primera vez que dejaba que un hombre pasara toda la noche en su cama. Y además, Quinn también sería el último.

Sus largas uñas, limadas hasta acabar en punta, trazaban la pierna desnuda de Quinn hasta la cadera. Siempre que estaba en la habitación con él, Deirdre apartaba la sábana para poder contemplar su cuerpo perfectamente esculpido.

Él había perdido peso en sus mazmorras, como hacían todos. Pero pronto vería cómo sobre sus huesos se recuperaba la musculatura. Por ahora le bastaba con estar con él.

Una de sus mascotas rascó la puerta antes de abrirla. El wyrran soltó un siseo, haciéndole saber que tenía visita. Deirdre se levantó y frotó al wyrran en la parte de detrás de las orejas.

—Gracias —le dijo—. Vamos a ver qué nos ha traído Dunmore esta vez.

Deirdre salió de sus habitaciones privadas y subió unas escaleras que conducían al largo pasillo hasta el salón del trono. Abrió la puerta y se encontró con la grande y alta figura de Dunmore. Cuando él llegó hasta ella, era un joven ansioso de poder y con el transcurso de los años ella le había ido dando cada vez más autoridad.

—Mi señora. —Se inclinó ante ella, y sus oscuros rizos se precipitaron por encima de su alta frente—. Cada día estáis más bella.

—Qué tontería. —Pero Deirdre sonrió.

Siempre le había gustado Dunmore. Ahora tenía arrugas en los ojos, pero su cuerpo aún era firme y no tenía grasa visible. Sabía cuidarse y, como hombre que había compartido la cama con ella, sabía cómo darle placer a una mujer.

Tampoco le importaba que una mujer estuviera al mando, ni dudaba a la hora de acatar sus órdenes. Era justo la clase de hombre que necesitaba para hacerse con los druidas.

Dunmore se apartó la capa roja y puso las manos en sus caderas, con las piernas abiertas.

—Los encontré. Estaban viviendo en cuevas y se morían de hambre.

—¿Cuántos me has traído?

Él miró al suelo, con los ojos negros llenos de preocupación.

—Doce en total. Dos de las ancianas murieron por el camino.

—Eres duro con ellos —lo acusó Deirdre.

—Como tú me dijiste.

Ella sonrió.

—Continúa.

—Uno de los jóvenes, un muchacho de unos siete veranos, escapó. Lo perseguimos, y cuando estábamos a punto de atraparlo, saltó por el acantilado de una montaña.

—Parece que mi reputación me precede. —Deirdre se dirigió hacia un cofre plateado que había sobre una mesa cerca de su trono. El cofre no tenía adornos, excepto por el precioso diseño de intrincados nudos celtas que lo cubría por completo. Los nudos estaban dotados de unos hechizos que evitaban que nadie excepto ella, pudiera tocarlo ya que contenía monedas y joyas.

Deirdre abrió la tapa y levantó una bolsita de terciopelo. Comprobó el peso de las monedas que había dentro antes de darse la vuelta y lanzársela a Dunmore.

—Una vez más, lo has hecho bien.

Él se metió la bolsa en el cinturón e hizo una reverencia.

—Es un placer serviros.

—Mi vidente me ha hablado de otro grupo de druidas que creen que pueden esconderse de mí. —Uno de sus grandes hallazgos había sido la vidente, y Deirdre la utilizaba siempre que podía.

—Decidme dónde encontrarlos, mi señora, y os los traeré.

Deirdre se acercó a Dunmore y le tocó la hendidura del mentón.

—Esos druidas no serán tan fáciles de encontrar. Utilizan magia para esconderse. Hay una de ellas a la que quiero sobre todos los demás. Es una joven de ojos color turquesa. Es inconfundible. Tiene... cierta información que necesito.

—No os he fallado antes y no lo haré ahora. —Sus ojos brillaban llenos de determinación y su mandíbula estaba fija.

Ella estudió al hombre que tenía ante sí. Ni Dunmore ni su familia tenían sangre druida ni dioses en su interior. Pero él había demostrado tener un talento magnífico. Ella había querido matarlo por atreverse a buscarla, pero había sentido en él un hilo de maldad que utilizaba a su favor.

—No, Dunmore, no me fallarás porque sabes cuánto quiero a esos druidas. Y porque te gusta el poder que te otorgo. Vuelve con la chica y te recompensaré con unas riquezas que no te puedes imaginar. Trae a más druidas con ella y haré que el esfuerzo realmente haya merecido la pena.

Cuando Deirdre le hubo dicho donde se escondían los druidas, él le hizo otra reverencia y se marchó. Ella lo observó mientras se alejaba. Si Dunmore fracasaba, lo despellejaría vivo y utilizaría sus intestinos para asfixiarlo. Necesitaba a aquella druida llamada Marcail.


Fallon se limpió el sudor de la cara con la manga de la túnica. Las nubes habían empezado a aparecer justo después del mediodía, tapando casi todo el sol. Estaba a punto de llover, y Fallon quería arreglar el tejado por el que había caído Larena antes de que empezara.

—¡Ya casi está! —gritó Logan desde arriba.

Mientras trabajaba, Fallon había repasado la visita de Broc y todo lo que le había dicho. Esperaba que Broc no hubiera mentido cuando les había dicho que Quinn estaba bien. Pensar que su hermano pequeño podría estar sufriendo era como una soga que le apretaba el cuello.

Rogó por que Quinn se mantuviera fuerte mientras estaba en la montaña de Deirdre. Quinn había estado peligrosamente cerca de darse por vencido antes de que Cara llegara al castillo. Y ver el amor entre Lucan y Cara no había hecho más que empeorar las cosas para él.

Desde el fallecimiento de su mujer y su hijo, Quinn no había hablado de ellos ni en una sola ocasión. Fallon y Lucan habían aceptado los deseos de Quinn y no le habían preguntado nada. Así que cuando Quinn confesó que nunca había amado a su esposa, Fallon se quedó completamente atónito.

Él creía que su unión había nacido del amor. Quinn había engañado a todo el mundo, incluido a él mismo. Fallon quería lo mejor para sus hermanos y cada uno de ellos merecía la clase de matrimonio que habían tenido sus padres. No quería que Quinn volviera a verse atrapado.

Fallon se frotó el cuello cuando sintió el dolor que lo azotaba en la base del cráneo cada vez que pensaba en Quinn. Quinn era fuerte. Sabría que irían a buscarlo.

—Aguanta, hermanito —susurró Fallon.

—¡Ya está!

Fallon miró hacia arriba. Logan había arreglado tan bien el tejado que era difícil saber por dónde había caído Larena. Salió de la cabaña y le hizo un gesto con la cabeza a Logan mientras este saltaba al suelo.

—Bien hecho.

Logan se encogió de hombros y se sacudió el polvo de las manos.

—Ha sido fácil. Siempre me tocaba arreglar el techo de mi casa.

Fallon esperó a ver si Logan hablaba más sobre su pasado. Era muy poco frecuente que alguno de ellos hablara de cuando aún no se habían convertido en guerreros.

Como Logan no dijo nada más, Fallon lanzó más trozos de camas, sillas y mesas rotas al fuego. Ya lo habían quemado casi todo y al final del día siguiente no quedaría nada.

—La cosa va bien —dijo Lucan mientras llegaba con Galen y Camdyn—. La aldea ya tiene mejor aspecto.

Fallon le tendió un odre de agua a su hermano y levantó la mirada hacia las oscuras nubes que se acercaban.

—Tenemos que echar abajo y quemar seis cabañas más. La lluvia podría retrasar las cosas.

Lucan bebió abundantemente antes de ofrecerle el agua a Camdyn.

—La lluvia no impedirá mi trabajo y, si hace falta, puedo trabajar contigo bajo la lluvia echando abajo el resto de las cabañas.

—No, tú trabaja en la construcción de los muebles —replicó Fallon—. Logan y yo podemos encargarnos de esto.

—Y yo puedo ayudaros —añadió Camdyn.

Fallon asintió hacia el recién llegado. Con una mirada a su hermano, Fallon supo que a Lucan le gustaba Camdyn, lo que era bueno. Cuantos más guerreros tuvieran para luchar contra Deirdre, mejor.

—Parece que Broc ha vuelto —dijo Galen.

Fallon se volvió y vio a Broc volando hacia él con algo en los brazos. La manera en que volaba, como si estuviera herido, le dio que pensar a Fallon. Sin decir una palabra a los demás, Fallon empezó a correr hacia Broc.

El guerrero alado volaba bajo, tocando incluso las copas de los árboles. Aterrizó pesadamente al mismo tiempo que Fallon se detenía delante de él.

—Está malherido, pero no está muerto —dijo Broc, y dejó a Malcolm en el suelo, entre los dos.

Fallon vio los cortes y la sangre que tenía Broc mientras los otros se abrían en abanico detrás de él.

—¿Qué ha pasado?

—Vi cómo lo atacaban.

—¿Quiénes?

Broc se frotó los ojos con una mano mientras flexionaba el otro hombro.

—Eso no importa.

Pero sí que importaba. Fallon esperó mientras Lucan se arrodillaba junto a Malcolm y luego asentía, indicando que el hombre aún vivía.

—¿Por qué lo ayudaste? —preguntó Fallon.

La mirada de Broc se encontró con la suya.

—Malcolm es inocente. No es ni un druida ni un guerrero. No tenían por qué hacerle daño.

A Fallon le sorprendió el odio que había en la voz de Broc. Luego vio las heridas en su cuerpo. No toda la sangre que tenía encima era de Malcolm.

—Ayudó a Larena. En la mente de alguna gente, eso es suficiente para condenarlo.

—No en la mía.

Fallon soltó un suspiro.

—Gracias.

Broc no dijo nada, saltó hacia el aire y volvió a marcharse volando.

—No sé muy bien qué pensar sobre él —dudó Lucan sobre Broc.

Fallon negó con la cabeza.

—Yo tampoco. Llevemos a Malcolm al castillo. Larena querrá verlo.

Pero cuando Fallon se agachó para levantar a Malcolm, se dio cuenta del alcance de sus heridas, incluido el hueso que sobresalía de su brazo. Fallon encontró la mirada de Lucan y suspiró. El brazo de Malcolm colgaba en un ángulo imposible. Fallon tenía miedo de intentar usar sus poderes para trasladarlo al castillo por el daño que podría causarle al brazo.

—Logan, necesito que busques a Sonya y que la traigas aquí. Dile que tenemos a un hombre herido al que tiene que ver inmediatamente. Lucan, ve a buscar a Larena.

Lucan se puso en pie, con el rostro serio.

—¿Qué vas a hacer?

—Llevaré a Malcolm a una cabaña. No podemos tratarlo aquí fuera.

Camdyn se colocó a los pies de Malcolm.

—Te ayudaré a llevarlo. Cuantos más lo cojamos, mejor.

—Es verdad —dijo Galen.

—Entonces, Logan que se quede —propuso Lucan—. Yo iré a buscar a Sonya y a Larena.

—Date prisa —apremió Fallon a su hermano.

Lucan se dio la vuelta y corrió hacia el castillo. Fallon se pasó una mano por la cara y miró a Malcolm. Apenas reconocía su cara.

—Está bien —dijo Fallon al cabo de un momento—. Quiero llevarlo a la cabaña que acabamos de arreglar, Logan. La cama estaba intacta, ¿verdad?

Logan asintió.

—Sí. Y también hay un par de sillas en buen estado.

—Bien. Quiero que lo levantemos y lo movamos con cuidado. Está inconsciente y me gustaría que, por el momento, siguiera así.

—¿Sonya podrá arreglarle el brazo? —preguntó Camdyn—. Tiene muy mal aspecto.

Fallon se tragó la bilis que le subía por la garganta.

—La verdad es que no lo sé.

Los cuatro levantaron a Malcolm con el cuidado con el que habrían sostenido a un niño. Se movían con pasos lentos y medidos en dirección a la cabaña. Por suerte, era la más cercana.

Malcolm gruñó de dolor cuando Fallon tropezó con una piedra y se sacudió. Fallon quería dejarlo en la cama y limpiarle parte de la sangre antes de que lo viera Larena.

—La puerta es muy estrecha —advirtió Logan—. Camdyn, tú entrarás primero, pero ten cuidado con el umbral. Cuando él ya haya entrado, entrarás tú, Galen.

Camdyn atravesó la puerta con los pies de Malcolm. Galen tuvo problemas para pasar, pero después de inclinar el cuerpo de Malcolm, consiguió entrar en la cabaña. El siguiente fue Logan, que atravesó la puerta sin darle ningún golpe a Malcolm.

Fallon sostenía los hombros de Malcolm y atravesó la puerta con facilidad. Luego se dio la vuelta para dejarlo en la cama, pero vieron que encima de ella había trozos del techo, de cuando Larena había caído por él.

—Aguantadlo. —Logan se movió a toda velocidad mientras limpiaba la cama y apartaba las mantas.

Entre todos dejaron a Malcolm en la cama sin ningún incidente. Fallon se puso tenso y giró la cabeza hacia la puerta cuando oyó un grito ahogado y vio a Larena agarrada al marco de la puerta con tanta fuerza que sus nudillos se habían quedado blancos.

La cara de Larena se arrugó, pero no lloró, aunque Fallon no la habría culpado si hubiera visto lágrimas en sus ojos.

—¿Qué ha pasado? —preguntó con voz ahogada.

A Fallon le dolió el corazón por la angustia que parecía invadirla.

—Lo ha traído Broc. Dice que lo estaban atacando.

Los ojos de Larena se elevaron hacia los de él y Fallon vio la gran preocupación que había en las profundidades de sus ojos azul grisáceo.

—¿Quién podría haber querido hacerle algo así?

—Broc no lo dijo, pero creo que fueron guerreros.

—¿Pudo haberlo hecho Broc?

Fallon negó con la cabeza

—Fue lo primero que pensé. Hasta que vi las heridas que él también tenía en su cuerpo. No, Larena, él luchó para salvar a tu primo.

—Oh, dioses —gimoteó ella, y apoyó la frente en el marco de la puerta—. El brazo, Fallon.

—Lo sé. Sonya tiene mucha magia. Hará todo lo que pueda. —Rezó por que fuera suficiente.

Larena respiró hondo y se apoyó en la puerta. Entonces fue cuando Fallon se dio cuenta de que no llevaba un vestido, sino pantalones y una túnica. El suave cuero marrón recubría sus delgadas piernas como una segunda piel. A Fallon se le hacía la boca agua.

Habían remodelado una túnica azul para que le viniera bien, y le marcaba los pechos. Aunque la túnica le tapaba la cintura y las caderas casi por completo, Fallon pudo admirar la turgencia de sus nalgas.

Este se relamió los labios y contuvo un gemido. Nunca se había imaginado que se vería reducido a aquel estado por la imagen de una mujer. Pero, claro, nunca había imaginado a una mujer como Larena.

Esta lo desafió con la mirada a que desaprobara su nuevo atuendo. A él no le gustaba la idea de que fuera por ahí en pantalones, sobre todo al comprobar que Camdyn y Logan se mostraban tan estupefactos como él.

—Dijiste que no podía depender de mis poderes —recordó ella—. Dijiste que tenía que aprender a luchar sin ellos.

—Así es —murmuró Fallon. Había tomado su argumento y lo había usado contra él—. No estoy acostumbrado a ver a una mujer con pantalones.

Ella se miró a sí misma y clavó la punta de la bota en el suelo.

—Me siento rara, pero puedo moverme mucho mejor cuando estoy luchando.

Malcolm gimió y todos olvidaron el atuendo de Larena y se centraron en él.

—Yo sabía que esto le podía suceder —dijo Larena mientras caminaba hasta Malcolm y le ponía una mano en la frente—. Siempre decía que lucharía y moriría a mi lado, aunque no tuviera mis poderes.

—Es un buen hombre —admitió Fallon.

Larena asintió.

—Si muere, nunca me lo perdonaré.

—No morirá —prometió Logan—. Sonya está de camino y lo ayudará.

Fallon rezó por que Logan tuviera razón. Malcolm tenía un aspecto horrible, pero Fallon sabía por experiencia propia que la magia sanadora de Sonya era extraordinaria.

Al cabo de un momento, Sonya, Cara y Lucan entraron en la cabaña. Sonya no dijo una palabra cuando se acercó a Malcolm y empezó a inspeccionarle las heridas.

Fallon fue hasta la puerta, donde se habían congregado los demás hombres. Cruzó los brazos sobre el pecho y observó cómo las tres mujeres inclinaban sus cabezas sobre Malcolm.

Los minutos se convirtieron en horas mientras le limpiaban la sangre una y otra vez. Fallon y Lucan hicieron turnos para traer más agua a las mujeres para que pudieran escurrir los paños empapados en sangre.

Una eternidad más tarde, Sonya se puso derecha, con una mano en la parte baja de la espalda.

—Tiene el brazo roto y dislocado. Si no se lo pongo en su sitio y le acoplo bien el hueso no podrá usar el brazo, por mucha magia que utilice. Cuando tenga el brazo arreglado miraré las otras heridas.

Un hombre de las Highlands necesitaba los dos brazos. Un clan buscaba en su jefe fuerza, valor y sabiduría. Sin esas tres cosas, no lo seguirían. Y aunque Malcolm tenía el suficiente coraje para superar la pérdida de un brazo, a su clan eso no le importaría.

Fallon se acercó a Sonya.

—¿Qué quieres que haga?

Tenía el pelo rojo pegado en un lado de la cara, y sus ojos color ámbar mostraban un gran sufrimiento.

—Sujétalo. Tendréis que sujetarlo entre todos.

Fallon hizo un gesto a los demás guerreros, y todos alargaron sus manos hacia Malcolm para sujetarlo.

—Primero le colocaré el hombro —anunció Sonya.

Se humedeció los labios con la lengua y con un giro y un tirón le puso el hombro en el sitio. Malcolm gritó y arqueó la espalda por el dolor.

Sonya miró a Fallon.

—Preparaos —avisó a todos—. El hueso ha atravesado la piel y Malcolm luchará.

—¿No puedes usar tu magia? —preguntó Logan.

Sonya lo miró y negó con la cabeza.

—Ojalá fuera tan fácil, Logan. La magia no es la respuesta a todo, menos aún con los mortales que no tienen magia en su interior.

En cuanto Larena le tocó el brazo cerca de la fractura, los ojos de Malcolm se abrieron de golpe. Empezó a moverse y a intentar soltarse y sus gritos de dolor inundaron la cabaña. Fallon y los demás usaron toda su fuerza para mantenerlo quieto y que Sonya pudiera colocarle el hueso en su lugar.

Cara le cogió la mano herida a Malcolm. Larena le acarició la frente y le susurró cosas al oído que Fallon no pudo entender.

Malcolm tenía los ojos como enloquecidos y su respiración era entrecortada. Sus heridas habían empezado a sangrar de nuevo.

—Sujetadlo —gritó Sonya cuando Malcolm se sacudió con fuerza.

—Olvidad las otras heridas —dijo Fallon a los demás—. Sujetadlo. Sonya se encargará de todo cuando le haya arreglado el brazo.

Los demás guerreros sujetaron a Malcolm con fuerza hasta que apenas pudo moverse. Él gritó de agonía cuando Sonya le tiró del brazo para volver a ponerle el hueso bajo la piel.

El sudor cubrió la frente de Fallon al imaginarse el dolor que estaría sintiendo Malcolm. Nadie soltó a Malcolm hasta que Sonya acabó de arreglarle el brazo.

—Se ha desmayado —informó Larena.

Fallon bajó la mirada y vio que, efectivamente, Malcolm había vuelto a perder la consciencia. Lo soltó y se apartó. Los demás hicieron lo mismo, pero Camdyn salió de la cabaña.

Cuando vio lo pálida que estaba Larena, Fallon le trajo una silla y la hizo sentarse. Luego escurrió un paño húmedo y se lo dio para que pudiera limpiarle la frente a su primo.

Sonya le hizo un gesto de asentimiento a Fallon, haciéndole saber que lo tenía todo bajo control. Fallon abandonó la cabaña para tomar un poco de aire. El olor a sangre flotaba en el ambiente recordándole a la matanza de su clan.

—¿Se pondrá bien?

Fallon giró la cabeza y encontró a Camdyn apoyado contra la pared exterior de la cabaña. A Camdyn le temblaban las manos mientras se las llevaba a la cara para apartarse un mechón de pelo.

—Creo que sí —contestó Fallon—. No sabremos cómo quedará su brazo hasta que se le haya soldado la fractura. Sonya utilizará toda la magia que pueda para curarlo.

Camdyn cambió de postura.

—A un tío mío, un hombre enorme, como un oso, se le partió el brazo cuando le cayó un árbol encima. Hasta que sucedió aquel accidente, había sido un hombre respetado y reverenciado en el clan. Después, la gente no lo miraba a los ojos. Pero él no se rindió. Aprendió a usar la espada con la mano izquierda pero, a pesar de eso, cuando llegaba el momento de la batalla, no lo dejaban luchar.

—¿Qué hizo él?

—Se quedó atrás, como le habían dicho. Pero las acciones de su clan le hicieron más daño que la pérdida de su brazo. Mi tía era una buena mujer y lo quiso a pesar de que solo tenía un brazo.

Fallon miró hacia su castillo y frunció el ceño.

—Se supone que Malcolm tiene que ser el jefe de su clan.

—Entonces, que Dios lo ayude —masculló Camdyn.

Fallon se pellizcó el caballete de la nariz con el pulgar y el índice. Camdyn tenía razón. Si Malcolm no podía usar el brazo, su clan no lo querría. No tendría adónde ir.

Después de todo lo que Malcolm había hecho por Larena, Fallon no podía permitir que acabara deambulando por Escocia. Le harían un hueco en el castillo.

—Lo ayudaremos —dijo Fallon—. Se quedará aquí con nosotros.

La cabeza de Camdyn se volvió hacia él.

—Eres el hombre que todo el mundo dice que eres. Siento que no pudieras ser el jefe de tu clan, Fallon, pero me alegro de tenerte como líder.

Fallon no sabía cómo responder a Camdyn. Al final, asintió y se marchó. Había trabajo que hacer y quedándose allí quieto no le hacía ningún bien a nadie.

## 25

Cuando Larena salió de la cabaña, ya había caído la noche. Las mujeres habían acordado hacer turnos para cuidar a Malcolm. A Larena le había tocado el primer turno y Sonya había ido a relevarla. Malcolm dormía profundamente, su pecho subía y bajaba con regularidad, pero Larena aún estaba preocupada.

No estaba segura de lo que había hecho Sonya ni de la clase de magia que había usado, pero fuera lo que fuera, estaba curando a Malcolm.

Sonya le había prometido que la avisaría si Malcolm se despertaba, pero Larena esperaba que durmiera toda la noche. Y eso esperaba también Sonya mientras se preparaba para hacer la guardia.

Una sombra se movió cerca de la cabaña, y Larena sintió un perfume a naranjo.

*Fallon.*

Fue directa hacia él y cuando abrió los brazos, ella no dudó en aceptarlos. Larena descansó la cabeza en su hombro y cerró los ojos.

—Si Broc no lo hubiera encontrado...

—No digas eso —susurró Fallon—. Broc lo ha encontrado y Sonya lo ha curado lo mejor que ha podido.

Larena asintió.

—Le quedarán muchas cicatrices de las marcas de las garras.

—¿Le has visto las manos? Se defendió, Larena. Aunque eran guerreros, se defendió.

Ella pestañeó ante la repentina ráfaga de lágrimas.

—Yo creía que cuando me fuera de Edimburgo él estaría bien.

—No creo que estuviera en Edimburgo. Creo que venía hacia el castillo para verte. —Sus fuertes manos le agarraron los hombros y la separaron de él—. Hay algo más.

Ella no podía ver sus ojos porque la luna estaba detrás de él, pero oyó la preocupación en su voz y vio que tenía la frente arrugada.

—¿Qué es?

—Si por alguna razón Malcolm no es capaz de usar el brazo como debería, puede quedarse aquí. Sabes que su clan no lo aceptará como jefe si no está completamente bien.

—¿Le abrirías tu casa?

—Sí.

Ella estaba atónita ante aquel gesto. Fallon la asombraba constantemente.

—¿Por qué?

—Porque estuvo a tu lado cuando el resto de tu familia no lo hizo. Porque puso su vida en peligro para ayudarte. Porque era tu hermano y porque confió en mí para que te cuidara.

—Fallon —susurró ella, con la garganta hecha un nudo por la emoción.

La boca de Fallon bajó hasta la de ella, cortando cualquier cosa que ella hubiera querido decir. Cuando sus labios se movieron contra los de Larena expertamente, provocándola e incitándola, ella tocó su lengua con la suya. Él gimió y la apretó contra su duro pecho.

Larena no quería abandonar sus brazos. En su abrazo se sentía como si nada pudiera hacerle daño jamás, como si estuviera protegida y... fuera amada.

*Amor.*

Era una palabra que nunca decía y que nunca consideraba. A no ser que pensara en Fallon.

La última persona que la había querido había sido su padre, y se lo habían arrebatado. Robena se había preocupado por ella y había estado orgullosa de que la diosa la hubiera elegido, pero Robena no la había querido. No, Robena tenía un trabajo que hacer y eso era todo lo que le había importado a la vieja druida.

El amor no era una emoción que Larena pudiera permitirse sentir. La exponía a un dolor que no quería volver a experimentar jamás. Era mejor cerrarse y mantener las distancias.

*¿Estás tan segura de eso ahora que has conocido a Fallon? Él podría ofrecerte mucho más.*

Larena apartó aquellos pensamientos de su cabeza mientras Fallon intensificaba el beso. Sus manos bajaron hasta sus nalgas y la aguantaron mientras colocaba su erección contra ella.

Larena se quedó sin aire. Se aferró a los grandes hombros de Fallon y se rindió a la pasión que se desplegaba en la parte baja de su vientre.

—Dios mío, Larena —susurró Fallon. Le fue besando el cuello hacia abajo y la inclinó hacia atrás—. Te deseo. Te necesito.

Ella se estremeció ante sus palabras y luego gritó cuando sus dientes rozaron su pezón a través de la túnica. El placer la recorrió como un rayo. Levantó una pierna y la colocó alrededor de la cintura de él.

El aire de la noche, con el olor del mar, se arremolinaba alrededor de ellos. La luna y las estrellas centelleaban en el cielo mientras el agua chocaba contra los acantilados. A su alrededor predominaba la muerte y la destrucción, pero en los brazos el uno del otro podían encontrar serenidad.

—Yo también te necesito, Fallon —le confesó ella—. Te necesito desesperadamente.

Sin decir una palabra, él la levantó hasta que sus piernas se abrazaron a su cintura y entonces la llevó detrás de una de las cabañas. La apretó contra una de las paredes y frotó su pene contra ella.

Larena gimió y movió las caderas. Estaba encantada con aquella privacidad, pues sabía que los demás guerreros estaban montando guardia y no quería que vieran la pasión que solo tenían ella y Fallon.

—Sería mucho más fácil si llevaras un vestido —gruñó él.

Larena se rió.

—También sería más fácil si tú llevaras una falda escocesa.

—Lo tendré en cuenta la próxima vez —murmuró él contra su cuello mientras le acariciaba la piel—. No tienes ni idea de lo que siento cuando te veo con los pantalones.

Ella metió la mano entre ellos, le levantó la túnica hasta el pecho y luego se la quitó.

—Explícamelo.

—Hace que quiera marcarte como mía.

Ella tembló con sus palabras. Ella quería que la marcara y que la marcara como suya.

Sus manos estaban desesperadas por quitarse la ropa que separaba sus cuerpos. Antes de que la última prenda de ropa tocara el suelo, ya estaban abrazados de nuevo.

Larena metió los dedos entre los oscuros cabellos de Fallon mientras él la levantaba una vez más. Ella envolvió las piernas alrededor de su cintura y gimió cuando su miembro frotó su sensible sexo.

—Por favor, Fallon —le suplicó. Necesitaba tenerlo dentro de ella. Solo él podía hacerle olvidar el mundo que los rodeaba y hacerla sentir que eran las únicas dos personas que quedaban en el mundo.

Las manos de Fallon le agarraron las caderas, aguantándola por encima de su pene. Ella no apartó la vista cuando la mirada de él se encontró con la suya. Larena se perdió en el verde exquisito de sus ojos.

Él la bajó contra su miembro de un golpe. Ella intentó mover las caderas, pero él la mantuvo firme. Él la llenó por completo hasta que la punta de su pene tocó su útero. Solo entonces le permitió moverse.

Larena entrelazó los pies y hundió la cara en el cuello de Fallon mientras sus caderas empezaron a moverse. Con cada empuje él se acercaba más a ella, se hundía más en su interior... E le tocaba el corazón.

Ella no sabía si era por ver a Malcolm muriéndose ante sus ojos, pero se sentía salvaje, expuesta, y necesitaba a Fallon de una manera que no sería capaz de explicar con palabras.

Él no le había hecho preguntas. Simplemente se había ofrecido, como si supiera que lo necesitaba.

Larena le besó el cuello a medida que su necesidad aumentaba con la aceleración de sus caderas.

—Oh, Dios, Larena —gimió él.

Ella lo volvió a besar, recorriéndole la piel con la lengua. Él gimió en las profundidades de su garganta mientras sus dedos se clavaban en las caderas de ella.

Las manos de Larena pasaron a los hombros de Fallon mientras luchaba por agarrarse a él mientras llegaba al orgasmo. Ella dio un grito ahogado y se enterró en su cuello cuando el orgasmo la envolvió.

Larena quedó atónita ante la intensidad del orgasmo. Su cuerpo se convulsionaba con aquellas deliciosas olas de placer. Fallon siguió sumergiéndose dentro de ella, alargando su clímax.

—Eres mía, Larena. Mía.

Ella se sacudió, abrió la boca en un grito de gozo silencioso mientras los colmillos de Fallon se hundían en su cuello y la llevaban a otro orgasmo.

Cuando pudo abrir los ojos, Fallon le estaba besando el lugar donde la había mordido. Ella supo sin mirarse que la había marcado. Debería de estar enfadada, pero no lo estaba. Estaba eufórica.

—Mía —susurró él justo antes de transportarlos de un salto a su habitación del castillo.

Fallon no podía creer que hubiera cedido a sus deseos de marcar a Larena. Sentir su cuerpo aferrado alrededor del suyo, saber la angustia que había sentido ella al encontrar a Malcolm, y la excitación que él había experimentado cuando ella había ido hasta él habían sido demasiado.

En la oscuridad de la noche, ella era suya. Si ella querría permanecer en su cama cuando saliera el sol era otra cosa. Él le había dicho que era suya, pero en su corazón sabía que no la tenía. Nunca la tendría a no ser que ella le diera su corazón.

Fallon llegó de un salto a su habitación y la dejó en la cama antes de acostarse a su lado. Ella se volvió hacia él y apoyó la cabeza en su hombro. La cabeza de Fallon estaba llena de ella. Incluso el latido de su corazón se lo debía a ella.

Lucan le había preguntado si le importaba Larena. Fallon no sabía qué emoción había en su interior, pero sus sentimientos hacia Larena crecían cada día. Ella no tenía ni idea de que lo tenía en la palma de la mano y probablemente sería mejor que no lo supiera.

Ni siquiera el saber que ella le escondía la verdad sobre el anillo y su conocimiento del Pergamino podía apagar sus sentimientos. Ella tenía sus razones para mantener su secreto y, aunque le dolía que no confiara en él, intentaba entenderlo.

Bajó los dedos por su espalda, acariciándola. Quería agarrarla contra sí y no soltarla nunca, pero tendría que hacerlo. Encadenarla a él solo haría que ella quisiera marcharse.

Fallon sabía que al final tendría que hacer lo imposible. Tendría que dejar que Larena se marchara.

Cerró los ojos mientras una ola de dolor le atravesaba el cuerpo. La idea de no ver sus ojos azul grisáceo todos los días, de no ver cómo sus labios formaban aquella increíble sonrisa o de no sentir sus manos sobre él le provocaba un sudor frío.

—Dios, dame fuerza —susurró.


Broc voló hacia el suroeste cuando dejó a los MacLeod. Había tardado demasiado. Deirdre estaría furiosa cuando volviera, pero tenía que hacer una parada más.

El viento lo empujó hacia su destino. Vio el gran grupo de árboles mucho antes de llegar hasta él. En aquel enorme bosque vivían muchas criaturas y también druidas.

Aterrizó cerca del lago y se volvió a transformar en el hombre que era. Era la única vez que dejaba de lado a su dios, la única vez en que se permitía recordar al hombre que solía ser. Le traía demasiados recuerdos, pero tenía que hacer que aquello se acabara.

Broc se pasó los dedos por el pelo, que llevaba demasiado largo, y utilizó el lago para lavarse la sangre del cuerpo. La sangre de Malcolm y la suya propia. Sus heridas se habían curado, pero probablemente, el primo de Larena no tendría tanta suerte. Se puso derecho y deseó haber cogido una túnica.

—¿Broc?

Su dulce voz llegó hasta él desde los árboles. Ella apareció con una cesta en una mano y la falda en la otra. Los pálidos mechones marrones de su pelo caían libres alrededor de su cara.

—Eres tú —susurró—. Creía que nunca volverías.

No había querido volver. Se había prometido a sí mismo, en su última visita hacía ya casi seis meses, que aquella sería la última. Era demasiado peligroso para los druidas. Pero no había sido capaz de mantenerse alejado.

—No puedo quedarme mucho tiempo, Anice. Hay gente malvada buscándote a ti y a los demás druidas. Debéis quedaros escondidos como os dije.

La sonrisa de Anice no titubeó mientras anduvo hacia él. Dejó la cesta y llevó sus manos a la cara de Broc.

—Cuánto te he echado de menos. Sufro por ti constantemente.

—Estaré bien —aseguró él, e intentó no apartarle las manos de un golpe. Era una chica dulce, pero no siempre escuchaba cuando era importante—. ¿Me has oído? Tú y los demás druidas tenéis que quedaros escondidos.

—Hemos usado la magia. Incluso mi hermana incorporó su magia antes de marcharse. Broc se quedó paralizado cuando la mencionó. Ella era la auténtica razón por la que él estaba allí, la razón por la que no podía mantenerse alejado de aquel lugar. Su corazón retumbaba en sus oídos como un tambor.

—¿Sonya se marchó?

Anice ladeó la cabeza y frunció el ceño mientras lo miraba.

—Dijo que era importante, que la necesitaban en otro lugar. Dijo que era para ayudar a los que luchaban contra Deirdre.

Broc se dio la vuelta y se pasó la mano por la cara. Su corazón retumbaba en sus oídos mientras su cabeza pensaba en todas las posibilidades.

Recordaba el momento en que había traído a las dos niñas con los druidas. Había seguido cuidándolas durante años. Ninguna de ellas sabía el papel que había tenido Broc en su escapada de Deirdre, y quería asegurarse de que nunca lo supieran. Tendría que responder a demasiadas preguntas sobre lo que les había sucedido a sus padres.

Sonya no sabía de su existencia. Y habría querido que Anice tampoco supiera nada, pero lo había sorprendido espiando a su hermana. Broc estaba desesperado por sentir el tacto de Sonya. Debería de haber apartado a Anice. Pero en lugar de eso, la había hecho su amante pese a que su mirada siempre estaba puesta sobre Sonya.

Volvió a mirar a Anice e intentó ignorar el dolor de sus ojos.

—¿Cuándo se marchó Sonya?

Anice se encogió de hombros.

—¿Qué importa eso? Estará bien, como siempre lo ha estado.

—¿Cuándo, Anice? —volvió a preguntar.

Ella se apartó de él. Por primera vez había una mirada de recelo en sus ojos marrones. Ella no tenía ni idea de la clase de monstruo que él era en realidad o de la cantidad de gente que había matado. Si lo hubiera sabido, nunca le habría entregado su cuerpo.

—Hace casi tres meses.

Broc luchó por respirar. ¿Tres meses? Sonya podría estar en cualquier lugar. Podría necesitarlo. ¿Es que acaso no sabía que para los druidas no era seguro vagar por Escocia?

—¿Adónde?

—Dijo que iba con los MacLeod.

Broc apretó los puños. No estaba seguro de haber oído bien a Anice. ¿Sonya había estado con los MacLeod todo el tiempo y él no lo había sabido? Necesitaba ver con sus propios ojos que había llegado al castillo y que los guerreros la habían dejado entrar. Si había un lugar donde creía que Sonya podía estar segura, era con los MacLeod. Por el momento.

—Anice, escúchame. La magia de Deirdre ha aumentado. Está encontrando a druidas que han estado escondidos durante años. La magia que tú y los demás habéis usado podría no ser suficiente. —Quería contárselo todo, lo de los guerreros, lo que perseguía Deirdre, pero no tenía tiempo.

Ella tragó saliva y asintió con una sacudida.

—No volverás, ¿verdad?

—No puedo arriesgarme a hacerlo. Es demasiado peligroso. Para los dos.

—Creía que teníamos un futuro juntos.

Broc bajó la mirada hacia el suelo. Se arrepentía de haber utilizado a Anice, pero no podía dejar que pensara que compartían algo.

—No hay ningún futuro conmigo.

Las lágrimas resbalaron incontroladas por su cara y cayeron sobre su pecho.

—Que Dios te acompañe, Broc.

Él esperó hasta que el bosque se la hubo tragado de nuevo antes de dejar caer la cabeza en sus manos. Nunca había sido su intención hacer daño a Anice. Un momento de debilidad había hecho que él la recibiera en sus brazos y pagaría por ello durante el resto de su vida.

En cuanto a Sonya, también era su responsabilidad. Broc se había asegurado de que Anice nunca hablara de él, así que no le preocupaba que Sonya les hubiera contado algo a los MacLeod.

Broc se dio la vuelta y se alejó corriendo del bosque antes de liberar a su dios y echar a volar. Haría lo que hiciera falta para mantener a las dos hermanas druidas alejadas de Deirdre. Lo que hiciera falta.

## 26

Fallon esperó a que la puerta se cerrara detrás de Larena para abrir los ojos. Creía que lo que habían compartido la noche anterior la mantendría a su lado por la mañana, pero se había equivocado.

Aunque lo deseaba de todo corazón, no la había detenido. Con un suspiro, se levantó y se vistió, pero en vez de dirigirse al gran salón, Fallon se fue a buscar a Sonya.

Él había visto la manera en que ella se había puesto tensa cuando dijeron el nombre de Broc. Había algo en la aparición de Broc y en el rescate de Malcolm que inquietaba a Fallon.

—Buenos días, hermano —lo saludó Lucan.

Fallon se detuvo en el pasillo.

—Buenos días. ¿Cómo está Malcolm?

—Bien. Larena está con él. He llevado a Cara a la cama. Está agotada.

—Bien —dijo Fallon—. Me alegra saber que se está recuperando. ¿Has visto a Sonya?

—Sí. Está en las almenas. ¿Ocurre algo?

Fallon dudó. Vio la pregunta en los ojos verde mar de su hermano.

—Todavía no lo sé. Reaccionó de una manera extraña cuando se dijo el nombre de Broc.

—Y quieres ver si hay alguna relación —acabó Lucan—. Sí, yo también lo haría. ¿Crees que lo conoce?

—Podría ser. Todo es posible. No sabemos nada de Broc, aparte de lo que nos ha contado Ramsey.

Lucan apoyó un hombro contra la pared y cruzó los brazos sobre su pecho con la mirada pensativa.

—Broc es un misterio. Me gustaría hablar con él.

—Ponte a la cola, hermano.

Lucan se rió antes de separar los brazos y apartarse de la pared.

—Luego me lo cuentas todo.

Fallon asintió con la cabeza mientras su hermano se marchaba. La oscuridad que Lucan había tenido en sus ojos durante tantos años había desaparecido. Volvía a ser el hombre que Fallon había conocido antes del asesinato de su clan. Ojalá todo pudiera volver a ser como era antes.

Cuando Fallon llegó a las almenas encontró a Sonya, como le había dicho Lucan. Estaba de pie de espaldas al mar. Tenía las manos fuertemente agarradas a las piedras. Parecía muy concentrada.

—¿Estás escuchando a los árboles?

Ella volvió la cabeza para mirarlo.

—Apenas los oigo. Estoy demasiado lejos. De vez en cuando oigo alguna palabra, pero no las suficientes para que tengan sentido.

—¿Siempre has vivido en el bosque?

—Desde que tengo memoria.

Fallon siguió mirándola mientras apoyaba un codo en las piedras.

—¿Qué hay de tu familia?

—Mis padres están muertos desde hace muchos años. Todo lo que me queda es una hermana mayor a quien le gusta pasar los días cogiendo flores silvestres.

—¿Naciste con los druidas?

Ella negó con la cabeza.

—No. Lo poco que me contaron los druidas cuando les pregunté fue que nos llevaron con ellos cuando yo apenas caminaba.

—Qué interesante. ¿Qué sabes de Broc?

Al final, ella se giró para mirarlo. Su mirada color ámbar era firme cuando encontró los ojos de él.

—¿Qué te hace pensar que sé algo?

—Ayer cuando salió su nombre te estremeciste.

Sonya suspiró y se miró las manos, pero antes él vio un estremecimiento de emoción.

—Mi hermana hablaba de un tal Broc, un hombre que la visitaba de vez en cuando. Muchas veces hablaba de su futuro juntos, pero cuando le preguntaba sobre él, ella no me contaba nada más. Al cabo de un tiempo, dejó de hablar de él.

—¿Crees que es el mismo Broc?

Ella se encogió de hombros y lo miró a la cara.

—Fallon, mi hermana tiene un gran corazón. Es una buena persona, pero el mal que hay en el mundo no le preocupa. Anice cree que puede quedarse en el bosque protegida por la magia y estar a salvo de Deirdre y de cualquier perversidad que pueda amenazarla.

—¿Y tú no?

—No —admitió ella en voz baja—. Yo no lo creo. Intenté convencer a los demás druidas para que se marcharan, pero el bosque ha sido su hogar demasiado tiempo. Allí se sienten seguros.

Fallon soltó un suspiro. Le preocupaba lo que acababa de descubrir.

—¿Puedes convencer a los druidas para que vengan aquí?

—Lo dudo. Les hablé de las advertencias que me habían hecho los árboles, pero ellos siguieron empeñados en quedarse en el bosque. Intenté hacer que Anice viniera conmigo, pero me dijo que no podía marcharse. Que yo sepa, Broc es alguien que ella inventó. Ella siempre salía al bosque sola. La veía hablando sola o conversando con personas que no estaban allí.

—Lo siento, Sonya.

Ella hizo una seña ante sus palabras.

—No hay nada que sentir. Yo les advertí.

—Pero seguro que no quieres que Deirdre capture a tu hermana.

La mirada de Sonya lo abrasó.

—Por supuesto que no. Pero no puedo obligar a los druidas a que se marchen. Les dije dónde estaba y les rogué que vinieran aquí si ocurría algo.

—Deja que envíe guerreros a buscarlos.

—Nunca los encontraréis.

Fallon se puso derecho y refrenó su creciente ira.

—Entonces puedes llevarte un par de guerreros y encontrarlos.

—Ojalá pudiera, Fallon, pero no puedo marcharme. Y no es solo porque Malcolm me necesite. Los árboles me dijeron que tenía que venir aquí y quedarme, que si abandonaba el castillo MacLeod, Deirdre me encontraría. Y antes de que pienses que soy una cobarde, tienes que saber que si acabo en las manos de Deirdre, ella descubrirá dónde se esconden los druidas que hasta ahora la han eludido.

—Nunca pensaría que eres una cobarde, Sonya. Olvidas que he estado en la montaña de Deirdre. He visto lo que puede hacer. Es normal que quieras mantenerte alejada de ella, pero tenemos que hacer que esos druidas vengan aquí antes de que ella los encuentre. Y al final lo hará.

Ella suspiró y asintió.

—Intentaré mandar un mensaje a través de los árboles, si puedo.

Fallon le tocó la mano que aún agarraba las piedras con fuerza.

—Hiciste todo lo que pudiste. Deja que yo y los demás te ayudemos por una vez.

—Gracias. —Sus labios temblaron mientras sonreía.

Fallon la dejó en las almenas y fue al salón. Echó un vistazo a Ramsey y a Hayden, que estaban sentados a la otra mesa revisando el pergamino falso. Fallon se deslizó en su silla al lado de su hermano y soltó un suspiro.

—¿Tan malo es? —preguntó Lucan con la boca llena de comida.

Fallon se alegró de que los demás guerreros no estuvieran en el salón. Todavía estaba asimilando todo lo que Sonya le había contado.

—El grupo de druidas con los que vivía Sonya corren peligro. —Cogió algo de comida y empezó a contarle a Lucan todo lo que había averiguado.

Cuando hubo acabado, Lucan dio un silbido largo y bajo.

—Espero que pueda mandar el mensaje. No puedo creer que los druidas pensaran que estaban seguros en el bosque. Nadie está a salvo de Deirdre, ni siquiera aquí, pero con nosotros por lo menos tienen una oportunidad.

Ellos conocen el bosque. Es comprensible que no quisieran abandonar un lugar mágico y protegido.

—¿Y Broc? —preguntó Lucan.

Fallon partió otro pedazo de pan y descansó los antebrazos en la mesa.

—Sonya no sabe si es real o no.

—¿Su hermana tiene algún tipo de problema mental?

—Sonya no me lo ha dicho, pero yo creo que podría ser.

Lucan vació su copa y la dejó sobre la mesa.

—Entonces supongo que tendremos que esperar a ver qué pasa con Broc.

—Supongo que sí. Esperaba poder averiguar algo sobre él, pero sé menos que ayer.

—Por cierto —añadió Lucan, y se acercó a Fallon—, esta mañana he encontrado tu ropa y la de Larena en la aldea. La doblé y la dejé en tu habitación.

Fallon maldijo hacia sus adentros. Se había olvidado de la ropa.

—Te lo agradezco.

—¿Habéis aclarado algo?

Fallon negó con la cabeza.

—No sé si alguna vez lo haremos, Lucan. Yo le daría todo lo que quisiera, pero cada mañana, cuando sale el sol ella abandona mi cama.

—Dale tiempo. Veo la forma en que te mira, ahí hay algo, Fallon.

---

Larena le acarició la ceja a Malcolm y deseó en silencio que su primo despertara. Sufría por su brazo y por cómo afectaría a su futuro, pero en su interior sabía que en realidad estaba huyendo de los recuerdos de su noche con Fallon. Aquella mañana se había mirado el cuello en el espejo durante un buen rato, todavía sorprendida al ver la marca de Fallon sobre su cuerpo.

Se llevó la mano al cuello, al mordisco que ahora llevaba tapado con la túnica. Se preguntaba si Fallon se habría enfadado al ver que se había vuelto a marchar aquella mañana. ¿Cómo podía explicarle que quedarse para ver cómo se despertaba era un paso que no podía dar? Todavía no.

Ella sabía que su tiempo con Fallon se estaba agotando. Si no se entregaba a él, lo perdería para siempre. Este se lo había ofrecido todo, y ¿qué había hecho ella? Había mantenido una parte de ella lejos de él, pero además, no había confiado en él y no le había contado la verdad sobre el Pergamino.

Larena apoyó la cabeza en sus manos cuando volvió a sentir la amenaza de las lágrimas. Cómo odiaba llorar. Desde que había conocido a Fallon las lágrimas habían sido prácticamente imparables.

Merecía saber la verdad. Toda. Si la odiaba por ello, que así fuera. Como hombre de las Highlands y jefe de un clan, él debería entender el peso de una promesa.

Una vez tomada la decisión de contárselo, levantó la cabeza y se secó los ojos. Tenía que encontrar a Fallon antes de que cambiara de opinión. Podía ayudar a Ramsey y a Hayden con el pergamino para que pudieran engañar perfectamente a Deirdre.

Pero cuando se daba la vuelta para marcharse, oyó que alguien susurraba su nombre.

Larena se volvió y encontró a Malcolm mirándola con su único ojo bueno. Ella sonrió y le cogió la mano.

—Hola.

—Hola —murmuró él, y se pasó la lengua por los agrietados labios.

Ella cogió la copa de agua y le levantó la cabeza para ayudarlo a beber. Cuando hubo acabado le limpió el agua de la barbilla y le apartó un mechón de pelo rubio de los ojos.

—¿Cómo te encuentras?

Él gruñó.

—Pues... fatal.

—Lo sé, pero te pondrás bien. Estás en el hogar de Fallon.

Malcolm frunció el ceño, y ella vio como se formaban las preguntas en su cabeza.

—Todavía no, primo —dijo ella—. Tienes que descansar. Tendrás mucho tiempo para hacer preguntas.

—Está bien.

—¿Sientes dolor?

Él asintió mientras cerraba los ojos.

Larena le apretó la mano.

—Te traeré algo. Descansa.

Cuando se dio la vuelta, Sonya estaba en la entrada. La druida tenía una expresión de preocupación en sus ojos ámbar, pero, rápidamente, dominó sus rasgos y sonrió.

—¿Se ha despertado? —preguntó Sonya.

—Sí, y siente dolor.

Sonya fue hasta la cama.

—Le mezclaré unas hierbas en el agua. Le calmarán el dolor y le permitirán descansar.

—Gracias.

La druida la miró.

—No tienes que darme las gracias. Esto es lo que yo hago, el don que me fue concedido. Seguiré utilizando mi magia para acelerar su curación.

Larena miró a Malcolm una vez más.

—Gracias de todas formas. Si alguna vez necesitas lo que sea, Sonya, yo te ayudaré.

—Es bueno que hayas venido aquí. Este es tu sitio —dijo Sonya.

Larena dejó que Sonya tratara a su primo y abandonó la cabaña, extrañamente contenta por las palabras de la druida. Miró hacia el castillo, con el fondo azul del cielo. Imaginó que en su antiguo esplendor debió de ser magnífico, con las torres llegando hasta las nubes y el aire lleno del grito de guerra de los MacLeod.

La única evidencia que quedaba de la masacre era la piedra gris estropeada por el fuego y la torre que aún estaba por reconstruir. El castillo ya no albergaba al clan MacLeod, pero si Fallon se salía con la suya, aquella tierra volvería a estar llena de gente.

Los druidas y los guerreros que se atrevían a desafiar a un ser tan maligno como Deirdre se reunirían en aquella tierra y se enfrentarían a ella en la mayor batalla de sus vidas.

—¡Larena!

Se volvió y encontró a Galen, a Logan y a Camdyn sosteniendo en pie un gran poste.

—Te necesitamos —gritó Galen.

Larena miró hacia el castillo. Su confesión a Fallon tendría que esperar.


Broc se armó de valor, como siempre hacía, antes de dejarse engullir por esa montaña. Únicamente se había adentrado en ella diez pasos y ya podía oír los chillidos que se alzaban desde las mazmorras en las entrañas de la tierra. Aquellos gritos lo perseguirían en sus sueños durante toda la eternidad.

Aunque quería llegar pronto a su propia habitación, Broc sabía que primero tenía que ver a Deirdre. Habría un castigo para él, estaba seguro. A Deirdre no le gustaba que la hicieran esperar.

Tomó las estrechas escaleras que serpenteaban por la montaña. Cuando llegó arriba del todo, giró a la izquierda y recorrió el pasillo.

Había veces que juraría que las piedras estaban vivas, que podían leerle los pensamientos y sentir su odio. Formaba parte del ejército de Deirdre desde hacía tanto tiempo que ya tendría que estar acostumbrado, pero sabía que nunca podría acostumbrarse a aquello. La montaña era un lugar infame, un lugar donde la maldad crecía con fuerza y aumentaba con cada día que pasaba.

Les hizo un gesto de asentimiento a los dos guerreros que guardaban la puerta de Deirdre. Ellos llamaron y anunciaron su presencia. Broc oyó como ella gritaba algo a través de la gruesa roca de su puerta.

Mientras las puertas dobles se abrían, Broc apartó de su mente todo lo que no fueran los MacLeod. Era un truco que había aprendido hacía tiempo, y que le había salvado la vida en innumerables ocasiones.

Lo primero que hizo fue mirar el lugar donde Deirdre todavía mantenía prisionero a James. El guerrero levantó hacia Broc unos ojos llenos de odio e ira.

—¿Dónde has estado? —preguntó Deirdre mientras entraba en la habitación.

Broc miró hacia la puerta por la que acababa de entrar ella. Alcanzó a ver su cama y los pies de un hombre. Sabía sin ninguna duda que se trataba de Quinn. ¿Estaba él allí porque quería estar o Deirdre lo tenía encadenado a su cama? Broc suspiró para sus adentros. Ahora no podría volver a hablar con Quinn.

Las blancas cejas de Deirdre se levantaron.

—¿Y bien?

—Después del ataque me quedé atrás para ver qué hacían Fallon y los demás —mintió.

Las puntas del cabello blanco de Deirdre se movieron y se levantaron del suelo. Él ya había sentido el escozor de su cabello antes y había visto cómo ella estrangulaba a bastante gente como para saber que cuando decidía utilizarlo no era una buena señal.

—¿Le dijiste a Fallon todo lo que te dije?

Broc inclinó la cabeza hacia delante.

—Por supuesto, mi señora. Cada palabra. —Y alguna más, pero eso ella no necesitaba saberlo.

—¿Y Larena? ¿La has visto?

—Sí. Está viva.

Deirdre dejó que su mirada lo recorriera lentamente.

—Me has sido leal durante mucho tiempo, Broc. Nunca he cuestionado tu lealtad, pero no vuelvas a llegar tarde o serás castigado.

Con la bilis que le subía por la garganta, siguió con su engaño.

—Mis disculpas, mi señora. He pensado que querríais saber que están reconstruyendo la aldea.

Los ojos sin color de Deirdre se estrecharon.

—¿Ah sí? Interesante, Broc. Muy interesante. —Empezó a volver hacia la habitación, despidiéndolo, pero entonces se detuvo—. Dunmore ha traído un grupo de druidas. Ayuda a los demás con el interrogatorio.

El corazón de Broc retumbaba en su pecho y el sudor empapó su frente. ¿Más druidas? ¿Cómo los ha encontrado? ¿Y cuánto tardará en descubrir a Anice y a sus druidas?

—Como deseéis.

Ella se detuvo y, sin decir una palabra, las piedras que retenían a James lo soltaron. El guerrero verde pálido cayó al suelo y se frotó los brazos y las piernas por donde lo habían sujetado las cadenas de piedra. Le hizo una reverencia a Deirdre y luego salió de sus aposentos.

Cuando Deirdre desapareció en su habitación, Broc se dio la vuelta y salió de la estancia con un rostro inexpresivo. Lo último que quería ver era cómo torturaban y mataban a los druidas, pero no tenía elección.

Broc salió por la esquina de la puerta y se encontró con Isla. La druida era pequeña, apenas le llegaba al pecho, tenía el cabello negro como el azabache y unos ojos color azul hielo que parecían ver el interior de un hombre.

Él no entendía por qué Deirdre no había matado a Isla, igual que a los demás druidas. Isla no hablaba casi nunca y en su cara nunca se adivinaba ninguna emoción. Sus ojos estaban tan muertos como el corazón de Broc.

—Isla —murmuró Broc cuando empezó a pasar a su lado.

—¿Los has visto? —fue su única respuesta.

Él se detuvo mientras sus suaves palabras llenaban el pasillo.

—¿A quién?

—A los MacLeod.

—Sí. Deirdre tenía un mensaje para ellos.

—Vendrán a por su hermano guerrero y la batalla será sangrienta. Muchos morirán.

Sus palabras susurradas resonaron en su cabeza mucho después de que ella se marchara.

# 27

Hasta la tarde Larena no pudo escabullirse para hablar con Fallon. Había estado todo el día pensando en lo que le diría y en cómo lo haría.

No quería ver la ira y el dolor en sus ojos, pero ya no podía esconder la verdad durante más tiempo. Lo que tenía con Fallon era especial, tan especial que estaba dispuesta a romper su promesa.

Había tardado demasiado en darse cuenta de lo mucho que lo necesitaba, o quizás lo había sabido siempre, pero había estado demasiado asustada para admitirlo. A pesar de todo, ella arreglaría el daño que le había hecho y rezaría por que aún le importara lo suficiente como para escucharla. Le confiaría su mayor secreto. Sería la cosa más difícil que habría hecho nunca, pero sentía que era lo que tenía que hacer.

No le sorprendió encontrar a Fallon en la playa. Estaba de pie sobre un afloramiento de rocas mirando hacia el mar. Las olas rompían a su alrededor, salpicándolo ligeramente, pero él no se movía.

Parecía una estatua, allí apoyado en las rocas, un guapo y peligroso hombre de las Highlands a quien ella amaba con todo su corazón.

Aquel amor era como si alguien la hubiera elevado hasta las nubes y estuviera volando. De repente, se le presentaban algunas posibilidades con las que jamás había siquiera soñado. Y todo gracias a Fallon y al amor que le había dado.

Se quedó observándolo un buen rato, cautivada por su estampa. Ni en sus mejores sueños había imaginado que podría encontrar a un hombre tan honesto, sensato y bueno como Fallon. Era un hombre que se merecía a una gran mujer. Larena no era esa mujer, pero tampoco podía dejarlo marchar.

Si él la quería, sería suya.

De repente, él volvió la cabeza y la miró por encima del hombro. Sus ojos verdes ardían en los de ella.

Larena salió del camino y anduvo hacia él. Se desplazó fácilmente por las rocas con sus pantalones y sus botas, y cuando levantó la mirada, Fallon estaba a su lado, con sus largos y oscuros cabellos ondeando en la brisa.

Le tendió la mano y ella no dudó en cogerla. Sus cálidos y fuertes dedos se cerraron alrededor de la muñeca de Larena y la condujeron hacia el acantilado, lejos del mar.

—Me sorprende verte aquí —reconoció él.

Larena soltó un suspiro tembloroso. Nunca había estado tan asustada como lo estaba en aquel momento.

—Necesito hablar contigo. —Se calló, ahora que lo tenía delante no estaba tan segura—. ¿Qué haces aquí?

—Vengo aquí a pensar —confesó él mientras su mirada volvía a dirigirse hacia el mar—. Mi padre solía traernos a mis hermanos y a mí aquí a pescar. Hablábamos de tonterías y de cosas importantes. El mar siempre me ha dado mucha paz.

Ella admiró su perfil y tragó saliva.

—Ya lo veo. Este es tu sitio, Fallon.

Él volvió la mirada hacia ella.

—¿Y el tuyo, Larena? ¿Dónde está tu sitio?

—En ninguna parte. Y en todas partes. No tengo un hogar.

—Podrías tener uno. Aquí. Conmigo.

El corazón se le agitó con aquellas palabras. Incapaz de mirarlo a los ojos, bajó la mirada al suelo y le soltó la mano.

—Tengo que decirte algo. No te va a gustar.

—Dímelo igualmente.

Ella cerró los ojos con fuerza y se quitó el anillo del dedo.

—Este anillo me lo dieron el día en que la diosa fue desatada en mí. Ha estado en mi familia desde que aparecieron los primeros guerreros.

Él no dijo nada y Larena levantó la mirada. El rostro de Fallon estaba impasible y tenía la mirada fija en su cara.

—Aquella noche prometí que bajo ningún concepto hablaría del anillo, ni de por qué lo llevaba. Durante cientos de años nunca me lo he quitado. Hasta ahora.

Ella le tendió el anillo y esperó a que él lo cogiera. Fallon lo cogió entre los dedos y se lo acercó a la cara para inspeccionarlo.

—¿Ves el punto negro que hay dentro de la piedra?

Fallon asintió.

—Sí.

Las manos de Larena temblaban mientras las levantaba por encima del anillo. Susurró las palabras que le había enseñado Robena, unas palabras que creyó que jamás utilizaría. Hubo un destello de luz y entonces el Pergamino estaba en sus manos.

Ella se limpió una lágrima que le había caído hasta la mejilla y le tendió el Pergamino a Fallon.

—Debería habértelo dicho. Confiaste en mí.

Él no cogió el Pergamino como ella esperaba. En lugar de eso, le tendió el anillo.

—Guarda el Pergamino, Larena.

—¿No quieres verlo? —Era lo que él había estado buscando para liberar a su hermano. No entendía por qué no quería mirarlo—. Lo necesitarás para liberar a Quinn.

—He sabido lo que era el anillo, y lo que había en su interior, desde el día en que te traje aquí.

Larena se tambaleó hacia atrás, aquellas palabras fueron como un puñetazo en el estómago. Sus manos apretaron el anillo y el Pergamino.

—¿Qué?

—Sonya reconoció el anillo. Me lo dijo ella.

Larena devolvió el Pergamino a la piedra antes de meter el dedo dentro de la dorada joya. No sabía qué decir, su mente aún se estaba recuperando. Él lo sabía. *¡Lo sabía!*

—Ya veo. Nunca me preguntaste.

—La decisión de contármelo era tuya. No podía forzarte a que lo hicieras, igual que no puedo hacer que te quedes en mi cama a la salida del sol.

—Eso no es justo, Fallon. —Había ido a entregarle el corazón y se había enterado de que sabía lo que le escondía. Él igualmente le había abierto los brazos, igual la había marcado como suya. Debería de haberla odiado.

Él resopló y se pasó la mano por el pelo.

—La vida no es justa. Yo he vivido solo trescientos años y la mayoría de esos años están borrosos por culpa del vino. No había vivido de verdad hasta que no llegaste tú. ¿Puedes entender cuánto te quiero?

—Lo entiendo. Por eso he venido a contarte lo del anillo. Yo también quiero estar contigo, Fallon.

—No, no quieres.

Dijo las palabras tan bajo que, durante un momento, ella no estuvo segura de haberlas oído bien.

—Sí que quiero.

Él negó con la cabeza. Sus ojos estaban tan llenos de tristeza que hicieron que a ella le doliera el pecho.

—Me quieres cuando me necesitas, pero el resto del tiempo no valgo la pena. No te culpo. No valgo la pena. Todavía no. Has estado tanto tiempo sola que mantienes a todo el mundo a distancia y yo... bueno, yo soy un borracho que todavía está luchando contra la llamada del vino. Y tengo muchas cosas que arreglar en mi vida.

Sus palabras escocieron más de lo que ella podría admitir.

—Crees que me conoces, pero no es así.

—Te conozco mejor de lo que crees. Dices que me quieres, pero ¿cuánto, Larena? ¿Cuánto deseas estar conmigo? ¿Serás mi esposa para que podamos pasar el resto de nuestras vidas juntos? ¿O te basta con que comparta mi cama contigo todas las noches?

Toda la vida con Fallon. La idea hizo que un estremecimiento le recorriera las venas, pero una vez desapareció el placer, no pudo evitar sentir miedo por que algún día pudiera quedarse otra vez sola.

—¿Por qué lo que tenemos ahora no puede ser suficiente?

Él dio un paso hacia ella, su cara estaba llena de dolor.

—Porque yo quiero más. Necesito más.

Sus sueños de pasar tiempo con Fallon se derrumbaron a su alrededor.

—Lo siento. No puedo darte lo que necesitas. —Ella empezó a volver hacia el castillo deseando poder estar un rato a solas para llorar por el amor que había encontrado... y perdido.

—Sí que puedes —gritó él detrás de ella—. ¡Solo estás asustada!

Ella se dio la vuelta hacia él.

—Tú no sabes nada.

—Oh, sí que lo sé, Larena Monroe. —Él corrió hacia ella. Tenía los labios cerrados formando una línea recta y apretaba la mandíbula. La ira sustituyó al dolor e hizo que su cara adoptara una expresión dura—. Tienes miedo de estar sola, temes que pueda haber alguien en quien puedas confiar. Tienes pánico a poner tu corazón y tu alma en mis manos por miedo a que te abandone.

Las piernas de Larena amenazaron con derrumbarse. Cada palabra fue como una bofetada y lo peor era que eran ciertas. Se dio la vuelta y echó a correr, ignorando a Fallon, que gritaba su nombre. Larena no se detuvo hasta que vio que estaba en una torre. Se acurrucó en el suelo de la pequeña habitación y dejó que le brotaran las lágrimas.

Ya no quería contener la miseria y la soledad que había ignorado durante todo aquel tiempo. Fallon había liberado su desesperación de un zarpazo y esa desesperación la miraba fijamente, exigiéndole que la admitiera.

Pero no podía.


Fallon se maldijo por ser tan idiota. No tendría que haberle dicho esas cosas a Larena. Sabía que tenía que tratarla con cuidado, pero su temperamento lo había traicionado cuando ella le había dicho que no podía darle lo que él necesitaba.

Observó cómo se alejaba corriendo, y el corazón se le rompió en mil pedazos. Sabía que la había perdido para siempre. El dolor que sentía era peor que el que sintió cuando perdió a su familia y a su clan.

Fallon cayó de rodillas por el peso de aquel dolor. Echó la cabeza hacia atrás y abrió los brazos mientras dejaba brotar toda su angustia con un grito.

Pero ni siquiera eso lo ayudó.

Dejó caer la cabeza contra su pecho y se tapó la cara con las manos. Todo lo que intentaba arreglar acababa empeorándolo siempre. Mira lo que le pasó a Quinn. Y ahora Larena. No podría liderarse a sí mismo, y mucho menos a un ejército de guerreros, si no era capaz de ganarse a Larena. La ira lo invadió con velocidad. Su piel centelleó con el cambio, pero no intentó detenerlo. Ahora no había manera de pararlo.

Y puede que nunca más.

—¿Fallon?

Se puso de rodillas de un salto cuando oyó que Lucan decía su nombre, pero no miró a su hermano.

—Déjame.

—Ni hablar. —Lucan siguió acercándose a él—. ¿Qué ha pasado? He visto cómo Larena corría hacia el castillo.

Fallon echó la cabeza hacia atrás y se rió. Aquella risa sonó totalmente vacía incluso a sus propios oídos.

—La he perdido, si es que alguna vez la he llegado a tener.

—Cuéntamelo —le pidió Lucan mientras se colocaba delante de él.

Fallon negó con la cabeza.

—Ahora necesito estar solo.

—Te necesitamos.

—No —bramó Fallon. Le dio la espalda a su hermano—. No me necesitáis. Tú puedes liderar a esos hombres, Lucan.

—No, Fallon. Por favor, no te marches. Ya he perdido a Quinn. No puedo perderte a ti también.

Fallon miró hacia los acantilados que tenía delante. Ya le había fallado muchas veces a Lucan. No lo volvería a hacer, aunque cada fibra de su cuerpo deseaba desaparecer y no volver jamás.

—Volveré, Lucan.

Empezó a subir los acantilados, no quería oír la respuesta de su hermano. Su corazón latía con fuerza mientras saltaba de acantilado en acantilado y luego corría por las onduladas colinas. No descansó ni se detuvo hasta que los pies no pudieron llevarlo más lejos.

Fallon cayó al suelo y rodó quedándose boca arriba. La rápida respiración le quemaba los pulmones. Utilizó el brazo para protegerse los ojos del sol, que se estaba poniendo, y observó el azul intenso del cielo.

Ojalá supiera qué había hecho mal con Larena. Quería volver a tenerla entre sus brazos, quería sostener su cuerpo sudoroso y oler su delicioso aroma a lirios.

Pero la había perdido.

Se apretó la base de las manos contra los ojos, intentando borrar de su cabeza la imagen del precioso rostro de Larena. Pero Fallon sabía que ni siquiera la muerte podría eliminarla.

Ella era una parte de él, igual que lo era su dios. Ahora y siempre.

## 28

Cuando Larena despertó, el cielo estaba gris. Se frotó los ojos, irritados e hinchados por las lágrimas, pero no le importaba. Ya nada importaba.

Se puso en pie y se acercó a la ventana. No había llorado tanto desde que asesinaron a su padre y se había quedado realmente sola por primera vez en la vida.

Las horas habían pasado mientras ella había estado hundida en su miseria. Tenía que haber relevado a Cara para cuidar a Malcolm, pero había olvidado su promesa con los lamentos de su corazón.

Solo con pensar en Fallon, una nueva ola de dolor inundaba su pecho. No sabía cómo podría continuar con aquella angustia un día tras otro. No sabía sí podría hacerlo. La pena que había sentido con el asesinato de su padre no era nada comparado con el dolor que tenía ahora en su interior. Ese dolor nunca lo podría calmar y nunca la abandonaría. El tiempo podría atenuarlo, pero todo lo que tendría que hacer sería mirar a Fallon para ver lo que habría podido ser.

*No puedo quedarme aquí. Pero no puedo marcharme. ¿Qué voy a hacer?*

Larena parpadeó, volvía a tener la vista borrosa a causa de las lágrimas. Tendría que enfrentarse a cada cosa en su momento. Ahora se concentraría en Malcolm. Él la necesitaba. Salió corriendo de la torre. Estuvo tentada de usar sus poderes para que nadie la viera, pero ya había sido una cobarde durante demasiado tiempo. Se había dado cuenta gracias a Fallon.

Cuando bajó las escaleras hasta el gran salón, vio a Ramsey y a Hayden todavía inclinados sobre el trozo de pergamino falso. Sin pensárselo dos veces, Larena extrajo el Pergamino del anillo y se acercó a los hombres.

—Toma. —Le tendió el Pergamino a Ramsey—. Esto os ayudará.

Los ojos grises de Ramsey se entrecerraron mientras pasaba la mirada de la mano de Larena a su cara.

—¿Qué es eso?

—El Pergamino. Yo soy su guardiana. Confío en que lo protegerás con tu vida.

Hayden juró entre dientes y Larena volvió a sentir la amenaza de las lágrimas.

—Lo siento, debí habéroslo contado, pero prometí que nunca hablaría de ello a nadie.

Ramsey cogió el Pergamino y lo sostuvo entre las manos con reverencia.

—No tienes que disculparte, Larena. Puedes confiar en nosotros.

—Aseguraos de que nuestro pergamino falso sea lo bastante auténtico como para engañar a Deirdre. Necesitamos que vuelva Quinn. Fallon lo necesita.

—No lo perderemos de vista —prometió Hayden—. Tienes nuestra palabra.

Ella parpadeó para detener las constantes lágrimas y se apresuró a salir del castillo. Todos sus instintos le decían que no debía confiar en Ramsey ni en Hayden, pero tenía que aprender a hacerlo.

Cuando llegó a la cabaña en la que estaba Malcolm, ya se había secado las lágrimas y había controlado sus emociones.

Larena abrió la puerta y encontró a Cara sentada al lado de la cama de Malcolm con la labor en el regazo. La druida levantó la mirada y sonrió. Su sonrisa desapareció cuando contempló el sombrío semblante que mostraba Larena.

—¿Va todo bien? —le preguntó Cara mientras se ponía en pie.

Larena forzó una sonrisa que no sentía. Cara siempre había sido muy amable y ella no pretendía cargarla con problemas que no eran suyos.

—Todo está como tiene que estar. Ahora me quedaré yo con mi primo.

Cara la miró durante un momento tenso antes de recoger la labor. Cuando abrió la puerta se detuvo.

—Si alguna vez necesitas hablar con alguien, Larena, estaré aquí.

Las odiosas lágrimas hacían que le picaran los ojos. Larena no quería hablar, pero de repente las palabras salieron de su boca.

—Hace mucho tiempo que no tengo una amiga. Gracias, Cara.

—Soy yo quien debe darte las gracias. Has ayudado a Fallon de una manera que Lucan y yo no podíamos ni soñar. No sé qué pasó entre tú y Fallon en Edimburgo, pero cuando volvió era un hombre diferente. Lucan dice que es el hombre que era antes de que se desatara su dios.

Larena se hundió en la silla, con el aliento atrapado en la garganta. ¿Había ayudado a Fallon? No lo creía. Fallon habría vuelto a ser ese hombre sin ella.

—Ojalá pudiera aceptar ese mérito, pero Fallon siempre ha sido ese hombre. Solo necesitaba ver que podía hacerlo. Es un líder natural.

—Te importa mucho, ¿verdad?

—Me temo que es mucho más que eso.

Cara cerró la puerta y fue corriendo hasta ella. Se arrodilló y le cogió las manos a Larena.

—¿Lo quieres?

—Sí, y creo que lo he perdido.

Cara sonrió con dulzura, sus ojos marrón oscuro se habían llenado de auténtico calor.

—Los hermanos MacLeod son poco comunes, de acuerdo, pero son hombres buenos. A Fallon le importas, eso es obvio. No viste su mirada cuando llegó aquí contigo en brazos. Creía que habías muerto. Estaba enloquecido, Larena. Nunca había visto tal desolación.

—¿De verdad?

—Se quedó contigo durante todo el tiempo mientras Sonya te curaba. Su mano no soltó la tuya.

Larena miró al techo, deseando que Cara estuviera diciendo la verdad.

—No estaba allí cuando desperté. Creí...

—Voy a decirte algo, una cosa que Fallon no quiere que sepas. Si Lucan se entera de que te lo he dicho se enfadará mucho conmigo.

—¿Qué es? —Larena tenía que saberlo ya—. No se lo diré.

Cara se puso en pie y soltó un suspiro.

—¿Recuerdas que te dijimos que necesitabas sangre?

—Sí.

—Fallon fue quien te la dio. No permitió que Lucan ni ninguno de los otros guerreros te dieran su sangre. Quería que en tus venas solo corriera la suya.

La compostura de Larena se desmoronó. La imagen de Cara nadaba con las lágrimas que llenaban sus ojos y la agonía por lo que había perdido.

—He sido una idiota. ¿Por qué no me lo dijo?

Cara alargó una mano y pasó un dedo por la blanca piedra de la mano de Larena.

—Por esto. Le hirió mucho que no se lo contaras.

—Se lo he contado hoy. No tenía ni idea de que él ya lo sabía, pero había hecho una promesa, Cara.

—Él lo entendió.

Larena expiró.

—No puedo perderlo ahora que lo acabo de encontrar.

—Conozco a los MacLeod y sé que siempre recapacitan. Dale un poco de tiempo.

Larena se puso en pie y envolvió a Cara en sus brazos.

—Gracias. Muchas gracias. No sabía lo sola que estaba hasta que Fallon me trajo a este castillo y me dio una familia.

—Aquí nunca estarás sola, Larena. —Cara dio un paso atrás y le limpió a Larena las lágrimas de las mejillas—. Pase lo que pase, yo siempre seré tu amiga y hermana.

Larena sonrió mientras Cara se marchaba, pero aún se sentía como si le hubieran arrancado el corazón del pecho. Alargó el brazo y le cogió la mano a Malcolm, necesitaba su fuerza. Deseaba poder curarlo como había hecho Sonya, pero lo único que podía hacer era quedarse allí sentada y rezar.

Observó el brazo que tenía roto y se le había desencajado. Malcolm le había hecho creer que era tan fuerte como ella, pero debió haberlo visto. Nunca debió haber permitido que se relacionara con ella.

—No lo hagas.

La mirada de Larena se dirigió a la cara de Malcolm y encontró sus ojos azules mirándola.

—Ya puedes abrir los dos ojos —concedió ella con una sonrisa.

—No lo hagas.

—Que no haga ¿qué?

—No pienses que esto me ha pasado por tu culpa.

Ella suspiró y dejó de fingir. Malcolm siempre llegaba al corazón de todo. Era lo que le hacía ser el hombre que era.

—Has estado a punto de morir porque te vieron ayudándome.

—Porque quería hacerlo.

Ella le apartó el pelo de la frente, agradecida por que no tuviera fiebre.

—Estoy ansiosa por contártelo todo. Aquí hay druidas, Malcolm. Una de ellas te ha curado. Es increíble y maravillosa.

La sombra de una sonrisa levantó los extremos de sus labios.

—Sí que lo es.

—Y guerreros. Además de Fallon y su hermano Lucan, hay otros cinco guerreros más, incluido Camdyn.

—Así que lo consiguió.

Ella asintió.

—Sí. Todos han venido a verte. ¿Todavía te duele?

—Solamente un poco. Pero es soportable. Dime, ¿estás enamorada de Fallon?

—Así que estabas despierto.

—Sí.

Ella se apoyó contra el respaldo de la silla y dejó las manos sobre su regazo.

—No quiero estarlo, pero parece que Fallon ha capturado mi corazón.

—Es perfecto para ti, Larena.

Ella sonrió a pesar del dolor que aún sentía en el pecho.

—¿Ah sí?

—No podrías tener a un hombre mejor a tu lado.

Larena estaba completamente de acuerdo. Estaba a punto de preguntarle sobre el ataque que había sufrido cuando él cerró los ojos. Con una sonrisa irónica, dejó que volviera a dormirse. Ya tendrían tiempo de sobra para hablar; por el momento, él necesitaba ponerse bien.

No tendría que estar tan sorprendida por lo rápido que se había recuperado. Lo que Sonya y Cara habían hecho era, desde luego, mágico. No había otra explicación.

En cuanto al brazo de Malcolm, Larena solo podía esperar lo mejor.

Se acomodó en la silla y echó la cabeza hacia atrás. Sus ojos se cerraron mientras dejaba que su mente vagara hasta Fallon y el afecto que le había dado libremente. Pensó en el futuro, pensó de verdad en él, e imaginó a Fallon a su lado.

Con él habría felicidad y un amor con el que no podía ni soñar. Pero primero, antes de tener ese futuro, tendrían que encargarse de Deirdre.

Sin embargo, Lucan y Cara lo estaban haciendo. No había ninguna razón por la que ella y Fallon no pudieran.

Fallon se despertó sobresaltado. Algo se había movido cerca de él, algo que no formaba parte de la naturaleza. Se quedó completamente quieto en la oscuridad y escuchó. No tenía ni idea de dónde estaba, y estaba tan furioso que no se había fijado en el entorno que lo rodeaba mientras se había dedicado a deambular.

Su padre estaría avergonzado de él. Pero había tenido que hacer algo para controlar su furia, si no lo hubiera hecho, lo habría llevado por un camino del que quizás nunca hubiera podido regresar. Incluso ahora, cuando pensaba en Larena y en cómo la había perdido, la ira corría por su pecho y amenazaba con volver a salir.

Abrió un ojo y a su derecha vio las ramas de un árbol balanceándose. Intentó recordar la dirección hacia la que había corrido. Había corrido hacia el norte, lejos del castillo. Pero ¿cómo de lejos?

Se tensó cuando oyó que una ramita se rompía en el silencio. Los sonidos habituales de la noche no estaban allí, solo una quietud misteriosa y poco natural.

Y entonces lo supo.

Wyrran.

Fallon abrió más los ojos para poder ver mejor. Su magnífico oído pudo captar un sonido muy leve que le advirtió que los wyrran estaban cerca. Demasiado cerca.

Fallon rodó sobre su costado y se puso de pie de un salto en un movimiento muy suave. Saltó detrás del árbol más cercano justo cuando vio al primer wyrran corriendo por el bosque. Empezó a oír los chasquidos y los pequeños chillidos típicos de las criaturas. Había docenas de ellos, además de guerreros. Fallon tenía que avisar a los demás, pues sabía que iban a atacar el castillo.

La piel le hormigueó cuando desató a su dios. Se pasó la lengua por los colmillos y hundió las garras en la corteza del árbol. De ninguna manera permitiría que los wyrran capturaran a Larena o hicieran daño a nadie del castillo.

Un guerrero andaba mientras los demás corrían al lado de los wyrran. Fallon mantuvo la mirada en el guerrero alado cuando se paró a su lado. Fallon se puso en guardia, esperando a que lo atacara.

Broc volvió la cabeza y sus ojos se encontraron con los suyos. Fallon esperaba que el guerrero alertara a los demás. Pero Broc no hizo nada. Al cabo de un momento, saltó hacia arriba y batió sus alas.

*¡Mierda!*

Fallon ya no sabía qué pensar. No entendía por qué Broc no había alertado de su presencia a los demás guerreros. Deirdre tendría a otro hermano MacLeod y Lucan se habría quedado solo. Pero Fallon no tenía tiempo para pensar sobre aquello.

Centró todos sus pensamientos en el gran salón, reuniendo todo su poder. Cuando volvió a respirar ya estaba en el castillo, de pie al lado de una de las mesas.

—¡Caramba, Fallon! —exclamó Hayden mientras daba un salto sobre su silla—. ¿Qué ocurre?

—Se aproximan muchos wyrran. Reúne a los demás y preparaos. ¿Dónde está Lucan?

—Aquí —intervino su hermano mientras saltaba desde el piso de arriba hasta el gran salón—. ¿Cuántos?

—Demasiados. Coge a las mujeres e id a las mazmorras. Protege a las druidas, hermano.

Lucan asintió ligeramente.

—¿Y tú?

—Yo intentaré ganar un poco de tiempo para que os podáis esconder.

Hayden se colocó a su lado.

—Iré contigo.

Cara bajó las escaleras corriendo, con el rostro blanco del miedo.

—Sonya y Larena están en la aldea cuidando a Malcolm.

Fallon soltó una maldición, dudando entre ir a por Larena o ralentizar el ataque.

—Ve —dijo Ramsey mientras entraba corriendo por la puerta del castillo con la piel volviéndose de color bronce mientras se iba transformando—. Yo me encargaré de que Sonya y Malcolm estén a salvo.

Con una última mirada a su hermano, Fallon puso su mano sobre Hayden y los transportó a los dos a un trozo de tierra lejos del castillo y de la aldea, pero lo bastante cerca para poder volver si era necesario.

Fallon saltó a una roca que sobresalía de la tierra como el puño de un dios antiguo. Ardía de ira por el ataque de Deirdre y por no haber llevado a Malcolm al castillo antes. Malcolm y Sonya no podían luchar contra la avalancha del mal que iba hacia ellos.

Y Larena.

Cerró los ojos y deseó estar a su lado. Ella era una guerrera, pero estaba acostumbrado a proteger a las mujeres. Ella era su mujer. Él era un hombre de las Highlands, y los hombres de las Highlands siempre protegían a sus mujeres.

—Larena —susurró Fallon.

—Estará bien —dijo Hayden.

Fallon miró al guerrero de piel roja que se había colocado en un afloramiento de rocas a su izquierda. De las puntas de los cuernos de Hayden y de sus dedos salía humo.

Fallon no fingió no haber entendido a Hayden.

—Rezo por que tengas razón.

—Ramsey y los demás llevarán a Malcolm y a Sonya al castillo. Nosotros pasaremos un buen rato. —Los colmillos de Hayden brillaron a la luz de la luna cuando sonrió a Fallon.

Fallon asintió. Anhelaba clavarle los colmillos a un wyrran, arrancarle el corazón a un guerrero. Su dios quería sangre y aquella noche él se la daría.

—Ya vienen —murmuró.

Hayden se agachó, con los brazos extendidos hacia los lados y las garras preparadas para acuchillar. Fallon miró hacia el cielo y vio a Broc planeando sobre ellos. ¿El guerrero alado se dirigía hacia el castillo para intentar capturar a Larena?

Fallon no tuvo tiempo para preocuparse por eso, ya que aparecieron los wyrran y los guerreros. Echó la cabeza hacia atrás y liberó un grito de guerra del que cualquier MacLeod habría estado orgulloso. El alarido de rabia de Hayden aumentó para unirse al suyo.

El primer wyrran saltó al lado de Fallon, que lo levantó por encima de su cabeza y lanzó el pequeño cuerpo amarillo contra las piedras. La cabeza del wyrran se estampó contra una roca y se abrió en dos.

Fallon apenas tuvo tiempo de apartarlo de una patada, ya que dos wyrran más y un guerrero cayeron sobre él. Miró a Hayden y vio que lanzaba fuego por las manos. Fallon no tenía ni idea de que el guerrero rojo tuviera el poder de lanzar fuego.

El mayor de los MacLeod gruñó cuando un puñetazo aterrizó en su barriga. Estrelló su codo contra un guerrero y luego le rasgó el brazo con la garra. Fallon sonrió antes de darle una patada a un wyrran en la cara.

Un chillido estridente lo inundó todo cuando el wyrran salió volando desde la roca hasta el suelo y fue pisoteado por las otras criaturas.

Fallon contuvo un grito cuando el segundo wyrran le arañó la espalda con las garras. Mientras luchaba contra el dolor, un guerrero se puso de pie delante de él y le cogió los dos brazos para inmovilizárselos contra el cuerpo. Fallon reconoció al guerrero de piel azul de sus ataques previos al castillo.

—No puedes vencernos —dijo William—. Luchar contra lo inevitable es inútil.

Fallon sonrió antes de hundir los colmillos en el cuello del guerrero. La sangre fluyó por su boca y su barbilla. Sintió náuseas por su sabor metálico, pero no lo soltó, a pesar de que el guerrero se sacudió contra él.

Cuando tuvo los brazos libres, Fallon clavó sus garras en los costados de William. Ignoró el dolor que le causaba el wyrran, que seguía arañándole la espalda y las piernas. Estaba concentrado en el guerrero y en matarlo.

De repente, el guerrero de piel azul dio un tirón hacia atrás, con la sangre saliéndole a borbotones de la herida del cuello y de los cinco cortes que tenía a cada costado.

Fallon escupió la sangre y se volvió hacia el wyrran que tenía a la espalda. Lo cogió por la cabeza y, con un movimiento rápido, le partió el cuello. Fallon rugió en la noche. Su dios, Apodatoo, quería más sangre, más muerte.

Cuando miró a su alrededor, Fallon vio que los demás guerreros y los wyrran los estaban ignorando y se dirigían hacia el castillo.

—Fallon, han llegado al castillo —gritó Hayden.

*¡Larena!*

Fallon saltó a la roca de Hayden y le cogió su brazo mientras saltaban hasta la aldea.

## 29

Larena saltó de la silla cuando Ramsey irrumpió en la cabaña. Una sola mirada a su piel color bronce, sus garras y sus colmillos y supo que algo andaba mal.

—¿Qué sucede? —preguntó Sonya desde la cocina.

Ramsey dirigió la mirada de Malcolm, que estaba acostado en la cama, a Sonya.

—Un ataque. Tenemos que llevaros a ti y a Malcolm al castillo. Ahora.

—Si lo movemos, nos arriesgamos a dejarle el brazo inútil para siempre —arguyó Sonya mientras se apresuraba a ponerse junto a la cama.

Ramsey dio unos pasos hacia Malcolm y se inclinó para cogerlo.

—Y si no lo movemos está muerto.

—¿Dónde está Fallon? —preguntó Larena—. Él puede transportar a Malcolm y a Sonya de un salto.

Los ojos color bronce de guerrero de Ramsey mantuvieron su mirada durante un instante, el silencio inundó la cabaña.

—Fallon y Hayden han salido para intentar frenar el ataque.

—¿Ellos dos solos? —El corazón se le cayó a los pies.

Malcolm gimió cuando Ramsey lo levantó en sus brazos. Larena miró el rostro de su primo y descubrió que la estaba observando. Hizo un gesto de asentimiento con la cabeza y Larena supo lo que tenía que hacer.

—Ve con él, Sonya —le instó Larena.

Ramsey se giró hacia ella.

—¿Qué estás planeando?

—Yo me aseguraré de que consigas llevar a Malcolm y a Sonya al castillo. No hay tiempo para discutir, Ramsey, ¡vete!

Al ver que él no se movía, ella convocó a su diosa y suspiró mientras el cosquilleo que sentía cada vez que la liberaba le recorría el cuerpo antes de cambiar su aspecto.

Pasó apresuradamente al lado de Ramsey y salió corriendo a la aldea. Los agudos gritos de los wyrran ya podían oírse, pero fue un atroz rugido lo que hizo que se detuviera. Sabía, sin haberlo visto, que había sido Fallon el que había emitido aquel rugido.

Un escalofrío de terror y ansiedad le recorrió el cuerpo. Lo que se aproximaba hacia ellos no era un grupo aislado de wyrran contra el que podía luchar y al que podía matar. Se trataba de hordas de wyrran y guerreros que venían a capturarla para llevarla ante Deirdre.

—Nunca —se juró Larena a sí misma mientras preparaba sus garras.

Se mordió el labio inferior con los colmillos mientras se alejaba de la aldea para situarse entre esta y el castillo. Sintió un movimiento a sus espaldas, se dio la vuelta y descubrió a Galen, Logan y Camdyn, todos transformados en sus dioses, a su lado.

—Asegúrate de que Ramsey llega al castillo con Malcolm y Sonya —le pidió a Logan.

Logan echó un vistazo hacia donde se aproximaba el ataque.

—Volveré —prometió antes de salir corriendo tras Ramsey.

A Larena el corazón le latía con fuerza en el pecho y la sangre le palpitaba en los oídos. Se preguntaba dónde estarían Fallon y Hayden y si estarían bien.

Por favor, Señor, mantén a Fallon a salvo.

Deirdre quería a Fallon, así que existía la posibilidad de que hubiera sido capturado. A Larena se le heló la sangre al pensarlo. Si Deirdre conseguía de algún modo encarcelar a Fallon, Larena estaba dispuesta a hacer lo que fuera necesario para liberarlo. Lo que fuera necesario.

—¿Estás preparada para esto? —le preguntó Galen desde su derecha.

Larena se encogió de hombros.

—Preparada o no, ahí está.

—Estoy deseoso por luchar —expresó Camdyn—. Dejemos que se aproximen.

—Sí —asintió ella—. Dejemos que se acerquen y que intenten lo peor.

Galen le sonrió de oreja a oreja y se encogió de hombros.

—Esta será una noche sangrienta.

No hubo más palabras, pues los wyrran aparecieron ante ellos.

Larena nunca había visto tantos wyrran juntos. Por un instante pensó en salir corriendo. Luego recordó quién era, lo que era, y se quedó allí de pie mientras su diosa cobraba vida en su interior.

De un simple vistazo, pudo ver que Ramsey y los otros habían conseguido cruzar las puertas del castillo. Soltó un suspiro y se giró para enfrentarse a las hordas que tenía delante.

Se unió a Camdyn y a Galen mientras ellos lanzaban un rugido. Con un movimiento de sus garras, decapitó al primer wyrran que se le aproximó.

Larena giró sobre sus talones y esquivó un carnoso puño que vio aproximándose hacia ella. Cuando se levantó, lanzó un golpe a la pierna del guerrero y acertó en toda la ingle.

El guerrero se encogió de dolor y se llevó las manos a la entrepierna mientras caía de rodillas. Larena no desperdició la oportunidad y le dio una patada en la cara. Hizo retroceder sus garras para impulsarse, pero antes de poder decapitarlo, el brazo de Galen surgió de la nada y lo hizo por ella.

—¡Detrás de ti! —gritó.

Larena se giró justo a tiempo para descubrir al wyrran que se abalanzaba sobre ella. Cayó de espaldas y se golpeó la cabeza contra el suelo. El golpe la dejó aturdida durante un momento, pero fue suficiente para que otro wyrran se uniera al primero y ambos empezaran a cargar con sus garras contra ella.

El dolor le atravesaba el cuerpo mientras los wyrran intentaban hacerle trizas el pecho y el estómago. Ella flexionó una rodilla y le asestó un fuerte golpe en la cabeza a uno de los wyrran. Al segundo lo cogió por los brazos y estiró hasta que se los dislocó con un fuerte sonido que se los dejó inútiles. Giró, se puso sobre él y le partió el cuello.

Justo en el momento en que se ponía en pie, el primer wyrran volvió a intentar atacarla. Esta vez, Larena sacó sus garras y la criatura se empaló en ellas.

Le arrancó la cabeza y se dio la vuelta. Entonces descubrió que Fallon y Hayden se habían unido a la lucha con ellos. Fallon giró la cabeza, su mirada se encontró con la de Larena. El tiempo prácticamente se detuvo al notar su mirada fija en la de él. Con Fallon a su lado, ella podría enfrentarse a cualquier cosa.

Para su sorpresa, vio a Hayden utilizar fuego. Ese impacto le duró solo hasta que sintió la tierra temblar bajo sus pies. Echó un vistazo a su alrededor y descubrió a Camdyn convocando a la tierra a su alrededor y utilizándola como arma.

Los wyrran y los guerreros que había enviado Deirdre detuvieron su ataque y se quedaron mirando la pared de tierra que los separaba de Larena y los otros.

—No podré mantener esto mucho tiempo —gritó Camdyn—. Están utilizando sus poderes para romper la pared.

Fallon sintió como si tuviera los pulmones ardiendo. Miró a los guerreros que tenía a su alrededor y descubrió sus heridas y la sangre que los cubría. Finalmente su mirada se detuvo en Larena. Tenía la túnica rota y apenas se le sostenía sobre los hombros. Su piel iridiscente brillaba como un faro en la oscuridad y todo lo que deseaba era rodearla con sus brazos y asegurarse de que estaba bien.

—No podemos ganar esta batalla —lamentó—. Son demasiados.

—Malcolm está en el castillo con Sonya —agregó Galen.

Fallon asintió.

—Bien. Los mantendremos aquí todo lo que podamos.

—Para que no puedan llegar hasta las druidas. —Larena terminó la frase.

Hubo un zumbido en el aire y oyeron el batir de unas alas. Fallon levantó la mirada y encontró a Broc suspendido sobre ellos.

—Este ataque no es para matar, es para capturar a tantos de vosotros como podamos. Especialmente a las druidas.

—¿Por qué nos das esa información? —le preguntó Fallon.

Broc echó una mirada al castillo.

—Tengo mis razones, MacLeod. No puedo decirte más.

La mente de Fallon empezó a pensar a toda velocidad mientras Galen maldecía. Esperó hasta que Broc se había marchado y se pasó una mano por el cabello. Los superaban en número y solo era cuestión de tiempo que alguno fuera capturado.

—Tenemos que escondernos —dijo Fallon—. Camdyn, ¿puedes mantener la pared un rato más?

El guerrero asintió centrado en la pared de tierra que había levantada frente a él con las manos levantadas delante de su rostro.

—Me aseguraré de que aguante.

—¿Cuál es tu plan? —preguntó Galen.

—Tenemos que escondernos pero no en el castillo. En algún lugar que no se puedan imaginar, para que no nos encuentren —respondió Fallon.

Hayden se movió y se puso al lado de Camdyn.

—Haz lo que tengas que hacer, Fallon. Yo me quedaré con Camdyn y me aseguraré de que cada wyrran o cada guerrero que intente atravesar la pared, arda.

Fallon se giró hacia Larena con la intención de llevársela a ella primero, pero ella sacudió la cabeza con los iridiscentes rizos acompasando el movimiento.

—No. Tengo mi propio poder, Fallon. Me haré invisible si tengo que hacerlo. Llévate a los otros.

Fallon maldijo. Ella tenía razón, claro, pero eso no significaba que a él le gustara dejarla atrás. La cogió y le dio un rápido beso en los labios.

—Mantente a salvo.

—Lo haré —le prometió ella.

Con un suspiro, Fallon se giró hacia Galen.

—Tú primero, Shaw.

—Mierda —murmuró Galen con la mandíbula apretada.

Fallon no le dio ni un instante. Se transportó a él mismo y a Galen a una cueva en los acantilados. Tan pronto como llegaron, Fallon se transportó a las mazmorras del castillo.

—¿Qué sucede? —preguntó Lucan con el ceño fruncido.

Fallon sacudió la cabeza.

—No hay tiempo. Te lo explicaré luego. Nos marchamos.

Tenía que transportar a más de uno a la vez, pero tenía miedo de fallar en el intento. Sin embargo, no había otra opción. Cogió a Malcolm en brazos y le hizo un gesto a Sonya con la cabeza.

—Cógeme con tus brazos.

Tan pronto como lo hizo, él los transportó a la cueva. Galen estaba allí para coger a Malcolm y, de pronto, Fallon ya había vuelto a desaparecer. En un momento, ya estaban Lucan, Cara, Ramsey y Logan en la cueva, pero a él le pareció una eternidad.

Cuando Fallon regresó para llevarse a Camdyn y a Hayden, no pudo ver a Larena. Rezó para que se encontrara en un lugar seguro. La pared de tierra de Camdyn se estaba derrumbando ante ellos.

—Larena —gritó—. A los acantilados. Te encontraré allí.

No esperó a oír ninguna respuesta, puso sus manos sobre Hayden y Camdyn y los transportó a la cueva.

Fallon se desplomó contra la pared de la cueva, con el cuerpo exhausto de los constantes saltos transportando a los demás. Se puso en pie contra las piedras dispuesto a salir justo cuando Lucan se dirigió hacia él.

—Necesitas descansar.

Fallon asintió.

—Tengo que encontrar a Larena. Ella no conoce los acantilados.

—¿Ha utilizado su poder? —preguntó Lucan.

—Sí. Le dije que nos encontraríamos en los acantilados. Tengo que ir a buscarla.

—Entonces ve.

Fallon cerró los ojos y suspiró profundamente antes de saltar de nuevo. Tan pronto como llegó a la roca que había mirando al castillo, tocó suelo y permaneció observando cómo los wyrran y los guerreros corrían a apoderarse de la aldea y del castillo. Destruirían todo lo que habían reconstruido, pero podrían volver a arreglarlo. Lo único que importaba era que todos estaban a salvo.

Se sorprendió al no descubrir ninguna evidencia de que Camdyn hubiera levantado la tierra y hubiera hecho un muro. Era como si nunca hubiera sucedido.

—Larena —gritó Fallon.

No hubo respuesta. No sabía dónde estaba o si lo había escuchado cuando había gritado que se encontrarían en los acantilados.

—¡Larena!

Con los wyrran chillando y los guerreros bramando con toda su furia, ninguno podía oírlo, aunque en aquel momento, no le hubiera importado que lo hicieran.

—Larena.

—Aquí, Fallon. Estoy aquí.

Fallon miró a su alrededor y sintió una mano posarse en su brazo antes de que ella volviera a ser visible.

—Gracias a Dios —dijo, y la envolvió entre sus brazos—. ¿Estás malherida?

—Estoy bien. Ahora.

Él se quitó su túnica y se la ofreció a ella para que no llegara desnuda a la cueva. Tan pronto como se la puso por la cabeza, él los transportó.

—Gracias al cielo —dijo Cara cuando los vio aparecer.

Fallon no estaba preparado para dejar ir a Larena, pero había cosas que tenía que atender. Volvió a dormir a su dios y observó cómo el negro se desvanecía de su piel. El resto ya había vuelto también a su forma humana.

—¿Estamos todos? —preguntó.

—Sí —dijo Ramsey—. Estamos todos aquí.

—Galen me ha informado de todo —le dijo Lucan a Fallon—. ¿Qué han hecho en cuanto ha caído la pared de tierra?

Fallon se pasó una mano por el rostro y se dejó caer sobre una piedra.

—Eso solo los detuvo un momento. Ahora están en la aldea y en el castillo.

Logan lanzó un gruñido.

—Esos malditos bichos van a destruir todo lo que hemos construido.

—Podemos volver a construirlo —dijo Fallon—. Seguiremos reconstruyéndolo para demostrarle a Deirdre que no puede detenernos.

Larena se arrodilló frente a Ramsey, con los ojos muy abiertos y la piel pálida.

—¿El Pergamino? ¿Dónde está?

A Fallon se le detuvo el corazón un instante al oír sus palabras.

—¿Le has dado el Pergamino?

Larena giró su afligido rostro hacia él.

—Quería ayudar.

—Lo tengo —le dijo Ramsey a Larena, y se lo sacó de la túnica—. No podía dejarlos allí, ni este ni el falso, para que los encontraran.

—Gracias.

Ramsey se detuvo un momento antes de darle el Pergamino a Larena.

—¿Has leído alguna vez los nombres?

Ella sacudió la cabeza.

—No. ¿Por qué?

Ramsey miró a Fallon, su mirada estaba llena de significado.

—Por nada.

Pero Fallon sabía que algo pasaba. Ramsey había visto algo y Fallon quería saber qué era.

Una vez el Pergamino volvió al anillo de Larena, Fallon soltó un suspiro de alivio.

—Hemos escapado esta vez, pero puede que no vuelva a funcionar. En algún momento acabarán descubriendo estas cuevas.

—Entonces tenemos que encontrar algún otro lugar —repuso Sonya.

Hayden gruñó.

—Soy un guerrero, Fallon. No me gusta esconderme.

—A mí tampoco —dijo Fallon, y se puso en pie. Sus próximas palabras tenían que ser escogidas con sabiduría o podía acabar perdiendo al grupo de hombres, y de mujeres, que habían venido confiando en él—. ¿Acaso crees que me gusta huir de Deirdre? Prefiero luchar hasta la muerte, pero no estaban aquí para matar, Hayden. Habían venido a capturarnos. ¿Prefieres salir huyendo o volver a la montaña de Deirdre?

Hayden giró la cabeza y se negó a contestar, lo que era respuesta suficiente.

—¿Qué demonios vamos a hacer? —preguntó Lucan—. Deirdre tiene más wyrran de los que podemos matar y, aunque consiguiéramos matarlos a todos, simplemente crearía más.

Fallon observó mientras Lucan cogía a la temblorosa Cara entre sus brazos. Sonya estaba sentada al lado de Malcolm, que estaba acostado en el suelo. Los otros guerreros esperaban a que Fallon respondiera, pero lo único que él buscaba eran los azules ojos de Larena.

Ella le hizo un pequeño gesto de ánimo. Fallon tragó saliva y se cruzó los brazos sobre el pecho. La fuerza y la fe que ella tenía en él le dieron la valentía que necesitaba.

—Todos hemos prometido luchar contra Deirdre. No es que hoy haya cambiado de idea. Lucharé contra ella hasta que no quede aliento en mi cuerpo.

Los otros murmuraron con asentimiento.

—No sé qué planes tiene Deirdre ahora, pero sin lugar a dudas, mi próximo paso será liberar a Quinn de sus garras. No voy a esperar más.

Saldré por la mañana. Mi lucha por liberar a Quinn es solo mía. No os pido que vengáis conmigo.

—¿Qué manera de hablarnos es esa? —interpeló Galen con una voz tan fría como el viento del norte—. Vine a ti, vine a vosotros para derrotar a Deirdre. Así que iré con vosotros me queráis allí o no.

Uno a uno, los guerreros dieron un paso adelante y ratificaron su palabra. Fallon estaba desbordado de emoción. Cerró fuerte las manos en un puño, tenía miedo de hablar.

—Siempre te lo he dicho, hermano —dijo Lucan—, pero tú nunca me has escuchado. Te seguiría hasta el mismo infierno.

—Me temo que ahí es adonde nos dirigimos, Lucan —murmuró Fallon.

Larena se puso en pie y se situó delante de él.

—Me salvaste la vida con tu sangre. Me trajiste aquí para protegerme de Deirdre. Me diste… esperanza. ¿Crees que hay otro lugar en el mundo donde quiera estar que no sea a tu lado?

Él no sabía cómo Larena había descubierto que era su sangre la que ahora corría por sus venas, pero no le importaba.

—No puedo llevarte cerca de Deirdre. Moriría si ella te capturara.

—Pero no lo hará. ¿Te olvidas de que puedo hacerme invisible? Soy vuestra mejor arma para entrar en la montaña y encontrar a Quinn y decirle que hemos venido a rescatarlo.

—Tiene razón —dijo Cara—. Por mucho que odie admitirlo, tiene razón.

Sonya lanzó un suspiro y se humedeció los labios.

—La verdad, Fallon, es que vas a necesitarnos a todos. Si alguien cae herido, me necesitarás para sanarlo.

—No —gritó Lucan—. Tú y Cara no vais a acercaros a esa maldita montaña. Si alguno de nosotros cae herido, Fallon puede traerlo aquí. Además, no podemos dejar solo a Malcolm.

—Lucan tiene razón —aseguró Fallon antes de que Sonya y Cara pudieran discutírselo—. Ya estoy arriesgando demasiado llevando a Larena y a los otros guerreros hasta Deirdre. Pero con cada gota de sangre druida, especialmente con el Beso del Demonio que lleva Cara al cuello —dijo haciendo un gesto al frasco que contenía la sangre de drough de la madre de Cara—, el poder de Deirdre crece.

—Yo puedo ayudar —ofreció Cara.

Fallon asintió con la cabeza.

—Y lo harás, pero desde el castillo. Acabaremos heridos y necesitaremos que tú y Sonya nos ayudéis.

Cara cedió después de que Lucan le susurrara algo al oído. Fallon dirigió la mirada hacia Sonya y descubrió su expresión derrotada, pero asintió.

—Bien.

Se dejó caer sobre la roca y se apoyó contra la pared que tenía detrás. Nunca se había sentido tan cansado y exhausto en su vida.

Una pequeña y tierna mano le acarició el rostro. Fallon se giró hacia ella, necesitaba sentir la piel de Larena sobre la suya.

—¿Cómo están tus heridas? —le preguntó.

Ella se encogió de hombros.

—Ya han cicatrizado.

—Esta vez hemos logrado escapar, pero puede que no tengamos otra oportunidad.

—Ya nos ocuparemos de eso cuando tengamos que hacerlo, Fallon. No lo dudes. Fuiste rápido al pensar en alejarnos del ataque y llevarnos a un lugar donde no pudieran encontrarnos.

Él gruñó, poco seguro de merecer aquellas alabanzas.

—Pensaba que el corazón se me iba a salir del pecho cuando te vi luchando. Estuviste increíble.

—Igual que tú.

Abrió la boca para decirle que sentía lo de antes, pero ella se alejó y se retiró sola a otro rincón.

*Puede que fuera lo mejor*, se dijo Fallon a sí mismo. Había demasiados oídos escuchando y las cosas que él quería decirle, las cosas que tenía que decirle, eran solo para Larena.

Fallon se levantó y se dirigió hacia Sonya, que no se había apartado del lado de Malcolm. Se arrodilló al lado de la druida y le hizo un gesto de asentimiento a Malcolm.

—¿Cómo está?

—Estaba mejor antes de que lo moviéramos. —Ella puso la mano sobre su brazo roto e hizo un gesto—. Tuve que dormirlo por el dolor, Fallon. Quería ayudaros en la batalla y creo que lo hubiera hecho si yo no lo hubiera impedido.

—Hiciste lo que debías. Larena nos arrancaría la cabeza a los dos si le pasara algo a su primo.

Sonya se encogió de hombros y se apartó un mechón rebelde que le caía sobre el rostro.

—Temo por el daño que podamos haberle causado esta noche en el brazo. Había empezado a cicatrizar bien. Mi magia no puede hacer más.

—Haz lo que puedas. Es todo lo que podemos pedirte.

Ella se humedeció los labios y volvió sus ojos color ámbar hacia él.

—¿Es suficiente? Mis habilidades sanadoras siempre han sido excepcionales y han superado a las de la mayoría de los druidas con esta capacidad, pero temo que llegará un día en que realmente necesite mi magia y esta no me responda.

Una punzada de terror atravesó el corazón de Fallon.

—¿Has tenido alguna visión sobre eso?

—No, es solo un presentimiento de lo que está por venir.

Lo que significaba una visión, pero Fallon no iba a discutir con la druida.

—¿Has unido la magia de Cara con la tuya para sanar a Malcolm?

—Estábamos a punto de hacerlo de nuevo cuando regresaste. Lo haremos ahora.

Fallon se apartó mientras Sonya le hacía un gesto a Cara para que se aproximase. Se quedó de pie a un lado y observó cómo trabajaban las druidas. Aunque no podía ver la magia pasar de sus manos al cuerpo de Malcolm, podía sentirla.

Era un cambio en el aire particular, casi como un crujido, que alertaba a un guerrero de que había magia cerca. En una druida tan poderosa como Sonya, un guerrero podía sentir lo que era antes de que ella hablara.

Cara había sido diferente porque no sabía que era una druida y no había desarrollado su magia. Ahora que Sonya había empezado a adiestrarla, Fallon podía sentir la magia creciendo en el interior de la esposa de su hermano día a día.

Eran afortunados de tener a dos druidas con ellos y todos los guerreros harían lo que fuera necesario para protegerlas de Deirdre.

Fallon suspiró y se puso lo más cómodo que pudo. Todavía pasarían unas cuantas horas antes de que los wyrran y los guerreros dejaran de buscarlos. Mientras tanto, él planearía su ataque a Deirdre.

## 30

Deirdre necesitaba destrozar algo con todas sus fuerzas, despedazar a su ejército miembro a miembro y colgar sus cabezas en lo alto de su montaña. ¿Cómo era posible que ni sus guerreros ni sus wyrran no hubieran sido capaces de capturar ni siquiera a uno solo del castillo de los MacLeod?

—Deberíais haber visto lo que puede hacer Fallon —dijo William—. Un momento está en pie delante de ti y de pronto desaparece y está a kilómetros de distancia.

Deirdre se daba golpecitos con una de sus uñas sobre la pierna.

—Así que finalmente ha aprendido a utilizar sus poderes. Me preguntaba cuándo lo haría.

No podía evitar especular sobre cuáles serían los poderes de Lucan y Quinn. ¿Les habría dado su dios el mismo poder o cada uno tendría uno diferente? Debería estar alerta con Quinn, no fuera que de pronto se esfumara de la montaña.

—Broc —dijo mientras se giraba hacia su único guerrero alado—, ¿qué tienes que decir sobre todo esto?

Él encogió sus hombros azul oscuro. Las alas alcanzaban a los dos guerreros que tenía a los lados.

—Los habéis subestimado, señora. Ahora se ha unido otro a sus filas. Camdyn MacKenna.

Deirdre soltó un bufido.

—Tenía tantas esperanzas puestas en Camdyn… Es una lástima que se haya aliado con ellos en mi contra. Lo único que salva este horroroso día es el grupo que guerreros que hemos interceptado cuando se dirigían al castillo de los MacLeod.

—¿Cuántos? —preguntó Broc.

Había algo en el tono de Broc. Él había sido el que había interceptado al grupo y se lo había comunicado a ella, pero no podía apartar la inquietante sensación de duda de su cabeza.

—Solo cuatro. Uno murió al aplicarle demasiada sangre de drough en sus heridas.

Ella se acercó a Broc, los otros guerreros se apartaron de él. Su larga uña se deslizó por su corpulento torso hasta el liso estómago y se detuvo en la cintura de sus pantalones.

—Tu idea de utilizar una pequeña cantidad de sangre de drough para incapacitarlos fue brillante, Broc.

La miró con aquellos ojos azul medianoche y se encogió de hombros.

—Estoy aquí para serviros.

—Así es.

No había llevado nunca a Broc a su cama y si Quinn no estuviera yaciendo en ella ahora, habría estado tentada a probar por fin al guerrero alado. Tal y como estaban las cosas, tendría que esperar.

—Sigue vigilando a los MacLeod —le ordenó a Broc, y se apartó de él no sin antes pasar su mano por su miembro para descubrir lo rápido que podía hacer que tuviera una erección.

»Vuelve mañana y tráeme noticias.

—Como deseéis, señora.

Puede que la duda que sentía no fuera por Broc sino por otro guerrero. Tendría que mantenerse alerta con sus hombres. Al fin y al cabo, si Broc hubiera decidido alejarse de ella, no le hubiera dado la ubicación de los guerreros que se dirigían al castillo MacLeod.

No, Broc era suyo. Solo suyo.


Los minutos se convirtieron en horas. La lluvia había aparecido y desaparecido con un rápido chaparrón. Las olas ahogaban cualquier sonido que pudiera venir del castillo, pero Fallon ya había esperado todo lo que podía. El alba llegaría pronto y quería que todos estuvieran de regreso en el castillo para entonces.

Hizo un gesto con la cabeza hacia la entrada de la cueva indicando que Lucan debía seguirlo. Fallon se dirigió a la entrada de la cueva y encontró a Larena allí de pie, con los brazos cruzados sobre el pecho.

La túnica que él le había prestado le colgaba hasta la mitad de los muslos y la brisa levantaba el dobladillo y moldeaba la tela contra sus curvas. La visión de sus piernas desnudas hizo que toda la sangre se le acumulara en su miembro con tal rapidez que el mundo empezó a dar vueltas como una peonza.

Ella se había soltado el pelo de la trenza y le caía por los hombros en doradas ondas. Deseaba hundir sus manos en sus sedosas profundidades y enterrar su rostro entre aquellos mechones de pelo para poder inhalar su fragancia natural de lirios.

Fallon, incapaz de mantenerse lejos, se acercó a ella, que no apartó los ojos de las aguas. Las observaba mientras se arremolinaban en las profundidades como si estuviera fascinada.

—¿Qué pasa? —preguntó Lucan.

Fallon apartó su atención de Larena y se giró hacia el otro lado, donde estaba Lucan de pie.

—Voy a echar un vistazo, a ver cuántos quedan en el castillo.

—Deja que vaya contigo.

—No. No tardaré mucho. Solo quiero echar un vistazo rápido. Todos están cansados y quiero que puedan regresar a sus habitaciones tan pronto como sea posible.

Lucan suspiró.

—Ve con cuidado.

Fallon esperó a que su hermano se marchara antes de volver a mirar a Larena.

—¿Estás bien?

—Esto es precioso —murmuró ella—. Todo lo que puedo oír es el mar y el viento. No tenía ni idea de que estuviéramos tan arriba en los acantilados.

—Solía ver esta apertura cuando nadaba en el mar. Siempre me había preguntado qué habría en la cueva. Cuando regresamos al castillo de la montaña de Deirdre, este fue el primer lugar al que vine. Pasaba mucho tiempo aquí intentando calmar mi mente y prepararme para ser el hombre que mis hermanos necesitaban que fuera. No funcionó.

Entonces ella volvió su rostro hacia él. El reflejo de la luna en el agua se veía también en sus ojos azules.

—Ya entiendo por qué venías aquí. No puedo imaginarme qué hubiera sido de ti sin esta cueva.

—Es cierto, supongo.

—Vuelve pronto —le susurró ella.

Fallon quería cogerla entre sus brazos y besarla. Quería entregarse a su tacto. Tenerla así de cerca era la tortura más dulce que un hombre podía soportar.

No estaba seguro de en qué situación se encontraban. Después de la discusión, había tenido lugar el ataque y no habían tenido tiempo para hablar. Él sabía que ella todavía lo deseaba, pero aquello no significaba que no fuera a apartarlo de su lado. Y fue aquel pensamiento el que le impidió acercarse a ella.

Liberó a su dios y saltó al castillo antes de poder cambiar de opinión e intentar besarla.

Fallon maldijo para sus adentros al ver a un puñado de guerreros y varios wyrran merodeando por los alrededores del castillo y de la aldea. Había un gran fuego encendido en la aldea y sospechó que se trataría de una cabaña.

Aunque debería haber regresado de inmediato a la cueva, había algo en su habitación que quería recoger. Se transportó allí de un salto y la encontró vacía, intacta. O bien los wyrran no habían llegado todavía a sus aposentos o bien no habían sentido la necesidad de destrozarlos.

—Poco probable —dijo.

Fallon se acercó al arcón más grande y lo abrió. Apartó sus túnicas hasta encontrar un pequeño cofre adornado. Levantó la pequeña caja y la mantuvo entre sus manos observándola durante un buen rato.

La última vez que había mirado dentro había sido hacía más de trescientos años. Nunca se había imaginado que volvería a abrirla, pero tan pronto como había conocido a Larena, había querido regresar al castillo y encontrar el cofre.

Fallon abrió lentamente la tapa y observó la joya que había en su interior. El estómago se le hizo un nudo al pensar en Larena llevando aquella joya. Supo en aquel preciso momento lo profundos que eran sus sentimientos hacia ella.

Tomó la pieza de oro de su lugar y se la metió en la cinturilla de los pantalones. Le costó solo un momento dejarlo todo como estaba y luego saltar de nuevo a la cueva.

Larena deseaba estar a solas con Fallon. Necesitaba decirle que tenía razón, que ella tenía miedo. Pero que ya no lo tendría. No mientras pudiera estar con él.

No estaba segura de en qué momento había dejado de estar asustada, simplemente el sentimiento que la había acompañado durante tantos años había desaparecido de pronto.

Antes de que Fallon se marchara, ella había pensado que iba a besarla. Había podido contemplar el deseo en sus ojos, pero no lo había hecho. Su decepción había sido casi insoportable. Esperaba no haber arruinado las cosas entre ellos para siempre. Estaba dispuesta a ponerse de rodillas ante él y suplicarle si era necesario. Haría lo que fuera por poder tenerlo en sus brazos para siempre.

Con la mano se tocó la marca que él le había hecho. Su marca.

—Cara me contó vuestra conversación —dijo Lucan mientras se aproximaba a ella.

Larena esperaba que Lucan hablara con ella de un momento a otro. Ella no lo miró, simplemente mantuvo la mirada en el mar que había abajo.

—¿He perdido a Fallon?

Hubo un largo silencio durante el cual Larena pensó que él no respondería. Luego Lucan suspiró.

—Cuando éramos jóvenes solía observar a mi hermano con las mujeres. Ellas se arremolinaban a su alrededor por quien era él y por el poder que algún día tendría como jefe de nuestro clan. Siempre fue bueno con las mujeres, pero nunca lo vi mirar a ninguna como te mira a ti. Hay deseo y necesidad y algo mucho más profundo en su mirada. Solo por ti.

A Larena se le aceleró el corazón y sus esperanzas crecieron. Se giró para mirar a Lucan y lo encontró observándola.

—No puedes perder a Fallon porque le importas demasiado. Si quieres lo que él tiene para ofrecerte, díselo. Te necesita.

—Y yo lo necesito a él —confesó ella—. Lo necesito más de lo que nunca hubiera imaginado que fuera posible.

Lucan posó la mano sobre su hombro y le dio un apretón de hermano.

—Ambos sois individuos fuertes. Juntos podréis hacer grandes cosas.

—¿Igual que tú con Cara?

—Más incluso por el tipo de hombre que es Fallon. Es un líder, Larena. Necesita a una mujer fuerte a su lado en la que pueda apoyarse.

Larena puso su mano sobre la de Lucan y le sonrió.

—Seré esa mujer si él me acepta.

Justo cuando Lucan regresaba al interior, Fallon reapareció en la cueva. Larena escuchó mientras les explicaba a los otros que todavía había guerreros y wyrran merodeando por el castillo y la aldea. Ella volvió a mirar al mar y a las olas que se arremolinaban contra las rocas.

No quería esperar para hablar con Fallon, pero dejar la cueva era arriesgado. Sin embargo, era un riesgo que estaba deseando asumir.

Su piel aumentó de temperatura como hacía siempre que sentía la mirada de Fallon sobre ella. Ella le sonrió de manera fugaz y se escabulló fuera de la cueva.


Fallon corrió hacia la salida de la cueva y vio cómo Larena se perdía entre las rocas hacia la playa con unos movimientos muy suaves, propios de un felino.

—Por todos los dioses —murmuró Hayden.

Alguien silbó y fue entonces cuando Fallon se dio cuenta de que todos se habían reunido a su alrededor. Su sangre se calentó y su miembro se puso erecto cuando vio que Larena se dirigía directa al agua quitándose la túnica mientras andaba.

—Eso es una mujer como debe ser —proclamó Logan.

Galen, que estaba de pie junto a Fallon, le dio una palmadita en el hombro.

—Eres un maldito cabrón afortunado, MacLeod.

Fallon soltó una carcajada. Luego se encontró con la mirada de su hermano.

—Sí, lo soy.

Saltó de la cueva y apareció no muy lejos de donde se encontraba Larena. Ella ya estaba en el agua cuando Fallon se quitó las botas y los pantalones. Dejó con cuidado la joya sobre los pantalones antes de meterse en el mar.

Larena estaba en pie mirándolo, las olas se agitaban a su alrededor, levantándola antes de dejarla caer de nuevo. Fallon no apartó sus ojos de ella mientras avanzaba en el agua. Luchaba contra la marea que intentaba llevarlo de nuevo a la playa.

No fue hasta que estuvo en pie frente a Larena cuando se permitió respirar. Tenía tantas cosas que decirle, tanto de que hablar que no sabía por dónde empezar.

—Tenías razón.

Las palabras de Larena lo sorprendieron.

—¿Sobre qué?

—Estaba asustada. Todo el mundo que me ha importado en la vida me ha dejado. Hubiera sido peor contigo porque tú eres inmortal.

Fallon le cogió las manos y la atrajo hacia él. Posó su mejilla sobre la frente de Larena y se quedó allí quieto abrazándola.

—¿No lo comprendes? Tienes mi corazón y mi alma, Larena. Son tuyos para hacer con ellos lo que quieras. Nunca podría abandonarte.

Ella lo rodeó con sus brazos, abrazándolo como si no hubiera un mañana. Tembló, si era por el agua fría o por sus palabras, él no podía saberlo.

Él la apartó de su abrazo y la miró directamente a aquellos preciosos ojos azules y supo que el sentimiento que lo invadía era amor.

—No puedo prometerte que no nos pelearemos, que no habrá días en los que quieras aplastarme la cabeza; pero puedo prometerte que te amaré siempre y que haré todo lo que esté en mis manos por hacerte reír, al menos, una vez al día. Te prometo que te seré fiel toda mi vida y que te daré todo lo que esté en mis manos para hacerte feliz.

—Solo quiero una cosa.

—Dime. Es tuya.

Una lágrima se escapó de sus ojos y cayó rodando por su mejilla.

—A ti, Fallon MacLeod. Te quiero a ti.

Se le hizo tal nudo en la garganta de la emoción que le resultaba difícil continuar hablando.

—Te quiero —susurró él antes de poner sus labios sobre los de ella.

Él bebió de su embriagadora esencia, ahogándose en todo su ser. Las manos de Larena se perdieron en su pelo y él soltó un gemido como respuesta.

Las olas la empujaban hacia él, haciendo que su cuerpo se rozara contra el suyo de un modo que hizo que ardiera con más fuerza el fuego que tenía en su interior. Él la cogió por las caderas y la puso a horcajadas sobre su erecto miembro.

—Tómame, Fallon. Soy tuya. Siempre seré tuya —murmuró ella.

Él la bajó hasta que ella estuvo sentada sobre su miembro. Ella se echó hacia atrás contra el agua con el pelo flotando a su alrededor como si de un mar de oro se tratara.

Fallon gimió su nombre mientras ella movía las caderas. El placer lo inundó convirtiendo sus venas en lava fundida. La vista de sus exquisitos pechos húmedos por el agua que los rodeaba y aquellos pezones erguidos era demasiado para él.

Se agachó y se puso uno de aquellos deliciosos pezones en la boca. Ella le clavó las uñas en la espalda cuando él le mordisqueó con suavidad el pezón y empezó a juguetear con su lengua.

—¡Fallon! —gritó ella con la espalda arqueada.

Él la deseaba demasiado como para poder aguantar el flujo de su deseo. Cuanto más pensaba en lamer cada parte de su cuerpo, más difícil se hacía controlar el ímpetu del suyo.

Fallon salió de ella solo para poder penetrarla con más fuerza y profundidad. Una y otra vez, salía de su cuerpo y volvía a penetrarla cada vez más fuerte, más rápido. Ella se acompasaba a su ritmo a la perfección. Tenían las miradas prendidas la una sobre la otra.

La boca de Larena se abrió en un ahogado grito mientras todo su sexo se sacudía alrededor del de él. Fallon siguió penetrándola, tratando de prolongar al máximo su orgasmo mientras él echaba la espalda hacia atrás y llenaba su cuerpo con su semilla.

El cuerpo de Fallon se convulsionó con la intensidad de su orgasmo, pero Larena estaba allí, rodeándole el cuello con los brazos mientras le acariciaba el pelo que le caía por el rostro.

—Nunca dejas de sorprenderme —le susurró ella al oído antes de morderle el lóbulo de la oreja.

Fallon tembló y empujó sus caderas contra las suyas. Seguía enterrado en sus profundidades.

—Eres tú. Tú haces que me pase esto.

—Te quiero.

Él se apartó de su abrazo para poder mirarla a los ojos. Sabía que le importaba, era obvio por las palabras que acababa de decir, pero no había esperado escuchar tal declaración de amor.

—Larena…

Ella le puso un dedo en los labios.

—He intentado negármelo a mí misma, pero el sentimiento ha seguido creciendo. Te quiero más que a mi propia vida, Fallon MacLeod. Acepto las peleas y las risas y lo que nos deparen los años que pasemos juntos, siempre que tenga tu amor.

—Dios mío, Larena. Siempre tendrás mi amor.

Él la llevó a la orilla y se sentaron sobre una roca.

—Sé que no debería haber abandonado la cueva, pero necesitaba hablar contigo.

Fallon se encogió de hombros y entrelazó sus dedos con los de ella.

—Si algún wyrran nos ve, yo me encargaré de él.

—He puesto en peligro a los otros.

—La mayoría de ellos son guerreros todavía hambrientos de batalla. No pasa nada.

Ella giró la cabeza hacia él y sonrió.

—Creo que voy a tomar baños nocturnos con frecuencia.

—Estoy de acuerdo. —Fallon miró a las estrellas que había sobre ellos en un cielo que pasaba del negro al gris claro. Todo era casi como tenía que ser—. Solo falta Quinn.

—Lo rescataremos —lo alentó Larena y le besó el hombro—. Quinn volverá contigo y con Lucan al lugar al que pertenece.

Fallon soltó un suspiro.

—Espero que tengas razón.

Ante su sorpresa, Larena se puso en pie y le tiró del brazo.

—Me he perdido todos los amaneceres contigo. No voy a perderme ni uno más.

Fallon saltó de la roca.

—Quédate ahí.

Él se apresuró a ponerse los pantalones y las botas. Escondió la joya bajo la túnica que ella se había quitado antes del baño.

Caminó hacia ella y le ofreció la túnica. Larena frunció el ceño al notar el objeto que había entre la tela.

Fallon esperó con el corazón en un puño a que ella encontrara la joya. Cuando sacó el torques de oro de entre los pliegues de la túnica y permaneció mirándolo fijamente, él pensó que iba a morir de angustia.

Larena elevó su mirada hasta encontrar la de Fallon.

—Un torques con la cabeza de un jabalí.

—Es como el mío. Lo hice antes de que Deirdre destruyera mi clan con la esperanza de dárselo a la mujer con la que pasaría el resto de mi vida.

Larena acarició con dulzura el torques.

—¿Quieres que yo lo tenga?

—Quiero que te cases conmigo.

—Fallon, ¿estás seguro?

Él rió.

—Tú eres la única cosa de la que estoy seguro. Dime que serás mi esposa, Larena.

—¡Oh, sí, Fallon! —clamó ella con una amplia sonrisa—. Si me quieres, puedes tenerme.

Él la levantó de la roca y la rodeó con sus brazos.

—Quiero que nos casemos de inmediato. Quiero que todos vean el torques.

—¿Es que tu marca no es suficiente? —le preguntó con una carcajada.

—Necesito atarte a mí de todos los modos que pueda.

Ella se inclinó y lo besó.

—Ya lo has hecho, con el más poderoso de los lazos. Con tu amor.

# Epílogo

Larena soltó un suspiro nervioso y deslizó sus dedos por el torques que ahora llevaba alrededor del cuello. Le gustaba sentir su peso sobre su piel, como si tuviera que haber estado allí desde hacía ya mucho tiempo. En el patio del castillo estaban todos los guerreros y las druidas que ella ahora llamaba familia.

—¿Estás segura? —le preguntó Fallon.

Larena arqueó una ceja.

—Si vuelves a preguntármelo, te juro que te patearé el culo.

Él sonrió, pero ella pudo notar la preocupación en sus oscuros ojos verdes.

—No voy a hacer nada insensato, Fallon. Acabamos de casarnos. Ahora, deja que haga lo que tengo que hacer para encontrar a Quinn.

Fallon se pasó una mano por los cabellos y cerró levemente los ojos.

—Espero estar haciendo lo correcto. Nunca podría perdonármelo si alguien cae preso o herido.

—Nuestras heridas cicatrizarán —aseguró Lucan—. Ahora, vayámonos antes de que Cara aparezca con una buena razón para venir con nosotros.

Larena miró a su nueva cuñada, que estaba en pie en las escaleras del castillo al lado de Sonya. Cara tenía los ojos oscurecidos por el temor y las manos en las caderas. Larena no podía imaginarse que la dejaran atrás, así que entendía perfectamente los sentimientos de Cara.

Al lado de Cara estaba Malcolm. Todavía no podía creer lo que Ramsey les había dicho a ella y a Fallon la noche anterior. Ni siquiera ver el nombre de los Monroe en el Pergamino la ayudó.

Ella había pensado erróneamente que era el guerrero de los Monroe, pero al parecer, la diosa venía de la familia de su madre. Tuvo que ver el nombre de soltera de su madre y el nombre de los Monroe en la lista para poder creérselo.

Fue sugerencia de Fallon guardar el secreto por el momento, especialmente ante Malcolm. Ramsey estuvo de acuerdo de inmediato, pero Larena no podía evitar preocuparse por Malcolm; temía que Deirdre lo capturara para convertirlo en un guerrero.

—Vamos, Fallon —le dijo a su esposo—. Traigamos a Quinn a casa.

—Sí —corearon los otros guerreros.

Fallon entrecerró los ojos y miró en la distancia hacia donde estaba la montaña de Deirdre.

—Aguanta, Quinn. Estamos de camino.

Malcolm estaba de pie en los escalones del castillo y observó marchar al pequeño grupo. El brazo le dolía constantemente y no importaba la magia que utilizaran Sonya y Cara, no servía de nada. Se había dado cuenta, tras despertarse en la cueva, de que tenía el brazo inútil.

Le había prometido a Larena que esperaría a que regresara antes de partir hacia las tierras de los Monroe, pero no era cierto. Nunca regresaría a su clan porque nunca lo aceptarían. No ahora que solo era medio hombre.

Malcolm le hizo un gesto con la cabeza a Camdyn, que se había quedado atrás para proteger a las druidas. Por lo menos conocía a Camdyn.

A Malcolm le gustaban los otros guerreros, pero él no pertenecía a aquel sitio. No era ni un guerrero ni un druida. No era más que un mortal que no servía para nada en la guerra que estaba por llegar.

Sin embargo, Fallon le había ofrecido un hogar en el castillo de los MacLeod. Malcolm no se lo esperaba, pero aquello reforzó su opinión de que Fallon era el hombre apropiado para su prima.

Se cogió el hombro con la mano sana e intentó calmar el dolor. No es que fuera totalmente inútil. Había aprendido a blandir la espada con ambos brazos y era tan bueno con la derecha como con la izquierda.

La inteligente mirada ámbar de Sonya estaba posada sobre él. Suponía que ella sabía que él mentía sobre el dolor. La druida no había dicho nada, probablemente para no herir su orgullo, pero no le gustaba que se hubiera levantado de la cama aquella mañana.

Soltó un bufido al darse la vuelta para entrar en el castillo. Las cicatrices que ahora mostraba en el rostro, el cuello, los brazos y el pecho bastaban para herir el orgullo de cualquier hombre. Si además se añadía la pérdida del brazo, aquello podía destruir a cualquiera.

—Hay cosas que puedo darte para calmar el dolor —dijo Sonya—. También podría ayudarte algo más de magia. Todavía te estás curando, Malcolm. Solo han pasado unos días desde que te trajeron aquí.

Él se detuvo y se giró hacia ella, su ira luchaba por salir a la superficie.

—Sabes tan bien como yo que he perdido el brazo. Admítelo. Ni siquiera tu magia podría sanarlo.

—No voy a admitir tal cosa. No sabremos el alcance de tus heridas hasta que el hueso esté completamente soldado. Con mi magia eso podría tardar solo unos días. Lo mejor que puedes hacer es mantener el brazo quieto. Larena ya ha pasado por suficientes cosas. No te hagas daño sintiendo pena de ti mismo, porque eso solo le hará más daño a ella.

Malcolm soltó un suspiro y asintió con la cabeza. Sus palabras eran ciertas, aunque él quisiera causarse dolor a sí mismo por no haber sido lo suficientemente fuerte para enfrentarse a los guerreros que lo habían atacado.

—No necesito tus hierbas, druida. Podré yo solo con el dolor.

Sonya lo observó subir lentamente las escaleras hacia su nueva habitación. Estaba preocupada por aquel hombre de las Highlands, pero no había nada que ella pudiera hacer por él. Su magia era poderosa, pero no podía curarlo todo. Lo que le había pasado en el brazo era mucho más grave de lo que le había dicho a los demás. Era mucho más que una simple fractura.

Los guerreros de Deirdre le habían aplastado los huesos de la mano y el brazo. Era por eso por lo que tenía un dolor constante mientras los huesos seguían soldándose. Por mucho que odiara reconocerlo, las posibilidades de que él pudiera recuperar el uso del brazo por completo eran pocas, por mucha magia que ella utilizara.

Ella sabía que había un futuro para él en el castillo de los MacLeod, pero hasta qué punto, no podía verlo. Era una de las pocas veces que deseó que su hermana pequeña, Anice, estuviera cerca de ella para poder ver el futuro.

Pero puede que fuera mejor así.

Sonya respiró profundamente y regresó a su habitación para preparar la poción que evitaría que Cara y Larena se quedaran embarazadas. Todos dudaban de que existiera alguna posibilidad de que una druida tuviera un hijo de un guerrero, pero Sonya sabía que era posible. De todas formas, ahora no era el momento de que ninguna de las dos concibiera un hijo.


Quinn abrió los ojos, no en la oscuridad de su prisión, sino en una habitación llena de luz proveniente de diversas velas. Supo de inmediato dónde se encontraba, en la habitación de Deirdre.

Se sentó lentamente, molesto al ver que estaba desnudo bajo aquella fina sábana de lino. Cuando vio su ropa colgada sobre una silla, saltó de la cama y se puso rápidamente los pantalones, la túnica y las botas.

Tras echar un rápido vistazo a su cuerpo, se dio cuenta de que todas sus heridas habían cicatrizado por completo. No tenía ni idea de cuánto tiempo había estado en la cama de Deirdre o lo que ella había hecho con él mientras tanto, pero quería salir de allí, de inmediato.

—Por fin te has despertado.

Dio un salto al oír aquella voz que tanto odiaba. Quinn se dio la vuelta y se encontró con Deirdre en la puerta. Apenas podía soportar mirarla mientras ella se recostaba contra el marco de la puerta en lo que pretendía ser una pose para seducirlo.

—¿Qué me has hecho? —le preguntó.

Ella arqueó las cejas.

—¿Hacer? Bueno, he curado tus heridas. Después, evidentemente, he castigado a los guerreros por golpearte como lo hicieron.

—¿No es eso lo que querías?

Ella se apartó de la puerta y anduvo hacia la cama. Se recostó en ella y tocó la almohada donde había estado la cabeza de Quinn.

—Quiero que seas mío, Quinn. Siempre lo has sabido. Pensé que podría hacer que te derrumbaras. Cuando te capturé, tu dios tenía casi el control sobre ti.

—Casi.

Ella se encogió de hombros.

—Haré lo que tenga que hacer para asegurarme de que seas mío. Tengo grandes planes para nosotros, Quinn.

—¿Y qué pasa si yo no quiero formar parte de ellos?

—¡Oh, querrás!

Él cerró las manos en un puño y luchó por mantener su ira bajo control. No le haría ningún bien perder el control en ese momento.

—Antes prefiero morir.

De pronto, el pelo de Deirdre cobró vida, envolvió el cuello de Quinn y empezó a estrangularlo. Quinn quería clavar sus garras en aquellos mechones, pero se quedó quieto, con la mirada fija en la de Deirdre.

Cómo odiaba mirarla, hablar con ella. La envoltura de su cuerpo puede que fuera hermosa, pero su alma estaba tan empapada de maldad que le provocaba náuseas.

—Te ofrezco más poder del que nunca hayas podido imaginar.

—Quédatelo —rechazó Quinn—. No estoy interesado.

Su cabello se cerró con más fuerza sobre la garganta del guerrero.

—Pensé que enseñándote cómo podrían ser las cosas estando a mi lado, podría hacerte cambiar de idea, pero ya veo que estaba equivocada. Puede que una temporada en el foso sea lo que necesites.

Quinn sonrió de oreja a oreja. Ya no había nada de lo que ella hiciera que pudiera asustarlo. Ni siquiera enviarlo al foso, del que, según él sabía, pocos salían con vida. Ya estaba en el infierno, ya estaba muerto por lo que a él respectaba.

—Ya puedes emplearte a fondo, asquerosa bruja.

# PANDORA

1. Cassie Palmer - 1: El aliento de las tinieblas — Karen Chance
2. El factor ex — Andrea Semple
3. La Casa de la Noche - 1: Marcada — Kristin y P. C. Cast
4. Érase un amor futuro — Anne Kelleher
5. El mundo de los lupi - 1: Peligro tentador — Eileen Wilks
6. Las Viudas Alegres - 1: En la pasión de la noche — Candice Hern
7. La camarera — Melissa Nathan
8. La trilogía de las damas - 1: El placer de una dama — Renee Bernard
9. Cassie Palmer - 2: La llamada de las sombras — Karen Chance
10. La maquilladora — Andrea Semple
11. Los monère - 1: El despertar de Mona Lisa — Sunny
12. Una deuda con Delia — Barbara Metzger
13. Rachel Morgan - 1: Bruja mala nunca muere — Kim Harrison
14. Las Viudas Alegres - 2: Tan solo una aventura — Candice Hern
15. La Casa de la Noche - 2: Traicionada — Kristin y P. C. Cast
16. La trilogía de las damas - 2: El pacto de una dama — Renee Bernard
17. El mundo de los lupi - 2: Peligro mortal — Eileen Wilks
18. Amanecer del Suspense - 1: Cuando rompe el día — Mary Jane Clark
19. Cassie Palmer - 3: Envuelta en la noche — Karen Chance
20. La trilogía de las cartas - 1: As de corazones — Barbara Metzger
21. La niñera — Melissa Nathan
22. La Casa de la Noche - 3: Elegida — Kristin y P. C. Cast
23. Rachel Morgan - 2: El bueno, el feo y la bruja — Kim Harrison
24. Almas perdidas — Lisa Jackson
25. Dorina Basarab -1: La hija de la medianoche — Karen Chance
26. El hombre ideal — Andrea Semple
27. La trilogía de las cartas - 2: Jota de tréboles — Barbara Metzger
28. Nuevo Mundo - 1: La seducción del vampiro — Raven Hart
29. Rachel Morgan - 3: Antes bruja que muerta — Kim Harrison

## Próximamente